용 고기는
안 먹어요

용 고기는 안 먹어요

대산청소년문학상
수상 작품집

32

신로아, 황지우 외

민음사

작품집을 펴내며

　바쁘게 달려온 한 해를 마무리하는 계절에 서른두 번째 대산청소년문학상 수상 작품집『용 고기는 안 먹어요』를 내놓습니다. 한강 작가의 노벨문학상 수상이라는 반가운 소식에 문학에 대한 관심이 어느 때보다도 뜨거운 지금, 우리 문학의 미래가 될 문청들의 목소리를 세상에 선보이는 마음이 더욱 기쁘고 설렙니다.

　올해로 32회를 맞은 대산청소년문학상은 국내 최대 규모와 권위를 가진 청소년문학상입니다. 지난봄 진행된 공모를 통해 900여 명의 지원자 가운데 79명의 수상 후보를 선정했고, 천안 교보생명 계성원에서 2박 3일간의 문예캠프를 개최했습니다. 현장 백일장을 통해 선정된 수상자 25명의 작품을 이 책에 소개합니다.

　이번에 꾸며진 작품집에는 우리 청소년 창작자들이 자신들의 언어로 그려 낸 그 세대의 문제의식들이 선명하게 담겨 있습니다.

학교생활과 가족의 서사, 사회적 애도의 문제, 나아가 AI와 전염병, 지구 멸망을 다룬 SF에 이르기까지 다양한 시각으로 두려움 없는 모험심을 유감없이 발휘한 10대들의 이야기가 인상적입니다. 불확실한 미래는 때로 우리를 불안하게 하지만 동시에 무한한 호기심의 여지를 남기기도 합니다. 이번 작품집을 통해 세상과 새로운 대화를 시도하는 청소년들의 반짝이는 노력들을 만나 보시기 바랍니다.

대산청소년문학상과 문예캠프는 단순히 수상자를 가리기 위한 경쟁의 장이 아닌 함께 글을 쓰는 친구들과 우정을 나누고 작가 선생님들로부터 앞으로의 삶과 문학에 대한 값진 교훈을 얻을 수 있는 자리입니다. 올해에는 박형준·유진목·정한아 시인, 김병운·임솔아·조경란·해이수 소설가 등 일곱 분의 작가가 참여해 문학의 길에 대한 따뜻한 격려를 전했습니다. 또한 대산청소년문학상 출신의 동인 모임 '절정문학회' 선배들이 참여해 다양한 프로그램으로 활력을 불어넣었습니다. 모두가 매 순간 최선을 다했던 문예캠프에서의 귀한 만남이 우리 문학과 함께할 미래를 다짐하는 소중한 경험이 되었기를 바랍니다.

대산문화재단은 우리 청소년들에게 학교를 넘어 더 넓은 세상을 만날 기회를 제공하기 위해 '대산대학문학상', '교보인문학석강', '젊은작가포럼' 등 문학을 중심으로 한 인문학 프로그램을 진행하고 있으며, 시립청소년문화교류센터를 운영하며 '세계와의 만남', '미지희망UP', '뿌리깊은 세계유산' 등의 프로그램을 통해 세계시민으로 성장할 수 있는 길잡이가 되어 주고 있습니다. 대산문화재단은 앞으로도 세상을 향해 수많은 이야기를 만들어 갈 우리 청소년들을 응원하며 함께하겠습니다.

올해 대산청소년문학상에 관심을 가지고 참여해 주신 전국의 문학청소년 여러분, 그리고 심사에서부터 문예캠프에 이르기까지의 긴 여정에 정성과 애정으로 함께해 주신 심사위원 선생님들께 감사드립니다. 아울러 독자들의 책장에 닿기까지 작품집 곳곳에 세심한 손길을 보태 주신 민음사와 관계자 여러분께도 감사의 말씀을 전합니다.

대산문화재단 이사장
신창재

차례

작품집을 펴내며 5

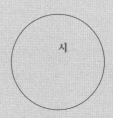

시

소설

시

시 부문 심사평

　올해로 32회째를 맞은 대산청소년문학상 시 부문은 중등부 90명, 고등부 372명이 응모해 1개월 동안의 심사 과정을 거친 뒤, 예심 통과자들과 2박 3일간 문예캠프를 진행하고 백일장을 개최하여 본심을 진행했습니다. 그 결과 중등부 시 부문에 금상 이채은을 비롯한 3명, 고등부 금상 신로아를 비롯한 10명을 선정, 시상하게 되었습니다. 백일장 작품에 대한 3인의 심사위원 각각의 점수를 합산해 선발했으며, 예심 작품들의 완성도 역시 참고했습니다. 예심에서는 연습된 기교보다는 다소 투박하더라도 자기 자신의 고유한 생각과 마음이 잘 표현된 작품들을 선정했으며, 본심에서는 주어진 주제와의 밀착성, 독창성, 상상력과 표현력을 중심으로 선정했습니다.

　"'나와 나의 (　)'이라는 제목으로 팬데믹 하루 전날을 배경으로 하여 시를 쓰라."라는 백일장 시제를 선정했을 때 심사위원들은 이 주제를 통해 '나'와 '내 안의, 또는 바깥의' (그것이 사물이건 사람이건 개념이건 자기 자신의 일부이건) 타자와의 관계를 얼마나 잘 표현할 수 있는지, 그리고 '팬데믹 하루 전'이라는 제한된 조건 안에서 단순하든 복잡하든 이 관계가 얼마나 밀도 있게 드러날 수 있을지 기대했습니다. 우리 모두는 근과거에 팬데믹에 대한 공통의 경험이 있으니까요. 주제에 밀접하게 쓰인 시들이 생각보다 많지 않았고, 더러는 소재주의적으로 단편적으로 접근한 경우들도 있어 아쉬움을 남겼습니다. 하지만 자신만의 언어와 문채(文彩), 목소리를 찾아가는 여러분들의 열의와 정성은 앞으로 펼쳐져 있는 새로운 많은 경험들을 통해 충분히 자신만의 길을 찾아내리라 믿습니다.

중등부 금상 수상작인 이채은 학생의 「나와 나의 여름 건강검진」은 4연 13행의 길지 않은 시 안에 시제의 요구에 딱 들어맞는 표현을 입은 수작입니다. 세 명의 심사위원은 만장일치로 이 더할 것도 뺄 것도 없는 간결한 시를 수상작으로 결정했습니다. 예심 응모작인 「왜가리처럼」에 쓴 것처럼 남들과 다른 빛깔을 지니고도 "와아악 와아악 자신만의 소리를 내는 왜가리처럼", "눈에 콕 띄는 글을 쓰는 어른", "아껴 주고 사랑해 주는 사람들 속에서 오래오래 사는 어른이 되"기를 바랍니다. 수상을 축하합니다.

고등부 금상 수상작인 신로아 학생의 「나와 나의 명사들」은 1200자 원고지 두 장을 꽉꽉 채운 긴 호흡의 시입니다. 노을이 스며드는 음악실 복도에서 시작해 '나와 나의 친구들'이라는 잠정적인 우애의 공동체가 함께 경험하는 세계에 대한 의문, 그리고 이 의문들이 상승하여 신에게까지 닿는 존재론적인 질문과 현재의 불안은 근과거와 근미래를 아슬아슬하게 결합하고 있는 지금-여기가 '팬데믹 하루 전'이라는 조건과 함께 고려될 때, 기묘하게도 황홀과 불안이 동시에 존재하는 짙은 현재성을 띠고 다가옵니다. 예심 응모작들에서도 집요하게 쫓고 있었던 계율과 위반의 문제 의식은 세계와 주체적 의식의 첨예한 대립을 전면에 보여 주고 있어 앞으로 펼쳐 갈 독자적이고 고유한 시 세계를 두근거리는 마음으로 기대하게 만듭니다. 수상을 축하합니다.

일일이 거론하지 않았으나 은상과 동상 수상작들 역시 고유하고 개성적인 자기 사유와 정서를 자기 정신과 신체의 리듬과 함께 자연스럽고도 치열하게 표현한 작품들이 풍성하여 심사하는 이로서 즐겁고도 기쁜 마음이었습니다. 아쉽게도 수상하지 못한 작품들에서도 푸릇한 싹들이 튼튼하게 움트고 있는 것을 미쁜 마음으로 목격했습니다. 이 기회를 통해 모쪼록 함께 고독을 감내하는 읽고 쓰는 한 사람 한 사람으로서 여러분이, 인간과 세계에 대한 고민을 함께하는 동료로서 같은 시간 안에 있다는 소중한 사실을 발견했기를 바랍니다.

심사위원으로서 2박 3일을 여러분과 여정을 함께하며 마주쳤던 반짝이는 눈빛과, 앞으로 다가올 불확실한 미래에 대한 호기심과 불안과, 그 모든 것을 헤쳐 나가기에 부족함이 없는 여러분의 에너지를 기억합니다.

거침없이 자기 세계를 밀고 나아가시기를.

여러분이 한국문학의 미래입니다.

심사위원 박형준·유진목·정한아

기도의 뺨

고양예술고등학교 3
신로아

로보*는 커럼포의 험준한 골짜기를 누빈다. 가축을 잡고 어린 늑대들의 배를 불린다. 로보를 본 마을 사람들이 말한다. 오늘만큼은 저놈의 목을 반드시 가져오겠노라고. 아무리 걸쇠를 잠가 놓아도, 양과 닭과 나귀를 훔쳐 가는 저 간악한 늑대 로보의 가죽을 벗겨 버리겠다고. 저놈에겐 지옥도 아깝고, 저놈은 살아도 산 자가 아니고.

마을로 내려온 멧돼지가 그해 농사를 전부 망쳤다는 기사를 읽으면서, 이건 사회문화 현상일까, 자연현상일까? 말해 봐 로보. 선생님이 로보에게 발표를 시켰을 때. 로보가 말했다. 내가 죽으면 그해 천국을 망치는 걸까요?

갓 구운 통닭을 등에 이고, 부식된 125cc 오토바이를 탄 로보는 커럼포의 험준한 골짜기를 누빈다. 불법 개조한 배기음 소리가 하울링 한다. 로보, 너 내 자리에서 지갑 가져갔니? 선생님의 질문은

---

* 「늑대 왕 로보」.

오토바이 소리에 가려 들리지 않는다. 로보, 얘 대신 네가 맞을래? 선배의 질문도 오토바이 소리에 가려 들리지 않는다. 로보, 정말 천국이 있을까? 우리도 갈 수 있어? 여자 친구 블랑카의 질문도 오토바이 소리에 가려져서, 오토바이는 무엇이든 가릴 수 있으니까. 직사각형 배달 통 뒤의 세상 따위 보이지 않으니까. 훔친 돈으로 밥을 사 먹을 수 있듯, 기도를 훔치면 천국 같은 건 금방 갈 수 있을 테니까. 사람 없는 성당에서 로보는 미사보 쓴 여자의 기도를 따라 외우곤 했다. 자신도 금방 축복받을 수 있을 것 같고, 오늘은 왠지 쉽게 용서받을 것 같아서. 이유 없는 자신감이 늘 가득했던 것, 이유 없이 이빨을 드러내기 좋았던 것. 전부 사춘기의 특징 중 하나라는 걸 나중에야 알았다. 겨우 열여덟이었던 로보.

부활하지 못할 얘기를 해 줄게. 사랑하는 블랑카가 사냥꾼에게 잡힌 밤이었지. 4차선 도로에 누운 블랑카의 교복을 움켜잡았지. 블랑카의 심장이 자꾸만 샘솟아서 무서웠지. 외쳤지. 선생님, 목사님, 훔친 패물 돌려드립니다. 멋대로 생겼던 멍들도 전부 돌려

드립니다. 어린 늑대들의 배에서 나귀 고기를 꺼내 드립니다. 이
제 내가 모르고 지은 죄들까지 전부 용서하소서.

도시 외곽으로 번진 하울링. 어린 늑대들이 하나둘 도로로 나
오기 시작했다. 다 함께 울었다. 선생님, 목사님, 듣는 이 없는 외
침은 기도가 될 수밖에 없는 겁니까?

나는 힘껏 기도의 뺨을 내리쳤지. 붉게 달아오르던 볼기짝에
맺히던 건 피였을까 나였을까? 알고 싶어서, 나는 자꾸 우는 거야.
로보가 말했다.

나와 나의 명사들

고양예술고등학교 3
신로아

5층 음악실 복도에는 매일 노을이 스며든다
방과 후에 남아 나와 친구는 창문 너머를 본다
주홍빛으로 물드는 하늘, 천사가 죽은 걸까
우리 동네에도, 천국에도 부지런히 빈자리가 생긴다

더러운 거리에도 악단이 있다 친구와 떠돌다 밤늦게 집으로 돌
아가는 길 오정동 가로등의 그림자는 언제나 나보다 길다 한 번도
넘어 본 적 없는 밤이다 친구와 나는 가벼워지기 위해 가벼운 농
담을 한다
　가벼운 애들, 누군가 우리를 그렇게 불렀고
　가여운 것보다 나았다

　홀씨의 마음으로 시작된 비행
　뭉치면 살고 흩어지면 죽고 고개 숙여도 죽는 거야
　발밑의 더러운 거리,
　번식하는 쓰레기의 그림자들에게

> 찬송가를 듣고 자란 너는 이어지는 멜로디를 쉽게 알아챘다
음악과 예언은 같은 초성을 가졌고
이 동네 이름은 담벼락과 닮아 있었다
오정동에는 아무 곳에서나 오줌을 싸던 개들과 애들이 있다
허리춤을 올린 아이들은 공을 던지며 공물을 드리는 중이라고
했지, 싸구려 소망을 빌면서
제단 위에 나를 드리니 불을 내려 달라고
여름은 담벼락이 젖어 가는 속도로 무더워지는데

신은 왜 어둠 속에서 빛이 있으라 하시고
높은 곳에서 낮은 자들을 굽어살피는 걸까
여기 없는 신
멀리 있는 신
여기 없는 것들을 위한 기도를 시작하면
나도 신이 될 수 있겠네, 옥상에 걸터앉은 너는 손바닥으로 가
로등을 가리고

거리에 빚진 자들을 위해 눈을 감았지
어둡구나, 빛은 어디에 있어야 할까, 환한 빛은 골목의 주름을
알게 하고 우리의 흉터까지 전부 보이게 하시네

교실은 오역과 의역이 넘치는 곳
아이들은 마음에도 없는 말을 금방 주고받는다
마음과 믿음은 울타리가 생기기도 전에 무너지는 법을 배운 걸
음마
무슨 말을 하고 있니?
선생님, 하늘을 날아도 여전히 달아나고 싶더군요
우리의 모든 말은 도망을 속삭이던 고백이었습니다

읽히지 못한 언어는 길 잃은 양들 같았다
양들은 어디서 잠을 자나
이불 없이 감았다 뜨는 눈은
죽음에 가깝지 않나

친구는 매일 밤 죽음 예행 연습을 한다
꿈속에서 천국에 다녀온다

그곳에서 나는 넘기기 쉬운 악장이 되었어
가벼운 애들과 함께
심판자의 옆에서 천사는 우리를 연주했고
땅 밑으로 떨어지던 건 오래전에 꾼 꿈이었지

이빨 요정이 베갯잇에 찌든 때까지 가져갈 거라고 믿어서
일찍이 영구치를 가지게 된 아이들아
믿음이 우리를 슬프게 만든다면

나는 목자 없이 초원을 날아다녔어
빗물에 벗겨지는 발자국을 보며
한여름 장마에 사라진 너희의 병을 기억하겠지
우리는 금방 잊힐 구절로 서로를 부른다, 그러나

몸을 붙이면 예언이 시작될 거야

가벼운 애들, 어디로 갔니?
어느 하늘의 노을이 되었니?

쏟아지는 장마에 아이들이 같은 병을 앓게 될까 봐 교실에는
천장이 있었지만, 우리의 얼굴에는 노을이 스며든다. 주홍빛의 전
염병, 음악실은 여름의 기단이 가장 먼저 도착하는 곳이다. 우리
는 홀씨의 마음으로.

Mission of Being

하나고등학교 3
성소윤

나무들의 모임에 초대받았다.

내가 초대받은 영문을 알 수 없었는데
그저 어느 날 초대받았다.

다른 세계에서 건너온 나를 보며 그들은 자리에 앉았다.

모임은 흐려진 채로 진행되는 의식이었다.
잎을 부드럽게 털고 가지를 맞대는 방식으로 그들은 대화했다.

말을 하려고 했는데
아무 말도 나오지 않았다.
나는 이내 말하기를 그만두었고
사락사락 그들의 대화가 움직이는 것을 듣기 시작했다.

몇 시간이 지났을까.

왼쪽에 앉은 나무가 내 손목을 가지로 감싸고
이야기했다.

'말해 봐요.'

나는 내가 나무인지 사람인지 헷갈릴 지경이었다.
사람들 사이에서 나는 분명 사람이었다. 나무들 사이에서도 나
는 사람이었다.
순간 그들의 수피에 걸린 옹이가 검은 눈동자가 되었다. 밤하
늘 아래 수백 개 눈동자가 나를 바라보았다.

내 안에 들어 있는 나를 주시했다.
내 손목을 감싼 가지에 힘이 들어갔다.

'당신을 몰라요.'

나도 그들을 몰랐다.

모든 면에서 나는 아는 것이 없었다.
심지어는 나조차도
두려움이 머리를 움켜쥐었다.

내가 땅속에 박혀 들어가는 동안 그들은 일어나 나에게 몸을
열어 보여 주었다.
그들의 몸 안에는 투명한 공간이 있었다. 그리고 그 속엔 내가
보였다.

머리카락을 부드럽게 털고 손을 그곳에 맞대는 방식으로
나는 말했다.

'나는 내가 누구인지 몰라요. 내가 내 안을 빠져나오는 순간 다
른 존재가 되거든요. 누군가의 속에서는 내가 천사이기도 하고 괴
물이기도 해요. 나는 그렇게 증식하는 내 모습이 껍질 속에 숨어
든 벌레 같아요. 당신들에게 나는 사람이에요. 나에게 당신들은
나무고요. 그런데 정말 그럴까요. 나는 내가 될 수 있을까요. 내가

보는 내가 무슨 의미일까요. 누가 누구인지 무엇이 무엇인지 아는
존재는 어디에도 없어요.'

나무들은 나를 이해한다고 했다.
자기들도 같다고 했다.

그들은 어느새 내 아래 와 있었다.
그러자 나도 나무들 아래에 서 있었다.
서로를 땅에 두고
가지를 맞대는 방식으로
우리는 대화하기 시작했다.
이해하기 시작했다.
그들이 나를 감쌌다.

나는 그렇게 땅속에서는 나무가 되었고
이내 잠에서 깨었다.

사람들에 의해
숲 한가운데서 쓰러진 채로 발견되었다.

내 이야기를 듣기 위해 모인 사람들에게
나는 진술했다.
머리카락을 부드럽게 털고 손을 맞대는 방식으로
대화하려고 했으나
그들은 알아듣지 못했다.

나는 이내 말하기를 그만두었고
그건 나무를 나무라고 말하고 싶지 않았기 때문이었다.
나무는 나무가 맞지만
나무라는 말로는 부족했다.

사람이 사람이라는 말로 부족한 것처럼

제주의 여름

남주고등학교 3
왕가현

사막에서 살아남으려면 낮과 밤에 각각 익숙해질 필요가 있다는 아버지의 말을 들었다. 그럼에도 불구하고 나는 그곳을 향해 갔다. 끝까지 돌아오지 않겠다고 했다.

낮에는 햇빛을 견뎌야 했다. 이별한 사람처럼 자꾸 눈물이 흘렀다. 태양이 살갗을 하나씩 벗을 때 비로소 며칠이 지났는지 알 수 있었다.

밤에는 잠을 자는 것조차 힘겨웠다. 잘 숨겨 둔 꿈 조각을, 사막의 밤은 악착같이 찾아내 얼려 버렸다. 그래서 자주 잊었다. 어제 꿨던 아름다운 꿈을.

여름에 관한 시를 쓰는 사람이었다는 것만 조금 기억날 뿐이었다. 부러진 나뭇가지로 모래알 위에 기억나는 것들을 적어 보지만 모래 위로 모래가 쓰러져 모든 게 사라지는 사막을 실감할 때쯤 아버지를 만났다. 나는 물었다. 몸이 타 버리는 것과 얼어 버리는 것 말고 또 어떤 방법이 있는지에 대해서.

그러나 너무 많이 마모된 나의 아버지. 덜컥 쓰러져 모래알처럼 켜켜이 부서지고 마는데. 빛과 어둠뿐인 세계에서는 위와 아래가 없다. 우리는 함께 걸어가야 할 사이가 되었음을 깨달았을 때 사막에는 네 갈래의 길이 생기고

나는 어느 사거리에 서 있다. 눈앞의 신호등이 자꾸 켜졌다 꺼졌다를 반복 중이다. 눈먼 여행자와 함께다. 자신의 일부를 건너편으로 보내 버렸는지 눈동자가 바싹 말라 있는.

선인장처럼 딱딱한 신호등 아래에서, 사람은 얼마나 쉽게 멈춰 서는가. 종이 위에 심어 둔 묘목들이 더 이상 고개를 내밀지 않는 날들이 있다. 평지를 건너가지 못하는 다리가 있다. 살에 닿는 바람 속에 은은하게 끼어 있는 알갱이들.

> 한여름의 제주는 어느새 사막을 많이 닮아 있다.

아물지 않는 악기

고양예술고등학교 3
최민서

벙그러지는 입술을 악기라 부르자, 어두운 날개가 돋아났어요
열아홉이 담을 뛰어넘자, 작은 음표 같은 새들이 일제히 날아
올랐지요
일탈이라 부르기엔 아련하고, 아련하다고 말하기에는 아지랑
이처럼 사라지는

일종의 마술이면 좋겠는데, 차라리 감정적인 악보를 그리면 좋
겠는데
교실 밖으로 날아와도 교실에 갇혀 있어요
전학이라 부르기엔 진부하고, 진부하다 말하기에는 날마다 새
로워지는 인사들

학교마다 인사하는 방법이 다른 게 아니라 계절마다 인사법이
다르다면 믿겠어요
일조량과 강수량에 따라 악기 소리가 달라지듯
안녕, 안녕, 안녕에는 진심과는 다른 얼음 섞인 등급 컷이 있어요

아름다워질수록 떨궈야 하는 잎사귀가 많은 나무처럼

꽃을 비우는 나무를 생각하며 피아노 치는 걸 좋아해요
흑백 건반이 멈추면 검은 관으로 돌아가는 것 같거든요
학교 집 도서관 학교 집 도서관 학교 집 도서관
그토록 사소한 행성들을 돌다 보면
돌아갈 곳이 없는 것이 아니라 돌이킬 수 없다는 걸 알게 되거든요

열아홉은 빽빽하도록 숨죽인 어둠이 들어선 숲,
돌이킬 수 없어 저녁이 주는 노래를 끝낼 수는 없겠지만요
꽃이 희망을 가장한 목젖이라면, 계절은 괴물 같은 희망의 뫼비우스

열아홉 나는 선생님, 부모님, 친구들이 잘 가르쳐 줘서
전학과 재수를 서슴지 않아서 아물지 않는 악기를 잘 배웠답니다.

상냥한 사진사가 무서워

혜원여자고등학교 3
김은별

이상한 소문의 셀프 사진관이 있다

포토 부스 안 사진기 밑 박스에 어느 실직자가 몸을 구기고 살아 있다는 것

폐업한 사진관을 등진 사진사는 외딴섬에 외발로 서 있는 것 같다

카메라 셔터 소리에 그의 발바닥이 매끈해진다

매끈한 발바닥은 동안의 족적을 잃어버렸다. 다시 돌아가는 길을 잃은 한낮이 기웃거린다

메모리 카드의 최대 수용량은 과거를 먹고 자라나고 있다

그 안에서 말소하고 퇴화하는 피사체의 이목구비 같은 것을

추억 보존 서비스, 사천 원에 세 시간의 유통기한

추억을 갖고 싶던 아이들 열댓 명이 포토 부스에 들어갔다가 울면서 도망친다

추억을 남긴다는 것은

잊고 싶은 기억 모두 사랑니 대신 끼워 넣고 살아야 한다는 것

무고한 아이들은 턱이 부어서 온종일 숲속을 헤매인다

하나, 정리되지 않은 미지수와 손으로 수 세는 아이들

둘, 떠도는 동화 속의 어리석은 난쟁이 같고

셋, 허물어지는 꽃들은 고개를 숙이고 운다 떨어진 꽃봉오리의 명복을

넷, 사진사는 밝게 웃는다 아이들은 프레임 안에서 눈을 흘기고 있다

인화, 그리고 타 들어간다 석양인지 석연찮은 추억인지

나란히 줄을 서서 오열하는데 사진사는 필름으로 눈물을 닦아주려고 자꾸 손을 뻗는다

진득한 먼지의 파장이 아이들의 관자놀이를 헤치고

셔터와 함께 도망친 플래시는 섬광으로 포토 부스를 깨부순다

귀신들이 사라져 가는 동네

청석고등학교 2
박시모

성적이 좋은 학생을 뒤로하고,
골목을 떠다니는 우리는 귀신에 가까웠다

K도 그 귀신 중 하나였다

귀신은 잘 눈에 띄지 않고, 딴짓을 좋아하고
자기들과 다르게 형체가 있으면 서로 낄낄대며 웃었다

K한테 들리는 것은 이명뿐이다

K는 책상에서 펜을 잡고 글을 쓰고 있었을 때 연필이 사람 키
만큼 자라났다
연필은 선생님만큼 키가 커져서 K는 연필을 쉽게 잡을 수 없
었다
놀란 척만 하지 않으면 연필은 원래대로 돌아왔다
─볼펜을 쓴 뒤로는 그 일이 일어나지 않았다

> 눈을 붙이고 일어나 보면 반 친구들은 없다
귀신의 장난이 아닌 급식 시간이었다

운동을 잘하지 못하는 K는 공을 제대로 다룰 수 없었다
이 또한 귀신의 장난으로 생각하고 싶었다

선생님들은 귀신을 쳐다보지 않으려고 했다
실체가 있는 것을 좋아했다,
출석부라든지, 칠판이라든지, 성적표라든지

출석부를 부를 때 K가 목소리를 내도
쳐다보지 않았다

복도를 지나갈 때는 벽면 한쪽에는 CCTV 백 대가 작동 중이
었다
식은땀을 흘리면서 K는 생각했다

38

—귀신을 감시하기 위해 작동하나?

어느새 귀신들이 사라졌다는 소문이 많이 났다

귀신 친구들은 자기들은 감시하는 CCTV 앞에 성적이 오른 성
적표를 보였다
K는 홀로 남은 귀신이었다

복도의 한쪽 면에는 CCTV 한 대만 삐걱거리며 달려 있다
졸업 앨범을 펼칠 때가 있다, 집에 친구가 놀러 왔을 때 또는
처음 받았을 때
K는 귀신이어서 졸업 앨범에는 들어오지 못했다

폼페이

안양예술고등학교 2
서혜승

보관하는 일에 질려 가는 참이었다

안락의자의 팔걸이가
종영된 만화의 테이프가 온종일 재생되고 있고
볕이 드는 방은 문을 잠가 두었다

시계를 떼어 낸 자리에 초상화를 건다
겨울에도 슬리퍼를 신지 않는다

초침과 분침 사이를 긴 걸음으로 지나간다
창틀에는 빈방의 한기가 수북이 쌓여 있다

굳어진다면 어떤 채로 굳어지고 싶은지 고민한 적 있다
눈을 뜰지 감을지 잠드는 순간처럼 낡은 앨범을 껴안고 웅크
릴지
잿더미에서 나를 발굴해 줄 이름들을 나열해 본다

고민이 옷장 옆에서 비스듬히 기대어 있다

마음 밑에 거름망을 두는 일
전부 타 버린 곳에 남아 있는 일

가족사진과 비디오테이프와 시계를 태워
텀블러 안에 담아 둔다
수증기는 가끔 목이 메는지
잔기침을 하고 있다

내 혼잣말은 4인 가족이 살기에는 턱없이 작다
굳어진 내가 영원히 발굴되지 않는 장면을 상상할 때
나의 이름은 외로운 방들에 파묻힌다

나는 모서리부터 부스러진다

초록의 운동장

고양예술고등학교 3
신이서

아침의 운동장에서
길게 늘어지는 초록색 빛을 봤다
빛 속에 서 있던 어린아이
얇은 우비를 입고 말랑한 손을 가진

아이가 빛을 줍기 위해 허리를 굽힐 때
마른 등뼈를 보았어
한여름의 기찻길 같은 뼈들
툭 치면 부러질 것 같은
학교의 종소리처럼 촘촘하게 모인 리듬 같은

아이들은 말랑하지
달팽이처럼 연한 혀로 종알종알
조심스럽게 귀를 기울였다

어린아이는 지척에 널린 초록들을 주워 담았다
비가 내려 축축한 모래를 밟고 서서

손을 흔들면 짧은 손가락이 하늘을 휘젓고
빛이 땅에 닿았을 때 뻗어 나가는 섬광의 가지들

무너진 희망 같은 척추뼈와
빛을 반사하는 무릎으로
내일을 바라보면서
무지개 가득 펼쳐진 운동장을 쓰다듬으며

그날 이후로 철도로 된 길을 걸을 때마다 뒤를 돌아봤다
무릎까지 자라난 수풀이 흔들렸지만
빛은 어디에서도 오지 않았고
아이가 돌아올 때는
거울을 봐야만 알 수 있었다

우리는 투명한 무릎을
밤의 운동장을 가져 본 적 없지

스트라이크 스페어

학익고등학교 3
오태환

사장님, 저는 이제 스트라이크 당하는 건가요?
가장 앞 라인에 선 볼링핀이 된 나는
볼링공이 굴러오는 걸 기다릴 수밖에 없었지

공이 기름을 밟으며 옆을 스쳐 지나갔을 때
뽀각
다른 핀들의 청량한 충돌음이 들렸다

베로니카, 산체스, 아오야마, 혹은 더 많이
떨어진 볼링핀들이 이름을 잡으려고 했지만
어차피 임원도 될 수 없으니
전광판에게 개명당하고 말았지

누구도 바라지 않은 강제 개명
나를 맞춰도 성씨가 스트라이크로 될 걸 알기에
임원이 눈을 가로로 찢는 게 보였어

> 두 번째 회의에서 엄선된 볼링공
공이 기름 위를 뛰며 코앞까지 다가왔을 때
들린 목소리

오늘의 TMI: 스트라이크는 파업이란 뜻도 있답니다

눈치 게임 패배자들이 전부 사라진 레인
스트라이크 스페어로 개명된 우리 이름

더 이상 이름에 미련이 없어진 우린
스트라이크를 치지 않기로 했어

나와 산책하기 ― 반려기 5

이시우

나는 나를 데리고 산책하러 나가기로 한다

침대 구석 웅크려 앉은 나에게
하니스를 씌우고 리드줄을 채운다
도망가지 못하도록, 내가 나의 손에서 벗어나지 못하도록

집 밖으로 나가려는 순간
벽을 잡고 버티는 나
나는 리드줄을 늘이며 나를 다독인다

계단을 내려가는 것만으로도
떨리는 다리
혹여 아랫집 현관문이 열릴까 무서워
다른 문들을 지날 때만큼은
다리가 빨라진다

우리 동네 호수 공원
고개를 숙인 채 냄새로 사람을 읽어 나가고
사람의 발자국을 따라가는 나와 또 다른 나

그러다
어? 너 개 아니야? 라는
목소리를 들으면
나는 다시
세상이 무섭다
다시 방에 들어가고 싶어진다

리드줄을 뿌리치고 달아난
나를
나는 쫓아간다
공원 가로수 옆에 쭈그리고 앉아 있는 나
멈추지 않는 어깨
살짝 손을 얹고 나는 나에게 말한다

> 안녕
나는 너를 사랑해
안녕
하지만 너를 리드줄에 계속 묶어 둘 순 없어
너를 이렇게 만든 건 나야

나는 나에게 인사를 건넨다
나의 리드줄을 내 옆에 놓아두고
나는 천천히 돌아선다

바람이 불고
이른 별 하나 뜬 초저녁
나는 나 혼자 집으로 돌아간다

비로소 나는 누군가를 떠올릴 수 있게 되었다

왜가리처럼

한국교원대학교 부설 미호중학교 2
이채은

엄마는 바위가 되고 싶대

움직이기 싫어서

그럼 난 왜가리가 될래

다 하얀 백로들 사이에 눈에 띄는 왜가리처럼

세상에 널린 수많은 글들 사이에 눈에 콕 띄는 글을 쓰는 어른이 되고 싶어

여름 철새라서 여름을 한껏 즐기는 왜가리처럼

선풍기 틀어 놓고 좋아하는 책을 잔뜩 읽으며 여름을 한껏 즐기는 어른이 되고 싶어

회색 날개를 펼치고 맘껏 하늘을 날아다니는 왜가리처럼

전국에 있는 다양한 책방과 도서관을 맘껏 다니는 어른이 되고 싶어

와아악 와아악 자신만의 소리를 내는 왜가리처럼

소중한 지구를 위해 목소리를 내는 어른이 되고 싶어

자신의 무리에서 생활하고 번식하는 왜가리처럼

나를 아껴 주고 사랑해 주는 사람들 속에서 오래오래 사는 어

른이 되고 싶어
    난 왜가리 너처럼 살고 싶어, 되고 싶어

나와 나의 여름 건강검진

한국교원대학교 부설 미호중학교 2
이채은

할아버지의 땀이 스며든
노오란 단호박
할머니의 정성이 녹아든
걸쭉한 콩 물
지금도 내 입에 맴돌고 있으니

아마 내 혈액을 뽑으면
피가 아닌 콩 물이 흐를 거고
적혈구가 아닌 단호박 조각이 떠다닐 거야
난 사랑으로 채워진,
세상 어떤 질병과 고통이 와도 막아 낼 수 있는,

면역체니까

어쩌면 아주 당연한
여름 건강검진 결과

마라탕

삼평중학교 2
정예지

옆 반에 머리 긴 애 있지 걔가 어제……
우리가 주문한 마라탕이 도착하자
오늘의 주제가 될 아이가 우리의 입에 담긴다
대화 속에서 아이는 오르내리다가
때론 바닥에 추락한다
진실인지 거짓인지는 알 수 없지만

향신료에 절여진 말이 튀어나오자
새하얀 블라우스에 붉은 자국이 남는다
귓속은 따갑고 속은 불타는 듯 쓰라려도
우리가 씹는 게 당면인지 그녀인지 모를 정도로
정신없이 더한 자극을 원한다
다시 수저를 들어 올리고

아드레날린과 도파민으로 통증을 덮는다
얼얼함과 중독성이 뒤섞인 마라탕

흐물흐물해진 야채를 씹으면서도
이 음식이 곧 내 속을 뒤집어 놓는다는 걸
잊곤 했지 습관처럼

다음 날 어김없이 배가 아파져 온다
고통을 참고 학교에 가니
복도에서도 마라 냄새가 진동한다
여기까지 따라온 걸까
나와 친구들의 저녁이 되었던 아이는
아무것도 모르는 듯
내게 반갑게 인사를 건넨다

그 해맑은 표정
죄책감이 속을 뒤집어 놓고
입에서 지독한 마라 향이 올라온다
안색은 더더욱 하얗게 질리고

> 친구는 곧 익숙해질 거라며
여유로운 표정으로 소화제 하나를 건넨다
분명 더 맵게 즐겼던 건 친구였는데
왜 아무렇지도 않은 건지
친구들과의 다음 저녁은 누가 될까
언젠가 해가 될 걸 알면서도
자극적인 짜릿함을 이기지 못하겠지

동경

석천중학교 3
김설연

사랑을 꿈꾸는 마음으로 추구하는 미지를 향해
잡초가 무성한 건널목을 앞두고 되새겨야 할 진실
숲의 길은 한 번도 끊긴 적이 없어

처음 보는 나비의 우회 경로와 풀꽃의 날갯짓
　하롱거리며 안착하는 볕은 아주 조그만 틈이라도 비집고 들어오기 위해 두리번거린다 플라타너스의 펼친 손가락 틈새로 속속히
　생명은 언제나 소란스럽고 쉴 새 없이 소식을 옮긴다

　내가 처음 말이란 걸 할 때 얇은 종잇장을 붙들고 쉴 새 없이 단어를 고쳐 내려가던 손을 기억해
　아직 트이지 못한 말문을 받아내기 위해 잠잠히 기다리고 있던 손바닥을
　무수한 퇴고의 기록을 남긴 생을 기억해
　회절하는 빛과 겹겹이 진해지는 그림자 가운데에 누워

더더 어두워지는 플라타너스 밑동을 한아름 껴안은 채 어떤 단
어가 가장 사랑과 먼지 묻는다 속절없는 잠을 취하면서도

프시케. 마음을 훔쳐다가 매달아 놓았지 저택의 대리석 기둥
에 바람의 절벽 낭떠러지 끝에 들판의 작은 풀꽃 하나에. 묶어
놓았지
　호수에 비춰 보면 그건 금발의 소년

　실은 그의 숲에 들어와 있는 건지도 몰라
　간간이 사그라들던 오일 램프처럼 흩어지는 그림자를 봐
　숨기지 못하고 한데로 모여 쏟아지는 빛을 보았지 호기심으로
모든 걸 집어삼킬 작은 불을 보았지 그대가 어지러이 모아 둔 종
이들이 불쏘시개가 되는 꿈을 꾸며

소설

소설 부문 심사평

　제32회 대산청소년문학상 소설 부문에는 총 450명(중등 97, 고등 353)이 응모했다. 200자 원고지 60장 내외 분량의 단편을 4인의 심사위원이 1개월가량 검토하면서 개별 점수와 평가를 제출하고 재단에서 이를 집계했다. 그리고 재단 직원과 심사위원 전원이 한자리에 모여 거의 종일을 토론에 토론을 거듭하여 본선 백일장에 진출할 39명(중등 9, 고등 30)을 선발했다.

　7월의 마지막 주, 태조산 계성원에서 열린 2박 3일간의 문예캠프 입소 첫날 밤, 소설 부문 심사위원들은 본선 시제 선정을 위해 몇 가지 가이드라인을 정했다. 첫째, 이전 31회까지의 시제를 분석하고 이를 뛰어넘을 것. 둘째, 학생 본연의 실력 측정을 위해 예상 가능 범위에서 되도록 벗어날 것. 셋째, 낯설고 이질적인 요소의 충돌과 조합을 통해 새로운 효과와 의미를 찾아내는 데페이즈망의 속성을 활용할 것 등이다.

결론적으로 백일장 시제는 '불꽃놀이＋가위＋캥거루'가 모두 들어가는 것으로 하되, '단순한 꿈이나 상상 설정'을 피하고 '캥거루 인형은 출연 금지'시키는 조건으로 3천 자 내외의 분량이 주어졌다. 이렇게 우리가 머리를 맞대고 애써 허들과 미로를 설치했음에도 불구하고 이런 장애물들을 사뿐하고 멋지게 뛰어넘은 글들은 아래와 같다.

중등부 수상은 결과적으로 97명 중에서 3명을 찾아가는 지난한 과정이었다. '될성부른 나무' 정도의 관습적 표현으로 묶어 버리기에 이들의 관점과 실력은 기대 이상 뛰어났다. 동상을 수상한 김희원(병점중 1)의 「캥거루의 도시 나들이」는 갇힌 세계 너머의 미지의 장소에 호기심을 갖는 어린 캥거루의 여정이 흥미로웠는데, 예심작 「세 번의 죽음」에서 보여 준 서정적 상상력을 이번에도 발휘했다. 은상 수상자 류선율(솔뫼중 2)의 「싹뚝!」은 군더더기 없이 에피소드를 구조화하는 능력이 감탄스러웠다. 예심작 「피어 테러」에서 조성하는 긴장감과 가독성을 보면 장래가 촉망된다.

금상 수상작인 배윤희(두루중 3)의 「가위 반납 여정」은 심사위원 전원의 한 치의 망설임 없는 동의의 거수를 받아 냈다. 사춘기 시절 동급생 간의 우정과 이를 확인하려는 심리적 장치의 배치와 활용이 긴밀하고 자연스럽다. 예심작인 「53 95 16 8 R R 39」에서 보여 준 발랄함과 명석함이 이번 본선에서도 여실히 반영되었다. 앞으로 성장할 서사의 세계가 매우 기대가 된다.

고등부 백일장의 심사장 분위기는 전반적으로 긴박하고 뜨거웠다. 우선 동상을 수상한 고예원(서울여고 3), 김민경(감일고 3), 김소이(덕원여고 3), 남은비(춘천여고 3), 배예빈(고양예고 2) 학생에게 박수를 보낸다. 이들이 펼쳐 낸 다양한 실험 의식과 삶에 대한 애정 어린 시선은 내일의 한국문학의 컬러풀한 스펙트럼을 예감케 한다. 10대의 나이에 독서와 창작을 나름의 방식으로 흡수하고 즐기는 모습이 대견할 뿐만 아니라 신뢰가 간다.

다음으로 은상을 수상한 이채민(덕문여고 2), 조승우(대광고 3), 최아인(고양예고 3)이 보여 준 재능과 필력에 찬사를 보낸다. 가령 이채민의 예심작 「용 고기는 안 먹어요」가 제시한 활달한 상상력, 조승우의 예심작 「고속도로」가 보여 준 눈물겨운 핍진성, 최아인(고양예고 3)의 예심작 「오로라는 들어라」가 그려 낸 대중적 흥미진진함이 본선 백일장에서도 확실히 드러났다. 스스로 빛을 발하는 보석을 발견하듯 우리는 이들의 글을 찾아내며 환호성을 질렀다. 장차 집필할 작품이 벌써부터 기다려진다.

고등부 최고의 영예인 금상을 수상한 황지우(구리여고 3)의 「한겨울, firework」는 심사위원 4인이 머리를 맞대고 까다롭게 만든 시제를 가볍게 뛰어넘는 실력이 출중했다. '축제를 통한 회복' 혹은 '회복을 기원하는 축제'를 통해 숨고만 싶은 자아의 주머니를 탈피하고 새로운 시선을 염원하는 작의(作意)가 돋보였다. 예심작 「무경 고스트 캐슬 타운」에서 재개발되는 무덤산 지역에 출몰하는 고스트의 향연을 보여 준 메시지 전달 능력이 이번 본심에서도 유감없이 발휘되었다. 수상자의 앞길에도 칼날 같은 부정과 꽃잎 같은 긍정이 순환되며 눈앞이 열리는 불꽃 만다라가 활짝 피어나길 기원한다.

다양한 정의가 가능하겠지만, 작가란 다름 아닌 '언제라도, 몇 번이라도, 누가 뭐래도' 작품을 쓰는 가운데 삶의 의미를 찾는 부류이다. 무엇보다, 결과보다는 과정 그 자체를 기꺼이 살아가는 사람이다. 응모자들이 예심작을 준비하며 흘린 땀의 시간, 본선 장소에 닿기까지의 무더운 여로, 2박 3일 캠프에서 만난 사람과 체험 프로그램 등은 다시 새로운 길 찾기를 위한 과정에 해당할 것이다. 캠프를 마치고 태조산 계성원을 빠져나가는 학생들의 뒷모습을 보다가 문득 입소할 때보다 키가 한 뼘쯤 자랐다는 것을 발견했다.

심사위원 김병운·임솔아·조경란·해이수

무경 고스트 캐슬 타운

구리여자고등학교 3
황지우

축, 재개발 확정! 무경 캐슬 타운 건설.

고작 분양권 하나 때문에 무덤을 모조리 미는 걸 허락했다고?

인부 몇 명이 현수막을 걸러 왔을 때, 곽 씨 아줌마는 요즘 유행한다는 필라테스 몇 동작을 따라 하고 있었다. 다리를 잔뜩 오므리고, 하나둘. 팔을 끝까지 들고, 어깨는 내리기. 자, 다시 숨을 내쉬자. 우리가 쉴 숨은 남아 있지 않지만, 그래도. 무덤에 들른 사람이 실수로 휴대폰을 놓고 갔는데, 하필 거기에 필라테스와 관련된 영상들이 많이 저장되어 있었던 것이었다. 물건이 이곳에 있으면 우리의 것이었으므로. 곽 씨 아줌마는 휴대폰을 손에 꼭 쥐고 꼭 얼리 어답터가 된 것 같다며 좋아했다. 그때부터 우리는 세상 소식을 알고 싶을 때마다 곽 씨 아줌마를 찾아갔는데, 관심을 가지는 소식이라고 해 봐야 유명 언론사의 최근 뉴스, 유행하는 서바이벌 프로그램의 순위, 그에 따른 문자 투표,(우리 애를 뽑아 주세요.) 마지막으로 자신의 죽음에 관한 내용이 인터넷에 기사로 올라오지 않았는지에 대한 것들이었다. 이 중 몇 명은 억울하게 죽임을 당했기 때문에, 시간이 꽤 지난 지금도 세상의 정의와 기자들의 펜대가 자신을 향해 주지 않을지에 대한 기대를 잔뜩 머금고 있었다. 나머지 몇 명은 메신저를 깔아서 가족들과 대화를 시도해 보려고 했지만, 인터넷과 배터리 사용량 문제로 받아들여지지 않았다. 사실 제일 큰 이유는 그렇게 연락을 시도하는 것이 아무런 의미가 없다는 사실을 모두가 알고 있기 때문이었다. 자신을 간신히 잊었을 가족들에게 또 다른 상처를 남기고 싶지 않았으니까.

최근에 가장 자주 보았던 뉴스는 재개발과 청약, 분양에 대한 것이었다.

우리 역시 이곳에서 같은 무경동의 이름을 사용하고 있었다. 무경 캐슬 타운. 무경 고스트 캐슬 타운. 진짜 성도 아닌데 캐슬이니 타운이니 붙이면 멋져 보이나. 거기에다 고스트 캐슬 타운이라는 말은 산 전체를 거대한 유령의 집으로 만드는 것만 같았다. 동의했으니까 무덤산이 밀리겠죠, 거의 복권 당첨 급인데 거절할 일도 없고. 얼이 삐딱한 목소리로 대답했다. 얼의 말에 모두가 조용해졌다. 문득 곽 씨 아줌마의 하나뿐인 아들이 엄마를 찾지 않은 지가 벌써 4년이 지났다는 사실이 갑자기 떠올랐다. 그리고 우리 부모님까지도. 마지막으로 엄마의 얼굴을 본 지가 벌써 2년이 지났다는 것이 생각났다. 엄마가 보고 싶은 건 아니었지만 그렇다고 보고 싶지 않은 것도 아니었다. 가슴 한곳이 욱신거렸다. 비록 귀신의 몸이지만 말이다.

사실 무덤산에 새로운 아파트를 건설한다는 이야기가 나온 게 이번이 처음은 아니었다. 몇 주 전부터 계속해서 화두에 오르고 있던 이야기였으니까. 우리는 귀신의 몸이라 가만히 있었지만 그렇다고 무덤을 찾는 사람들의 이야기에 귀를 닫고 지내지는 않았다. 곽 씨 아줌마가 휴대폰을 얻기 전까지는 그들의 이야기를 들어야만 세상이 어떻게 돌아가는지를 알 수 있었으니까. 그렇게 얻은 대개의 정보는 유명 배우가 결혼 또는 도박을 했다거나 특정 정당들을 욕하는 쓸모없는 이야기였다. 곽 씨 아줌마가 선산을 밀고 아파트를 만든다는 인간들 소식을 들었을 때는 그런 무미건조한 이야기만 들려오던 무렵이었다. 휴대폰 기사도 아니고 아날로그적인 현수막을 통해서. 무경동 이름을 따서 무경 캐슬 타운으로 만든대. 고인들의 직계가족들에게 아파트의 우선 분양권을 준다니까 다들 신이 나서 내려가더라니까? 곽 씨 아줌마는 누구보다 진지하게 말했지만 아무도 그 말을 귀 기울여 듣지 않았다. 곽 씨 아줌마는 원래 좀 지나칠 정도로 허풍스러운 사람이었으니까.

물론 곽 씨 아줌마의 말을 주의 깊게 듣지 않은 건 나와 얼도 마찬가지였다. 얼은 내 옆에 있는 무덤에 안치된 사람이었다. 이 넓은 무덤산에서 유일하게 나와 또래인 아이. 말수가 적고 내향적인 나였지만, 얼의 친화력과 또래라는 그 교집합으로 우리는 금방 가까워질 수 있었다. 내성적인 나와 달리 얼은 할 말은 하고야 마는 사람이었다. 저번에 우 씨 아저씨가 이제 귀신이니 마셔도 된다면서 막걸리를 권한 적이 있었는데, 진땀을 흘리며 조금씩 밀어내던 나와 달리 얼은 아저씨가 건넨 막걸리를 받아서 근처에 있던 이름 모를 개 무덤에 뿌려 버렸다. 사발 아래로 줄줄 흐르는 막걸리. 귀한 술인데 뭐 하는 짓이야! 아저씨의 고함에 얼은 막걸리 냄새가 밴 손을 탈탈 털며 말했다.

외국에서는 죽을 개들에게 초콜릿을 준대요. 곧 죽으니까 먹는 거라도 잘 먹으라고.

쟤도 얼마나 먹고 싶었겠어요? 이미 죽었는데.

죽었더라도, 제자리가 있는 거예요, 아저씨. 축축한 흙냄새 사이로 진한 누룩 같은 막걸리 냄새가 코에 맴돌았다. 자기 자리. 그 말에 주변에 있던 사람들의 시선이 얼을 향했다. 여기 있는 모두가 죽어서도 자기 자리를 지키려 애쓰고 있는 사람들이었으므로.

*

무덤산의 긴급 대책 회의가 개최된 것은 현수막이 걸리던 날 밤이었다. 운이 좋게도 어제가 김의 기일이어서, 여러 음식들과 술이 차려진 회의의 광경은 잔칫집을 방불케 했다. 김은 고스트 캐슬 타운에서 제일가는 부자라고 알려졌는데, 재산이 많기보다는 자식들이 찾아올 때마다 누구보다 거하게 한 상을 차리곤 했기 때문이다. (아무도 김의 나이가 몇인지는 모른다. 죽은 마당이니, 그냥 김이라고 불러라. 그 말에 우리는 김의 나이가 보기보다 많을 것이라고 추측했다.) 곽 씨 아줌마를 필두로 사람들이 가지런하게 모여 앉기 시작했다. 나와 얼은 무덤산의 입구 쪽에 안치되어 있었기 때문에 우리는 비교적 사람들이 모여 있는 위쪽까지 올라갔다. 위쪽의 무덤은 사람들이 오래 걷기 싫다는 이유로 자주 방문하지 않아 차려진 음식이 아예 없었다. 도대체가 중간이 없는 산이었다. 얼과 내가 있는 무덤산 입구는 꼭 층간소음 같은 자동차가 지나다니는 소리와 주변 소음으로 항상 시끄러웠고, 위쪽은 사람들이 오지 않았으니 어느 쪽이 더 지내기 좋은 것일지 알 수 없었다. 가끔은 너무 시끄러워서 그냥 확 위쪽으로 못자리를 옮겼으면 하는 생각도 했는데, 지금 보니까 그것도 아닌 거 같아. 얼이 입안 가득 동태전을 쑤셔 넣으며 웅얼거렸다. 아래에 있다고 해서 김처럼 차례상을 받지는 못할 텐데. 얼은 전을 아주 좋아했는데, 동생이 몸이 안 좋아

66

서 자기 전을 다 먹었다고, 그래서 남는 애호박전, 고추전 같은 것만 먹었다고 했다. 얼은 그 말을 마치고 말끝을 흐렸는데, 어쩐지 숨겨진 이야기가 더 있을 거라는 생각이 들었지만 구태여 묻지는 않았다.

곽 씨 아줌마가 큼큼 헛기침을 하며 회의의 화두를 던졌다. 재개발을 막을 방법을 생각해 보자는 이야기였다. 그렇지만 진지한 분위기와는 달리 사람들의 반응은 뜨뜻미지근했다. 다들 우리가 할 수 있는 것 따위는 없다는 생각을 하고 있기 때문이었다. 우리는 한낱 형체도 없는 귀신에 지나지 않으니까. 가족들도 다 동의했는데 우리가 어떻게 바꿔. 우 씨 아저씨가 찬물을 확 끼얹자 모두가 웅성거리기 시작했다. 그래도 할 수 있는 건 해야죠. 지금 이렇게 보금자리를 뺏길 건 아니잖아요? 우리 그럼 죽고 나서 어디서 지내라고? 집도 없이. 지들만 좋은 집 분양 받으면 다야? 곽 씨 아줌마가 끝말을 흐릿하게 흘렸다. 나는 우리 가족만 좋은 집에서 사는 거 두 눈 뜨고 절대 못 봐. 얼이 내게 조그맣게 중얼거렸다. 그건 나도 마찬가지야. 내 대답에 얼이 살짝 웃었다.

귀신 작전을 하는 거 어때요? 명색이 고스트 캐슬 타운인데.

동시에 사람들의 시선이 모두 얼에게 몰렸다. 자기의 의견을 하나도 기죽지 않고 큰 소리로 이야기하는 얼에게서 내가 가지고 있지 않은 자신감이 보였다. 얼의 말에 사람들이 동요하기 시작했다. 공양받은 음식이나 꽃다발들을 밤에 몰래 공사 현장에다가 가져다 놓기도 하고, 공사 목적으로 오는 사람들에게 나뭇가지나 음식을 던지는 거예요. 사람들을 놀라게 하는 걸 주목적으로 하는 거죠. 저주받은 무덤산이라는 이미지를 굳히게. 또, 현수막도 찢어 버리구. 얼이 눈을 반짝이며 말했다. 얼의 말이 끝나자마자 곽 씨 아줌마가 박수를 쳤다. 어린애가 진짜 똑똑하네. 곽 씨 아줌마의 말에 사람들도 경계를 풀고 곰곰이 작전에 대해 생각하는 눈치였다. 어쭙잖게 시위를 하는 것보다는, 귀신이 들린 산이라는 이미지를 심어 주는 게 재개발을 막는 데는 더 효과적일 것이기 때문이다. 정신을 차렸을 무렵 얼은 이미 사람들에게 박수를 받고 있었다.

너네는 어리니까 무덤산 앞에서 사람들을 놀라게만 만들면 돼. 곽 씨 아줌마가 현수막을 찢을 준비를 하며 말했다. 곽 씨 아줌마 손에 들린 돌이 유달리 뾰족해 보였다. 일명 '귀신의 집 작전'은 빠르게 진행됐다. 1단계. 먼저 현수막과 공사 현장에 있는 물건들을 조금씩 훼손한다. 처음에는 배치를 조금씩 바꾸다가 다음 날 현수막을 갈기갈기 찢어 위화감을 조성한다. 이때 돌을 던지거나 나뭇가지를 드는 일은 모두 시시티브이 앞에서 이루어지며, 사람들은 허공에서 나뭇가지가 움직이는 것을 보고 무서움을 느낄 것이다. 2단계는 산에 접근하는 사람들을 다양한 방법으로 공포에 질리게 만드는 것이었다. 캄캄한 밤에 목청 좋은 귀신들이 소리를 지르기도 하고, 무덤을 찾은 사람들의 음식을 뒤엎기도 했다. 이러다 사람들의 발길이 다 끊기겠어. 음식 맛도 못 보게. 우 씨 아저씨가 작게 투덜댔지만, 많은 사람들은 당장의 제사 음식이 중요한 게 아니라는 사실을 이미 알고 있었다. 3단계에는 사람에게 직접적인 위해를 가하기, 빙의하기 등의 후보가 있었지만, 아직 구체화되지는 않았다. 애초에 사람에게 해를 끼치고 싶은 것보다는, 산을 지키고 싶은 마음이 훨씬 컸기 때문이었다.

'귀신 작전'은 나보다 얼이 좀 더 잘했다. 얼은 사람들이 손에 든 물건들을 뺏기도 하고, 사람들을 툭툭 치기도 했다. 저기, 내

말 들려? 귀에 바람을 후 불면서 말하자 사람들의 팔에 오돌토돌하게 소름이 돋았다. 무덤에 오는데 반소매 옷은 왜 입고 와. 벌레한테 물리게. 벌건 대낮이었지만, 산에 온 사람들은 대부분 30분을 버티지 못하고 산 밖으로 뛰쳐나갔다. 그것은 공사를 진행하러 온 인부들도 마찬가지였다. 사람들 눈에 보이지 않는데도 주춤거리는 나와는 달리 얼은 당당하게 제 할 일을 했다. 나는 사람들이 정성껏 차려 놓은 음식들을 뒤엎는 일을 했다. 지금은 아니야. 조금만 더 기다려. 사람들이 무덤 앞에서 머리를 조아릴 때, 바람이 한 점도 불지 않는 순간에, 조상들의 분통함과 한을 모두 쏟아 내는 느낌으로, 지금! 음식을 담고 있던 그릇을 있는 힘껏 뒤집자 절을 하고 있던 중년 남자의 머리 위로 떡과 과일이 떨어졌다. 이게 뭐야! 남자가 소리를 지르며 길길이 날뛰자 같이 온 여성 두 명도 비명을 지르며 서둘러 짐을 챙겼다. 나는 허둥지둥 도망가는 세 사람의 뒤통수를 보며 알 수 없는 쾌감에 사로잡혔다. 마치 한참 전에 이미 멈춘 심장이 다시금 세차게 뛰는 듯한 느낌. 온몸에 전기 같은 무언가가 찌르르 흐르는 감각. 나한테도 놀라네, 저 심약한 사람들이.

처음으로 내가 무언가를 해내는 기분이야. 내가 그걸 얼에게 말한 것은 해가 다 지고 난 저녁이었다. 작전을 수행하는 능력은 꼭 공부와 유사해서, 부지런히 연구하고 행동할수록 이전보다 나아지게 되었다. 주춤거리다가도 옆에서 항상 당당하게 제 할 일을 하는 얼을 보다 보면 자극이 되어서였다. 내가 누군가를 해할 수도 있는 사람이라니. 자리에 앉아서 펜대를 굴리고 여러 기호를 욱여넣는 게 내가 할 수 있는 주도적인 행동의 전부였는데. 해한다는 말은 폭력적이면서도 어딘가 자극적이고 구미가 당겨서,

입에서 동그란 발음들을 한참 동안 굴리고 있어도 질리지가 않았다. 우리는 인간을 제대로 해한(해친) 적이 없지만, 오히려 인간들은 자신이 언제 해코지를 당할지 몰라서 지레 겁을 먹고 두려워했다. 그러게 내가 무덤산을 밀면 귀신이 들린다고 했지. 이제 와서 그렇게 말하는 사람들의 대부분은, 전에 무덤산에 와서 재개발의 혜택을 받는 유가족들이 부럽다고 말한 사람들이었다. 나와 얼이 하나둘셋 구호에 맞춰 그들의 눈앞에서 멀쩡하게 놓여 있던 자재들을 쓰러뜨리자, 그나마 남아 있던 사람들마저 더 이상 여기서 공사를 못 하겠다고 소리치며 무덤산을 떠났다. 여기는 무당을 불러야 하는 곳이야. 얼과 나의 귀신 작전에 뛰쳐나가는 사람은 그렇게 이야기했다. 나와 얼은 그런 사람들을 바라보다가 눈을 맞추며 웃었다. 무덤산 사람들도 마찬가지였다. 순조롭게 진행되는 계획에 무덤산 식구들은 박수를 치면서 환호했다. 그 뒤로도 우리는 쉬지 않고 귀신 작전을 수행했다. 이제는 나도 음식을 어지럽히는 것보다는 사람들을 놀라게 만드는 것을 좀 더 잘하기 시작했다. 굴삭기 기사에게 빙의하려고 시도도 해 보고, 머리띠를 두르고 들리지도 않을 목소리를 큼직하게 내기도 했다. 공사하는 사람의 모자를 몰래 벗긴 날, 곽 씨 아줌마가 와서 잘하고 있다며 칭찬을 했다. 원이 아주 잘하고 있네. 그 말을 듣는 순간 멈춘 심장이 다시 뛰는 듯한 기분이 들었다. 잘하고 있다는 말을 꼭 처음 듣는 기분이었다.

무당이 무덤산을 찾은 것은 작전이 일주일 정도 지났을 때였다. 터가 안 좋고, 또 안 좋다. 같잖은 것들이 득실대고 있구나. 척봐도 무당처럼 보이는 그 사람은 오른손으로 신칼을 들고 왼손에는 방울을 들고 있었는데, 얼과 나는 무당을 처음 보는지라 그가 여기까지 걸어오는 동안 넋을 놓고 그를 바라보고 있었다. 나의 표정이 굳은 건, 무당의 뒤에서 주변을 두리번거리는 사람을 발견한 뒤부터였다. 어딘가 익숙한 얼굴, 나와 닮은 듯한 눈꼬리. 상황이 파악되는 순간, 등줄기에서 식은땀이 죽 흐르는 기분이 들었다. 머릿속이 하얗게 변하는 듯한 기분. 오랜만에 본 엄마는 여전했다. 여전히 단정한 쇼트커트 헤어를 고수하고 있었고, 귀에는 조그마한 금귀고리가 달려 있었다. 조금이라도 중요한 자리면 어김없이 등장하는 베이지색 세미 정장까지. 아마 엄마에게 중요한 일은 이곳을 밀어 없앤 뒤 캐슬 타운을 만드는 일인 듯하고, 이곳에 무당과 함께 온 것은 무덤산을 둘러싸고 있는 흉흉한 소문을 벗겨 내기 위함일 터였다. 무당은 알 수 없는 말을 중얼거리더니 소금을 뿌리기도 하고 이상한 물을 뿌리기도 했다. 엄마는 그 옆에서 뭐라고 뭐라고 오물거렸다. 여기 재개발 안 되면 어떡해 여보? 어떻게 당첨된 복권인데. 들어 보니 그냥 전화 소리 같았다. 나는 입술을 꽉 깨물었다. 순간 소리를 지르고 싶어졌다. 소리를 아무리 질러도 들리지 않을 텐데. 엄마의 머리칼을 집으려는 순간 얼이 나를 막았다. 그 순간 이성이 돌아오는 듯했다. 가슴속 어느 깊은 곳에서 무언가가 끓어오르는 걸 느꼈다. 엄마는 정말로 변한 것 하나 없이 여전했다.

*

엄마와 아빠는 복권을 좋아했다. 로토는 물론이고 주택 복권, 자식 복권, 인생 복권 따위의 것들. 내 인생의 첫 기억은 엄마가 복권을 까만 펜으로 동글동글 마킹을 하는 것이었다. 하얀 빈 원을 검은 펜으로 꽉 채우는 것. 내 앞에서 잉크 냄새가 나는 펜을 흔들면서 환하게 웃어 보이는 것. 훗날 시험을 보며 오엠알 카드를 칠할 때도 가끔 그 잉크 냄새가 떠올랐다. 은은하게 코를 찌르는 기분 나쁜 냄새. 엄마와 아빠는 일주일에 한 번은 꼭 로토를 사서 내 앞에서 보여 주었다. 이거 당첨되면 우리 더 좋은 곳으로 갈 수 있다. 너도 여기는 좁아서 싫지. 이제 간신히 걸어 다니기 시작한 내가 보기에 우리 집은 넓어도 한참은 넓었다. 사실 나는 어렸을 때부터 알고 있었는지도 모른다. 누군가는 요행으로 복권을 바라지만, 엄마는 여러 복권을 위해 칼을 잘 닦아 놓고 기다리는 사람이라는 사실을. 누군가는 아파트 청약 당첨을 위해 아이를 가지고, 또 유산을 하고, 가짜로 결혼을 하기도 한다는 사실을.

너 자식 복권이라는 말 아니.

너 좋은 대학 가면 내가 그게 당첨이 되는 거야. 엄마는 하루에 한 번씩 꼭 그 말을 했다. 거기에 항상 딸려 오는 말은 복권이라는 단어였다. 엄마는 정작 가족들이 원하는 대학에 들어가지 못한 사람이었고 아빠는 어렸을 적 지독한 가난을 겪었기 때문에 남들에게 뒤처져 보이는 걸 극도로 싫어하는 사람이었다. 원아, 사람들은 너를 겉만 보고 판단한단다. 학벌, 회사, 돈, 집……. 아빠가 나열하는 단어들을 듣다 보면 문득 나도 사람들을 겉만 보고 판단해야만 할 것 같았다. 그런 사람들을 나쁘다고 하는 아빠마저도 사람들을 겉만 보고 판단하는 것 같다고. 결론은 항상 좋은 대학을 가야만 한다는 사실이었다. 나는 그게 사실이 아니라는 걸 알고 있었다. 그렇지만 머리로 아는 것과 몸으로 실행하는 것은 다른 영역의 일이었다. 오엠알 카드에 정답을 기입하는 것은 마치 복권 같았으니까. 엄마는 자식 복권이 요행으로 당첨될 수 없다는 사실을 잘 알고 있는 사람이어서 내게 여러 방면으로 돈을 썼는데, 강남 목동 지역의 맘 카페를 열심히 찾아보며 최근 좋다는 과외의 커리큘럼을 모조리 듣고 오고는 했다. 그러나 엄마는 무언가 탐구하고 정확한 답을 찾아내는 데 서툰 사람이어서, 듣고 오는 여러 자료와 커리큘럼들을 가만히 살펴보면 일관성이 없이 파편적인 부분이 많았다.

그날은 내가 처음으로 모의고사에서 모든 과목 성적이 1등급이 나온 날이었다. 매번 하나씩은 실수하고 틀리더니. 열심히 하니까 오르는구나, 라고 말해 주던 선생님 말씀이 귀에 들어오지 않았다. 분명 여태껏 바라던 것이었는데 정작 같은 숫자가 적혀진 성적표를 보니 아무런 기분도 들지 않았던 것이다. 말 몇 마디와 함께, 잉크 냄새를 잔뜩 맡고, 잉크든 오엠알 카드든 몸에 욱여넣고, 열심히 살아가는. 씨발, 너 내 말 듣고 있냐? 친구가 물었을 때, 나는 기계적으로 입꼬리를 올린 채로 고개를 끄덕이고 있었다. 친구는 미술 입시를 하던 아이였는데, 별 같잖은 온갖 주제를 들이밀며 창의력과 절제력을 동시에 발휘해야 하는 입시 체계에 굉장한 (굉장히) 불만을 가지고 있는 사람이었다. 학원 바꿀까. 지금 입시 선생님 존나 짜증 나. 응응, 바꾸자. 마음에 안 들면 뭐든 바꿔 버리자. 내가 하지 못하는 일들. 초록불에 건너지 않고 빨간불에 발을 내딛는 일들. 건널목을 실수로 빨간불에 건너게 된 것은 여러 생각들이 꼬리에 꼬리를 물 때였다. 이를테면 엄마가 이 성적표를 보게 됐을 때의 반응 말이다. 시끄러운 경적 소리가 귀에 꽂힐 때 눈앞의 자동차와 눈이 마주쳤다. 깜빡거리는 불빛. 마법이라도 걸린 듯 온몸이 움직여지지 않았다. 희미해진 시야 사이로 다 뭉개진 책가방이 보였다. 그리고 그 안에 있을 모의고사 성적표가. 머리가 뜨끈해지는 기분과 동시에 눈이 감겼다.

정신을 차렸을 때, 이미 내 몸은 무덤산에 묻힌 뒤였다. 하필이면 매장이야. 부모님은 조금 고리타분한 면이 있어서, 할머니가 돌아가셨을 때도 모든 사람이 말렸지만 할머니를 화장하지 않고 매장했다. 대한민국 땅덩어리가 이렇게나 좁은데 아직도 나를 묻을 자리가 남아 있다니. 죽었다는 것을 자각했지만 슬프지 않았다. 오히려 그 시험지를 보여 주지 않고 죽어서 다행이라는 생각마저 들었다. 평생 엄마 아빠의 복권으로 살고 싶지는 않았다.

이러다가 우리가 무당한테 쫓겨 나가는 게 아닐까.

괜한 걱정을 한다. 얼의 무사태평한 말과는 다르게, 엄마는 질리도록 자주 무덤산에 찾아왔다. 여기서 귀신이 자꾸 나온다고? 묘지라서 생긴 헛소문이겠지. 엄마는 항상 무당과 함께 그런 말을 중얼거렸다. 혀를 차며 재개발 걱정을 하는 엄마를 보고 있자면 귀신 작전 같은 것 따위는 하고 싶어지지도 않았다. 무당은 항상 무언가를 뿌리며 중얼거렸는데, 그 말은 처음 들어 보는 종류의 말이어서 어쩐지 이질감이 들었다. 엄마가 우리를 쫓아내려고 이곳까지 몇 번을 행차하다니. 복권에 노력을 기울일 줄 아는 엄마다운 선택이었다. 말 그대로 무당의 굿이 효과가 있었는지, 우리가 귀신 작전을 펼치는 와중에도 무덤산으로 밀려드는 인부들 수는 갈수록 늘어 갔다. 공사하는 측에서 많은 돈을 준다고 한 것인지, 굴삭기를 끌고 이곳으로 진입하는 사람들의 눈이 어쩐지 묘하게 밝은 빛을 띠었다. 우리를 몰아내려고 오는 그 눈빛들이. 여기가 없어지면 어디로 가지. 그날의 대책 회의에서, 곽 씨 아줌마는 제법 침울한 표정을 짓고 있었다. 가긴 어딜 가 이 사람아. 우씨 아저씨와 주변 사람들이 아줌마의 어깨를 토닥였지만, 이미 심란한 곽 씨 아줌마의 마음을 달랠 수는 없는 모양이었다.

여기서 가족이 아직도 찾아오는 분은 손을 드세요. 김의 말에 회의에 모인 사람들이 눈치를 보다 손을 들기 시작했다. 서른여덟 명 중에 열두 명. 나머지는, 마지막으로 가족을 본 게 언제인겨. 나는 가족이 없소. 내 가족은 육이오 때 죽었소. 나만 살아남았다가, 나도 2년 뒤에 기근으로 죽었어. 내 아비는 무정한 사람이오. 나를 묻고 새 여자와 살림을 차리느라 한 번도 오지 않았어. 내가 알기로, 그 여자는 아버지가 유부남이었다는 사실을 몰라. 사람들이 침을 튀기며 열변을 토해 냈다. 김을 설득한다고 이곳에 계속 남아 있을 수 있는 게 아닌데도, 자신이 이 캐슬 타운에 남아 있어야만 하는 이유를 자꾸만 이야기하는 것이었다. 여기는 배산임수의 자리다, 낮에 햇볕이 쨍쨍해서 축축하지 않다, 밤에 여러 동물들이 많이 나온다 등. 한 가지는 확실했다. 모두가 이곳을 집처럼 여기고 있다는 것. 유골함이 빽빽이 들어찬 납골당보다 이곳을 훨씬 사랑한다는 것을. 여러분의 말은 잘 알겠어. 그렇지만 곧 사람들이 우르르 쳐들어올 것이여. 김의 말에 울적하지만 단호한 목소리가 들렸다. 곽 씨 아줌마의 것이었고, 고개를 든 아줌마는 어딘가 결연한 표정이었다.

찢어 버릴 수 있어. 현수막처럼.

굴삭기든 다른 어떤 중장비든 다 와 보라 그래. 지금까지 이곳을 지켜 낸 건 나고 우리야. 몇십 몇백 년 동안 죽은 사람들을 받아주고 보듬어 준 산처럼, 이제는 우리가 그에 대한 보답을 해야 한다고. 곽 씨 아줌마의 말에 어쩐지 그 자리에 있던 사람들의 표정이 비장해졌다. 당장 손에 돌을 들고 누군가의 머리통을 깨 버릴 수도 있을 것 같은. 과격하더라도, 그것이 바로 지금까지 우리가 여기에서 지낼 수 있었던 방법이기도 했다. 누군가는 서울에서 자기 집 한 칸도 없이 평생을 살았고 누군가는 망명하기도 했지만, 그럼에도 부단히 이곳에 발을 붙이고 지내려는 사람들이 존재했다. 아무도 내 집을 뺏을 수 없어. 거대한 귀신의 집. 이곳은 우리의 의지로 지켜야 할, 앞으로 우리가 함께 지내야 할 집이었다. 우리는 언제든지 팔을 뻗고 누군가에게 돌맹이를 던질 준비가 되어 있는 귀신들이었다.

얼의 아빠가 이곳에 찾아온 건 그로부터 며칠 후의 일이었다. 저 사람이 우리 아빠야, 그 옆은 내 동생. 나만 하다던 얼의 동생은 그사이에 좀 더 성장한 건지 나보다 키가 한 뼘은 더 커 보였다. 내 생각을 읽기라도 한 건지 얼은 안 본 새 동생이 많이 컸다며 쓸쓸한 웃음을 지었다.

건강해진 동생을 보고 이상한 기분이 드는 건 내가 못된 탓일까?

얼이 슬픈 눈으로 중얼거렸다. 내 동생은 자주 아파서 내가 항상 양보했거든. 내가 죽고 뭐가 나아졌나 봐. 쟤의 어떤 것이. 얼의 목소리는 누구보다 슬퍼 보였다. 저 멀리서 얼의 아빠와 동생이 중얼거리는 소리가 들려왔다. 고작 헛소문 때문에 재개발이 멈추는 건 말도 안 되지. 혀를 차는 목소리가 유독 크게 들렸다. 조금만 더 기다리면 좋은 집을 가질 수 있어. 얼의 아빠가 웃음기 가득한 목소리로 말했다. 고개를 돌리면 얼의 표정을 확인할 수 있었지만 그러고 싶지 않았다. 그 뒤로 얼이 한 이야기는 이랬다. 아픈 동생 때문에 공부도 하지 못해 다니던 고등학교를 자퇴하고, 자퇴한 후에는 아이러니하게도 공무원 시험 준비를 하게 되었다는 이야기. 너는 좋은 대학에 갈 가망이 없으니 공무원 준비나 해,

라는 엄마의 말을 들었을 때 진짜 모든 걸 다 포기하고 싶었다고. 과연 내가 가망이 없는 건지 내 학비가 없는 건지 알 수가 없었다고. 얼의 집은 동생의 병원비를 대느라 많은 것을 포기했다. 이직을 고민하던 아버지는 한 직장에서 얼이 죽기 전까지 부지런히 일했고, 얼의 어머니는 새로 식당 일을 시작하며 손이 많이 거칠어졌다. 병원에 있는 동생을 보살피는 건 자연스럽게 얼의 몫이 되었다. 금방 나을 거라는 희망찬 말을 해 주고, 알러지가 있지만 꽃을 좋아하는 동생을 위해 조화를 사 오고, 늦게까지 동생과 시간을 함께 보내는 것. 그러다가도 한 번씩 의문이 드는 순간은 존재했던 것이었다. 상태가 악화된 동생의 소변 통을 갈아 주면서. 밤새 동생과 시간을 보내고 병원 밖으로 나왔을 때 쏟아지는 햇살을 보면서.

온전한 내 집을 위해.

그날은 파묘를 위해 다수의 인부들이 동원된 날이었다. '굴삭기로 땅을 파내고 터를 전부 밀어내. 철근으로 기둥을 쌓고, 그 위에 시멘트를 부어.' 열심히 찢은 현수막 대신 새로운 내용의 현수막이 힘차게 펄럭거리며 저 멀리 걸려 있었다. 이걸 찢어도 더 좋은 현수막이 나타날 것만 같았다. 굴삭기가 무덤산을 파고 있는 것이 보였다. 우리는 모두 손에 나무 막대기나 돌멩이를 들고 있었는데, 표정이 사뭇 진지해 마지막 전쟁을 치르러 나가는 병사들 같았다. 그렇다기엔 손에 들고 있는 무기가 너무 허술했지만. 더 이상 접근하면 머리통을 조사 버릴겨! 김은 마지막에 자신의 후손들이 서울에 있는 납골당의 로열층을 마련해 준 것이 마음이 들지 않는 모양이었다. 후손이면 일면식도 없을 텐데, 그 정도 해 준 것만으로도 감사해야지. 그 말에 김은 고개를 저으며 자신이 남아 있을 곳은 이곳밖에 없다고 단호하게 말했다. 하긴 여기 안 그런 사람이 어디 있겠어. 그 말에 모두가 웃었다. 웃고 또 웃어 굴삭기가 내는 소리를 묻어 버리겠다는 것처럼 크게 웃었다. 나무 막대기와 돌멩이를 발 앞에 던지자 몇몇의 인부들은 움찔했지만, 나머지 사람들은 아랑곳하지 않고 기계를 가동시켰다. 공사판 쨈밥이 얼마인데, 이 정도로 도망치면 일 못 하지. 그 순간 굴삭기가 언덕을 넘어 우리가 서 있는 곳을 향해 몸을 움직였다. 거대한 두 대의 굴삭기의 등장에 여러 사람이 주춤했지만, 그 순간 모두의 이목을 끈 건 다름 아닌 나였다. 모두 겁먹지 마요!

언제 집이 있었던 적이 있기는 한가요.

물러서면 거기서 끝이에요. 나의 말에 모두의 표정이 한층 더 비장해졌다. 굴삭기가 무덤산을 미는 소리가 시끄러웠다. 위이잉 하는 거센 소리들. 그 순간 모두와 눈이 마주쳤다. 먼저 움직인 사람은 얼도 아닌 나였다. 밀지 마! 내가 닿지 않을 소리를 지르자 얼이 따라 소리를 질렀다. 그 후로 곽 씨 아줌마, 우 씨 아저씨……. 모두가 굴삭기로 달려갔다. 너네만 무경 캐슬 타운 주인이야? 우리도 무경 고스트 캐슬 타운 주인이야! 우리가 더 먼저 있었다고. 모두의 목소리들이 시끄럽게 섞여 들렸다. 이 순간 우리들의 마음은 모두 하나였다. 집을 지켜야 한다는, 무경 고스트 캐슬 타운의 주인은 우리라는 거. 뛰지도 않을 심장 박동이 거세게 들리는 것 같았다. 우리는 손에 있던 돌멩이와 나무 막대기를 한차례 던지며 전진했다.

저 멀리서 무언가 쿵쿵대는 소리가 들려왔다.

한겨울, firework

구리여자고등학교 3
황지우

싫어.

송의 말이 다 끝나기도 전에 언니가 대답했다. 예상하고 있었
던 것이었기에 송은 눈 하나 깜짝하지 않고 말을 이어 나갔다. 언
제까지고 집에만 있을 수는 없잖아. 송이 말했지만 언니는 들은
척도 하지 않았다. 길고 풍성하게 축 내려져 있는 언니의 앞머리
가 송의 눈에 들어왔다. 눈을 전부 다 가려 버린 언니. 송은 언니
에게 앞은 보이냐고 물어보려다 말았다.

인스타그램에 들어갈 때면 늘 캥거루 괴담이 피드에 떴다. 요
즘 에스엔에스를 뜨겁게 달구고 있는 괴담이었다. 중고 직거래를
하기 위해 약속 장소에서 구매자를 기다리는 중에 캥거루를 만났
다는 괴담이었다. 거래자를 주머니에 넣어 훔쳐 간다는 캥거루.
말이 좋아 괴담이지, 사실 그것을 믿는 사람은 아무도 없었다. 캥
거루로 언어유희를 한 챌린지만이 온 에스엔에스를 덮었다. 송은
한숨을 쉬었다. 언니는 이불을 끝까지 올려 덮고 있었다. 이불에
서 쉰내가 났다.

그날 이후로 언니는 방을 단 한 번도 치우지 않았다. 바닥은 항

상 더러웠다. 지저분하게 물에 푹 젖은 휴지 조각들이 사방에 구
겨져 있었고, 껌을 뱉어 낸 뒤 버리지 않은 은박지도 곳곳에 떨어
져 있었다. 개중에는 껌이 삐져나와 딱딱하게 굳은 것도 있었다.
어느 순간부터 송은 언니의 방에 갈 때마다 숨을 꾹 참았다.

청소를 하자.

싫어.

송의 말에 언니는 또다시 싫다는 대답을 했다. 부정의 대답이
잦아지고 있었다. 송은 언니의 말을 무시하고 빗자루와 쓰레받기
를 찾았지만 도저히 보이지 않았다. 빗자루를 찾기 위해 언니의
방을 뒤지면 다 구겨진 언니의 교복이 보였다. 치마 주머니가 유
난히 큼직했다. 늘어난 것처럼 보였다. 꼭 캥거루처럼.

언니의 방에 있는 상자들을 꺼내 부으면 많은 것들이 우르르
쏟아졌다. 어릴 적 함께 가지고 놀았던 큐브, 바비 인형, 무지개
스크래치북, 불꽃놀이 세트, 이제는 다 필요 없는 것들이었다. 송
은 그것들을 모두 사진 찍고 중고 거래 사이트에 무료 나눔 게시
물을 올렸다. 불꽃놀이 세트는 뺄 걸 그랬나. 송은 짧게 후회했지
만 게시글은 이미 올라간 지 오래였다.

잠시 뒤, 루루라는 사람에게 연락이 왔다. 나눔을 받고 싶다는
채팅이었다. 괜찮은 시간을 묻는 질문에 송은 당장도 괜찮다며 답
장을 보냈다. 답장을 기다리는 동안, 송은 불꽃놀이 세트를 조심
스레 만졌다. 언니와 송은 어렸을 적 여름만 되면 불꽃놀이를 했
다. 그날이 아니었다면 아마 이번 여름에도 불꽃놀이를 했을 것이
다. 그 사실은 송이 제일 잘 알았다. 더 이상 언니가 머리를 자르
지 못한다는 것도. 감지 않아 떡이 진 언니의 뒷머리에서 윤기가
죽 흘렀다. 송은 무언가를 더 말하려다가 그만 입을 다물었다. 송

의 핸드폰에서 알림이 울렸다. 루루였다.

—그럼 10분 뒤 삼거리 CU 앞 어떠세요?

송은 좋다고 답했다. 창밖을 바라봤다. 겨울이라 그런지 금방 어두워지고 있었다. 신발장에 내려놓은 상자를 바라봤다. 큐브, 바비 인형, 스크래치북, 불꽃놀이 세트 말고도 많은 것들이 있었다. 무늬 색종이, 캐릭터 가위, 탱탱볼. 들어 보니 꽤 무게가 나갔다. 싫다고 할 걸 알면서도 송은 다시 언니에게 같이 나갈 생각이 있냐고 물었다. 언니는 싫다고 답했다. 달라진 건, 언니가 잠시 고민을 했다는 것이었다.

나가려는 송에게 언니가 물었다. 너 캥거루를 아니. 송은 대답하지 않고 밖으로 나갔다.

삼거리는 고요했다. 약속 시간을 1분 남긴 시각이었다. 송은 상자를 고쳐 잡았다. 멀리서 쿵쿵거리는 소리가 들려왔다.

쿵.

쿠웅.

캥거루였다.

괴담에서 말하던 것과는 조금 달랐다. 캥거루는 송을 주머니에 넣지 않았다. 무엇이든 다 들어갈 것처럼 묘사되던 주머니는 정말로 큼직했다. 안녕하세요. 송이 인사했다. 캥거루는 부끄럽다는 듯 볼을 붉혔다. 캥거루가 고개를 까딱였다. 동시에 캥거루의 주머니에서 누군가가 나왔다. 송이 보기에 그의 모습은 언니와 유사했다. 길고 축축한 앞머리, 기름진 머리카락, 눈을 마주치지 못하는 것. 상자를 받은 그는 허겁지겁 캥거루의 주머니 안으로 다시 들어갔다. 송은 그가 소중하게 불꽃놀이 세트를 만지는 것을 보았다. 밤하늘이 점점 어둡게 변하고 있었다. 바람이 차가웠다.

같이 불꽃놀이 할래요?

저희 언니도 불러서, 넷이서 해요. 송의 말에 그는 고개만 주머니 밖으로 빼꼼 내밀었다. 그가 고개를 끄덕였다. 미약했지만 그것은 분명 끄덕임이었다.

송은 핸드폰을 켜 언니에게 문자를 보냈다. 언니, 나 캥거루를 만났어. 같이 불꽃놀이 할 건데 언니도 같이 하자. 문자를 보낸 뒤 송은 조금 울고 싶어졌다.

언니는 답장이 없었고 송은 캥거루와 그를 데리고 공원에 갔다. 공원은 삼거리만큼이나 고요했다. 이따금 벌레가 가로등에 달라붙었지만 겨울이라 심하지는 않았다. 그는 여전히 캥거루의 주머니 속에 있었다. 그가 움직일 때마다 캥거루의 주머니도 움직였다.

송은 상자에서 불꽃놀이 세트를 꺼냈다. 설명서를 보고 따라 했다. 어두운 곳에서 튀는 불꽃은 유난히 밝았다. 하늘에 큼직하게 수놓아지는 것이 아니더라도. 기다란 꼬챙이에서 눈부신 불빛이 피어올랐다. 캥거루 주머니 안에서 그의 웃음소리가 들렸다. 송도 웃었다. 입김이 하얗게 피었다.

그 순간, 발자국 소리가 들렸다. 송은 뒤를 돌아봤다. 언니가 서 있었다. 앞머리는 여전히 눈을 가릴 정도로 길었다. 송은 말없이 불꽃 하나를 언니에게 쥐어 주었다. 언니는 조금 움찔했지만 이내 살며시 미소 지었다. 불꽃을 쥐지 않은 다른 손으로, 언니는 캥거루의 주머니를 쓰다듬었다. 언니의 손길에 그가 움찔하고 나왔다.

불꽃 줄까요?

송의 말에 그가 고개를 끄덕였다. 불꽃이 서로 맞닿을 때마다 새하얀 은빛의 파편이 튀었다. 송은 언니와 했던 불꽃놀이를 떠올렸다. 그때의 언니는 앞머리가 없었다. 언니가 송의 옆구리를 쿡 찔렀다. 왜? 송이 물었다.

불꽃을 보고 싶어.

앞머리를 잘라야 할 것 같다고 언니는 덧붙였다. 언니의 말에 그도 고개를 끄덕였다. 저도 자르고 싶어요. 그의 목소리는 꽤나 낮았다. 송은 상자에서 캐릭터 가위를 꺼냈다. 언니와 송이 어렸을 적 자주 썼던 캐릭터 가위였다. 손잡이 부분 실리콘에 때가 타 있었다.

싹둑, 싹둑.

송과 언니가 눈을 맞췄다. 언니의 눈을 얼마 만에 보는 것일까. 아무래도 상관없다고 송은 생각했다. 불꽃 소리가 치지직하고 들렸다. 언니는 손이 시렵다며 송의 손을 잡았다. 바람에 언니의 앞머리가 휘날렸다. 이마에 난 언니의 흉터가 보였다. 괜찮아? 송이 물었고, 응, 언니가 대답했다.

앞머리를 가위로 자른 그는 더 이상 주머니에 들어가지 않았다. 송은 두 사람의 손을 잡았다. 그리고 캥거루를 봤다.

송은 언니에게 어떻냐고 물었다.

좋아.

언니는 좋다고 대답했다. 한겨울 밤에, 불꽃이 예쁘게 빛나고 있었다.

용 고기는 안 먹어요

덕문여자고등학교 2
이채민

용을 양식하는 지역은 비가 많이 내린다. 비구름을 만들어 내는 용의 습성 때문이라고 한다. 비구름을 만들지 않는 용 품종을 만들기 위해 많은 연구가 이뤄지고 있다곤 하지만, 글쎄. 그다지 진전되는 것 같지는 않다. 현재로서는 용에게 비싼 약물을 투여해 일시적으로 비구름을 만들지 못하도록 하는 것이 최선이다. 오늘은 용에게 약물을 투여하는 맑음 주간의 토요일. 어딜 가도 놀러 나온 사람들로 붐빌 게 뻔한 날이다. 나와 지아도 뻔하게 놀러 가기로 한 날이고.

지아는 늘 약속 시간보다 15분 늦는다. 중학생 때 알게 된 이후로 쭉 그랬다. 왜 기껏 구워 놓은 용 고기를 먹고 가지 않았냐는 엄마의 문자 폭탄들을 제쳐 두고 지아의 연락을 확인했다. 늦어서 미안하다, 지금 달려가고 있다는 내용의 문자. 아니나 다를까 저 멀리서 주름 잡힌 스커트를 펄럭이며 달려오는 지아가 보인다. 나는 괜히 내 후줄근한 맨투맨 소매를 만지작거렸다.

"바람바람 오바람! 늦어서 미안해. 오늘 밥은 내가 살게."

지아는 나를 와락 끌어안으며 말했다. 아직 정리되지 않은 호흡이 귓가에서 할딱였다.

"얼마 만이지? 한 달? 두 달? 아무튼 보고 싶었어, 바람바람!"

삼 주 만이다. 나는 지아의 등을 두어 번 토닥이고는 그 품 안에서 빠져나왔다. 막 달려온 지아의 품은 너무 더웠다. 지아의 이마에 땀이 송골송골 맺혀 있었다. 나는 가방에서 언젠가 챙겨 놓은 냅킨을 꺼내 내밀었다. 지아는 생긋 웃으며 땀방울을 두드려 닦았다.

"시험은 어땠어? 2학년 되고 첫 중간고사였잖아."

버스를 기다리며 서 있는데 지아가 물어 왔다. 나는 빨간 줄들이 그어진 처참한 성적의 시험지를 떠올렸다.

"이번에도 망했지, 뭐. 또 중하위권에서 왔다 갔다 하려나. 이래서 그냥 특성화고 가려고 한 거였는데."

하지만 엄마는 막무가내였다. 엄마는 내가 일반고를 나와서 적당히 이름 있는 대학을 가고, 적당히 잘 버는 회사에 들어가 적당히 잘살길 바랐다. 하지만 그게 어디 말처럼 쉬운가. 공부는 너무 적성에 안 맞았다. 억지로 되도 않는 공부를 할 바엔 차라리 고등학교를 졸업하자마자 취업해서 돈을 벌고 싶었다. 이루어지지 않은 바람이었지만. 내가 한숨을 내쉬자 지아가 크로스백에서 무언가를 끄집어냈다. 한가운데에 마시멜로가 박힌 초콜릿 쿠키였다.

"짜잔! 스모어쿠키지롱. 너 주려고 만들어 왔지. 엄청 맛있을 걸?"

지아는 씩 웃으며 옷소매를 걷어 손목을 드러냈다. 일직선의 화상 자국이 군데군데 나 있었다.

"이건 영광의 상처! 학교에서 실습 중에 다쳤지. 얘는 저번 주에 생긴 거다?"

지아는 흉터들을 하나하나 가리키며 어쩌다 다쳤는지, 언제 다쳤는지 하는 이야기를 재잘재잘 읊었다. 나는 지아가 준 쿠키를 먹으며 그 얘기를 들었다. 쿠키는 달고 촉촉했다.

지아의 이야기를 듣다 보니 어느새 시내로 가는 버스가 오고 있었다. 맑음 주간을 맞아 놀러 나온 사람들 때문에 버스는 미어터질 것만 같았다. 나와 지아는 사람들 사이를 비집고 간신히 서 있었다. 사람에 치이고 가방에 치여 정신없는 와중에 스피커에서 정거장을 안내하는 목소리가 흘러나왔다. 이번 정거장은 용 탑입니다. 다음은…….

용 탑이라는 소리에 나도 모르게 고개를 들었다. 저만치 높게 솟은 새장 같은 용 양식장이 눈에 들어왔다. 그리고 그 안에서 빙빙 돌고 있는 새파란 용들도. 수없이 많은 용들이 엉킨 밧줄처럼 뒤섞여 일제히 같은 방향으로 돌아가고 있었다. 그 모습이 마치 수산시장에서 본 고등어 수조 같았다. 속이 울렁거렸다. 멀미 때문일까, 아니면 용 때문일까. 나는 입가를 가리고 크게 심호흡했다. 지아가 내 어깨를 가볍게 두드렸다.

"바람바람, 괜찮아? 저기 노약자석 비었는데. 앉지그래?"

지아의 말대로 노란 커버로 덮인 빈 좌석이 보였다. 나는 고개를 내저었다. 그 정도는 아니라고 답하며.

초등학교에 다닐 때였다. 현장 체험학습으로 용 양식탑에 갔었다. 아이들이 빙빙 도는 용들을 보며 신기해하고 있을 때, 나는 봤다. 비늘이 빠지고 상처가 가득한 푸른 등과, 뿔이 잘려 나간 불쌍한 머리와, 잔뜩 짓무르고 희뿌연 용의 눈동자를. 용이 물었다. 왜 나는 이곳에 있어? 용이 물었다. 왜 나는 구경거리가 된 거야? 용이 물었다. 왜 너희는 나를 먹어? 나는 답했다. 나도 몰라. 나도 몰라. 난 너를 먹지 않았어. 용이 다시 물었다. 그럼 아침에 먹은 그건 뭐야? 그 하얀 고기는 뭐였어? 왜 나를 먹었어? 왜 우리를 먹었어? 왜 우리를 삼켰어?

나는 그대로 그 자리에 굳어 있었다. 저만치 선생님을 따라 줄지어 가는 아이들을 따라가고 싶었지만 발이 떨어지지 않았다. 희뿌연 눈의 용이 갑자기 나를 향해 돌진했다. 놈은 철창에 머리를 박아 가며 나를 향해 커다란 아가리를 벌렸다. 놈은 쇠를 긁는 것 같이 찢어지는 울음소리를 냈다. 분명 나를 저주하고 있었다. 나는 자리에 주저앉아 울음을 터뜨렸다. 선생님과 직원이 다급히 달려오는 소리가 들렸다. 직원이 기계를 조작해 거대한 올가미로 용을 붙드는 모습이 보였다. 용은 목을 붙들려 질질 끌려가는 와중에도 나를 저주했다. 너희는 우리를 가뒀어, 너희는 우리를 죽였어, 너희는 우리를 먹었어……

그 후로 용 고기를 먹을 수 없었다.

지아는 미안하다는 말을 다양한 방식으로 늘어놓으며 괜히 메뉴판을 뒤적였다. 아무렇게나 들어온 양식당에는 용 고기가 들어가지 않은 음식이 없었다. 아마도 한때 용 고기가 유행하던 것의 영향일 터였다.

"바람바람, 진짜 미안해. 너 용 고기 못 먹는 거 알면서 이런 데를 와 버렸네."

지아는 몇 번이고 메뉴판을 정독했다. 나는 메뉴판을 넘기는 지아의 손을 붙잡고 씩 웃어 보였다.

"일부러 그런 것도 아닌데 뭐. 아, 여기 치킨샐러드 있다. 이건 용 고기 안 들어 있대."

지아는 눈을 동그랗게 뜨고 왜 여태 이걸 발견하지 못했는지 모르겠다고 호들갑을 떨며 음식을 주문했다. 피곤해 보이는 종업원이 메뉴를 받아 적고 주방으로 걸어갔다.

음식을 기다리고 있는데 지아가 크로스백을 들어 내 앞에 내밀었다. 하얗고 작은 크로스백에는 보송보송한 하늘색 털 원단으로 만든 용 인형이 달려 있었다.

"귀엽지? 구름 언니가 사 줬어. 수익금이 환경단체에 기부된다고 했던가. 왜, 구름 언니가 그런 데에 관심이 좀 많잖아?"

노란 구슬 눈을 단 용이 지아의 움직임을 따라 살랑살랑 흔들렸다. 구름 언니. 지아가 자주 이야기하는 사촌 언니다. 다니는 대학이 이 근처라 지아네 집에서 하숙을 한다나. 지아의 말에 따르면 구름 언니는 집 근처의 더 좋은 대학을 갈 수 있는 성적인데도 굳이 이곳에 있는 대학을 왔다고 한다. '거긴 원하는 학과가 없다'는 말과 함께.

"그래 놓고 온 과가 용 생태학과인가 뭔가 하는 학과라니까. 용양식엔 절대 반대라면서 왜 그런 과를 간 거람. 거기 나오면 취업할 곳이 양식장밖에 없다니까."

지아는 이해되지 않는다는 투로 말했다. 그냥 용이 좋아서 간 거 아니냐고 이야기할까 했지만 때마침 주문한 음식이 나오기에 입을 다물었다. 샐러드는 그냥 그런 맛이었다.

식당을 나와서는 의미 없이 사람으로 꽉 찬 번화가를 돌아다녔다. 쓸데없이 비싼 소품 숍의 물건을 보며 깔깔 웃기도 하고, 사지도 않을 옷을 몸에 대 보기도 하며. 이다음으로는 노래방에 갈까, 하는 얘기를 하며 천천히 걷고 있는데, 갑자기 지아가 그 자리에 멈춰 섰다. 지아의 시선은 용 식용에 반대하는 시위를 하고 있는 한 무리에 닿아 있었다.

"구름 언니가 왜 저기에 있어?"

'용에게 자유를'이니 '비인도적인 용 사육 반대'니 하는 문구가 쓰인 팻말을 든 사람들 사이에서 지아와 비슷한 분위기를 풍기는 젊은 여성이 이쪽을 보고 가볍게 고갯짓했다. 아마도 저 사람이 구름 언니인 듯싶었다. 지아는 몸을 휙 돌려 시위대가 있는 반대 방향으로 걸어가 버렸다. 나는 구름 언니와 지아를 몇 번 번갈아 봤다. 지아는 내가 따라오지 않는 줄도 모르는지 점점 멀어지고 있었다. 나는 황급히 지아를 쫓아갔다. 구름 언니는 분명 미소 짓고 있었다. 자신을 무시하고 가 버리는 지아의 등을 향해 미소 짓고 있었다.

"이해가 안 돼. 용 식용이 꺼림칙해? 그럴 수 있지. 그건 이해해. 그런데 저렇게 시위까지 할 일이야? 기분 좋게 놀러 나와서 이게 뭐야."

지아의 걸음은 짜증 섞인 말소리만큼이나 빨랐다. 나는 뛰다시피 하며 지아의 걸음을 맞추느라 정신이 없었다. 지아는 계속해서 툴툴거렸다.

"고모부가 용 양식 사업으로 돈 좀 벌었거든? 그 돈으로 먹고 사는 게 양심에 찔리는 건지, 원. 대학 등록금도 다 고모부 돈으로 내는 거면서 저러니까 이상하다는 거지."

가방에 매달린 용 인형이 정신없이 흔들리며 지아의 다리를 건드렸다. 지아는 신경질 섞인 손길로 용 인형을 떼어 내 가방 안에 아무렇게나 욱여넣었다. 지아의 발걸음이 점점 느려졌다.

"진짜 쪽팔려."

지아가 중얼거렸다. 나는 아무런 말도 하지 않았다. 뭐라고 덧붙여 봐야 좋을 것 없어 보였다. 나와 지아는 의미 없이 번화가를 돌아다니다 헤어졌다. 집으로 가는 길의 하늘은 구름 한 점 없이 맑았다. 모처럼 맑은 날에 일찍 집으로 가긴 아까운 마음이 들어 놀이터로 갔다. 그네를 타고 싶었지만 이미 어린아이들이 잔뜩 줄을 서 있었다. 나는 그냥 벤치에 앉아 뛰어노는 아이들을 구경했다.

엄마에게서 온 문자가 잔뜩 쌓여 있었다. 사용하는 단어나 문장의 길이가 조금씩 바뀌었다뿐이지 결국 내용은 똑같았다. 왜 아침으로 해 놓은 용 고기를 먹고 가지 않았느냐. 언제까지 편식을 할 셈이냐. 용 고기가 머리에 얼마나 좋은지 아느냐. 네가 그래서 공부를 못하는 거다. 그런 내용의 문자가 스무 개를 넘기고 있었다. 광적일 정도의 집착에 신물이 났다. 집으로 향해야 할 발걸음이 좀처럼 떨어지지 않았다. 지아에게서 멋대로 집에 가자는 얘길 해서 미안하다는 장문의 문자가 왔다. 짤막하게 괜찮다는 답장을 보내고 바닥에 눌어붙은 걸음을 죽 뜯어 옮겼다. 결국은 가야 할 집이었다.

현관문 앞에 서서 천천히 도어록 뚜껑을 밀어 올렸다. 느릿느릿한 속도로 비밀번호를 눌렀다. 문을 열자 흰 바탕에 브로콜리니 당근이니 하는 그림이 그려진 건강 서적을 읽고 있는 엄마가 보였다. 노안 때문에 테가 두꺼운 돋보기안경을 쓴 엄마의 모습이 어쩐지 어색했다. 엄마는 읽던 책을 엎어 놓고 나를 바라봤다.

"오바람, 아침에 왜 용 고기 안 먹고 갔어?"

추궁의 시작이었다. 마음 같아서는 당장에 방 안으로 들어가 문을 잠가 버리고 싶었지만 그럴 수 없었다. 엄마의 심기를 거스르다가는 자칫하면 문고리가 아예 없어질 수도 있는 노릇이었다. 엄마는 내가 방 안으로 도망칠 때마다 문짝을 뜯어 버리겠다고 으름장을 놓는 사람이었으니까. 나는 어정쩡하게 엄마 앞에 멈춰 섰다.

"용 고기가 머리에 얼마나 좋은데. 학교 성적도 좀 올리고 하려면 용 고기를 먹어야 될 거 아니니. 언제까지 어린애처럼 편식만 할 거야?"

몇 년째 용 고기를 먹지 않겠다고 거부해 왔으면 이제는 포기할 법도 한데. 엄마는 끈질겼다. 나는 무어라 대답하지도 못하고 애꿎은 가방끈만 만지작거렸다. 까슬까슬한 인공섬유에 지문이 닳지는 않을까 싶을 정도로. 엄마는 건강 서적을 뒤적이더니 용 고기에 관한 내용이 적힌 페이지를 내 얼굴 앞에 바짝 가져다 댔다. 책을 너무 가까이 들이대는 바람에 글자가 흐려져 보이지 않았다.

"이것 좀 봐. DHA가 고등어에 비해서 3.4배나 많다니까? 그뿐이니. 단백질이며 비타민이며 전부 고루 갖추고 있고, 항암 효과도 있고, 칼로리는 낮고, 완전 슈퍼 푸드라잖아. 엄마가 다 너를 위해서……."

엄마의 잔소리는 끊임없이 이어졌다. 용의 영양가에 대한 이야기 다음은 늘 가격에 대한 이야기다.

"엄마 젊었을 때는 용 양식 기술도 없어서 전부 자연산을 취급하는 바람에 용값이 정말 금값이었다니까? 너는 그때보다 훨씬 더 싼 값에 그 귀한 걸 먹을 수 있는 세대인데……."

그렇다고 해도 여전히 용 고기는 비싸다. 거대한 용을 먹이고 관리하는 비용이 결코 저렴할 리 없으니까. 늘 들었던 똑같은 순서, 똑같은 내용의 이야기를 한 귀로 듣고 한 귀로 흘리다 보면 엄마의 말은 이렇게 끝난다.

"너 잘되라고 하는 짓인데 왜 들어먹지를 않니?"

나는 아무런 반응도 하지 않고 바닥을 바라본다. 엄마에게 내 대답은 더 많은 잔소리를 위한 연료밖에 되지 않으니까. 그럼 엄마는 길고 긴 한숨을 내쉬며 고개를 돌린다. 그제야 나는 방으로 들어갈 수 있다. 문을 닫고, 최대한 소리가 나지 않게 문을 잠근다. 아주 작게 달그락, 하는 소리가 울려 퍼지면 비로소 온전한 내 공간이 완성된다. 헝클어진 유선 이어폰을 풀어 핸드폰에 꽂아 넣고 음악을 틀었다. 누군가는 시끄럽다고 할 법한 일렉 기타의 선율과 새된 보컬이 고막을 퉁퉁 두드렸다. 날뛰는 음악과는 다르게 마음은 평온해졌다. 눈을 감자 새까만 눈꺼풀 아래로 자유롭게 몸을 비틀며 날아다니는 용의 잔상 같은 것이 보였다.

월요일이 되자마자 보슬비가 내렸다. 맑음 주간이 끝났음을 알리는 칙칙한 하늘을 보며 그보다 더 칙칙한 검은색 장우산을 챙겼다. 우산들 사이에 치이며 버스에 올라타고, 축축한 우산에 종아리와 교복 치마를 적셔 가며 다시 내리고, 질척해진 양말의 감촉을 그대로 느끼며 용 양식 반대 시위 참가 방법에 대해 생각하다 보면 어느새 교문 앞이었다. 모국어로 되어 있음에도 이해할 수 없는 수업들을 어떻게든 넘기고, 썩 맛있지는 않은 급식을 꾸역꾸역 밀어 넣었다. 그 후로는 졸음과 싸우느라 그다지 기억나는 것도 없었다. 하교할 시간이 되자 빗발이 굵어졌다. 나는 용 양식 반대 시위에 대한 정보를 검색하며 집으로 돌아왔다.

집으로 오자마자 가방을 벗어 던지고 바닥에 철퍽 엎드렸다.

약간의 휴식 이후엔 엄마의 강요에 못 이겨 반강제로 다니게 된 학원들이 한 가득이었다. 얼마 풀지도 못한 숙제 문제집을 노려보다 결국 학원으로 향했다. 학원 선생님의 잔소리가 아무리 긴들 엄마가 하는 양에 비하면 귀여운 수준이었다.

수요일엔 유독 비가 많이 내렸다. 가야 할 학원이 하나밖에 없다는 사실이 유일한 장점인 하루였다. 지친 몸을 잡아끌고 학원을 나서는데 엄마에게서 문자가 왔다. 오는 길에 용 고기를 사 오라는 심부름이었다. 집에 가는 길에 마트가 있으니 거기서 사 오면 될 것 같았다. 엄마가 시킨 심부름을 거절한다는 선택지는 염두에 두지도 않았다.

저녁이라 할인 딱지가 붙은 고등어는 한 팩에 7320원. 뻔뻔하게 할인 딱지도 붙이지 않은 비슷한 크기의 용 고기가 13890원. 그냥 엄마가 시킨 대로 용 고기를 집어 오면 될 상황이었지만 선뜻 손을 뻗을 수 없었다. 엄마가 억지로 용 고기를 들이미는 상황이 눈앞에 선했다. 그래도 나는 용 고기를 먹지 않겠다고 할 것이다. 그럼 엄마는 나를 윽박지르고, 이래서 네 머리가 나쁜 거니 어쩌니 하는 소리를 아무렇지 않게 내뱉을 것이다. 손이 멋대로 할인 딱지가 붙은 고등어를 붙들었다. 내가 무슨 짓을 하고 있는 것인지, 후폭풍은 어떨지 고민할 틈도 없이 계산대로 걸어갔다. 제대로 정신을 차렸을 땐 이미 비닐봉지 안에 고이 모셔진 고등어를 들고 나온 후였다. 굵직한 장대비가 미친 듯이 쏟아져 내리고 있었다.

도어록 뚜껑을 붙들고 한참을 망설였다. 애꿎은 비닐봉지 손잡이만 연신 쥐었다 폈다 하며 생각했다. 천천히 누르는 게 좋을까, 빨리 누르는 게 좋을까. 다녀왔다는 인사는 어떤 톤으로 하면 좋을까. 고등어를 어디에다 올려놓으면 좋을까. 그다음엔 어디로 향하는 게 좋을까. 후딱 방으로 들어가 버리는 게 좋을까. 어떻게 해야 엄마에게 최대한 덜 거슬릴 수 있을까. 눈을 질끈 감고 결국 비밀번호를 눌렀다. 실수로 번호를 잘못 눌러 시끄러운 경고음이 울렸다. 망했다고 생각하며 다시 한번 제대로 번호를 눌렀다. 문이 열리는 소리가 그토록 무겁게 들리는 건 처음이었다. 저 왔어요, 하고 짧게 인사하며 신발을 비뚤게 벗어 놓고, 부엌 식탁에 고등어 봉지를 올려놓았다. 엄마와 눈도 마주치지 않고 방으로 들어가 문을 걸어 잠갔다. 엄마가 비닐을 뒤적이는 소리가 났다. 물건을 끄집어내는 것 같은 소리가 났으며, 얼마 되지 않아 무언가를 철퍽 패대기치는 소리가 이어졌다.

"오바람!"

망했다. 난 망했다. 심장 소리가 머릿속에서 둥둥 울렸다. 뇌가 있어야 할 자리에 수백 개의 심장이 들어찬 느낌이었다. 엄마가 열쇠 꾸러미를 들고 오는 소리가 들렸다. 의미 없는 것을 알면서도 몸으로 문을 막고 섰다. 기껏 잠가 둔 문고리가 돌아가고 있었다. 엄마가 문을 밀기 시작했다. 양말을 신은 발은 저항할 시도조차 못한 채 바닥 위로 미끄러졌다.

"용 고기로 사 오랬지! 고등어가 뭐니, 고등어가? 이젠 하다 하다 용이랑 고등어도 구분할 줄 몰라?"

엄마가 시뻘게진 얼굴로 소리쳤다. 고등어를 사 온 게 아무리 마음에 안 들어도 그렇지, 이렇게까지 화낼 일인지 이해되지 않았다. 문 앞을 막아선 엄마를 밀치고 집을 뛰쳐나왔다. 배터리가 얼마 남지 않은 핸드폰과 살이 부러진 우산만을 간신히 챙겨 들고 거리를 달렸다. 고래고래 소리치며 쫓아오는 엄마를 따돌리고, 숨을 쉴 때마다 목구멍이 아파 올 지경이 돼서야 그 자리에 멈춰 섰다. 동네 하나를 가로질러 온 것 같았다. 급하게 나오느라 뒤꿈치를 구겨 신은 신발 안에는 빗물이 들어차 있었다.

잘 움직이지도 않는 다리를 주먹으로 두들겨 가며 임대 현수막이 붙은 가게 앞으로 걸어갔다. 건물 지붕 아래에 서서 숨을 가다듬었다. 비슷비슷하게 생긴 자동차들이 헤드라이트에 의지해 쏴아 하는 소리를 내며 지나갔다. 의미 없이 다음에 지나갈 차의 첫번째 번호가 무엇일지 맞춰 보았다. 맞힌 번호는 하나도 없었다. 되는 것 하나 없는 상황이 너무 속상해져서 그만 울음을 터뜨렸다. 이 나이 먹고 뭐하는 짓인가 하는 생각이 들어서 더 크게 울었다. 부디 내 목소리가 빗소리에 묻혀 다른 사람들에겐 들리지 않기를 빌었다.

"어, 너 지아 친구 아니니? 이런 날씨에 여기서 뭐 해?"

한 번도 들어 본 적 없는 목소리지만 누군지 알 것 같은 목소리였다. 구름 언니. 나는 화들짝 놀라 옷소매로 눈가를 문질러 닦았다.

"안 추워? 괜찮으면 잠시 지아네 들렀다 갈래? 지아가 너랑 더 못 놀았다고 나한테 괜히 신경질이더라. 이왕 이렇게 된 거 저녁이라도 먹고 가. 아, 이미 먹었나?"

구름 언니는 내가 왜 울고 있었는지에 대해서는 묻지 않았다. 나는 시선을 이리저리 굴리다 기어 들어가는 목소리로 말했다.

"저녁은 아직……."

"그럼 됐네. 가자!"

구름 언니는 살이 나간 내 우산과 자신의 우산을 바꿔 주고는 빗속을 척척 걸어갔다. 구름 언니의 우산은 귀여운 용 캐릭터가 그려진 밝은 하늘색 우산이었다.

"바람바람 오바람! 네가 웬일이야? 구름 언니랑 만나서 온 거야? 그런데 쫄딱 젖었네! 눈은 또 왜 이렇게 부었어! 울기라도 한 거야?"

지아는 나를 보자마자 와락 껴안으며 쉴 새 없이 질문을 퍼부었다. 나는 슬쩍 어색한 미소를 지어 보였다.

"엄마랑 조금."

지아는 눈을 동그랗게 뜨고 나를 바라봤다. 무슨 말을 할지 잠시 고민하는 모양이었다.

"아, 하긴. 너희 어머님 많이 엄하시지? 너도 고생이 많다, 얘."

고민한다고 해서 그다지 세심한 반응이 나오는 건 아니었지만 말이다. 지아는 빗물에 젖어 가닥가닥 갈라진 내 머리카락 끝을 매만졌다.

"애가 완전 꼬질꼬질해졌네. 씻고 가지 그래? 옷은 빌려 줄게."

그러지 않아도 된다고 몇 번이고 거절했지만 지아는 포기하지 않았다. 결국 낯선 샴푸와 낯선 보디 워시로 몸을 씻고, 지아가 빌려 준 옷을 입었다. 사이즈는 적당히 넉넉했다. 화장실에서 나오자 기분 좋은 토마토소스 냄새가 코끝을 건드렸다. 구름 언니가 마침 파스타가 다 됐다며 내게 손짓했다. 널찍한 접시에 나비 모양 파스타가 보기 좋게 담겨 있었다. 지아는 햄 좀 넣어 주지, 하고 투덜거리면서도 자리에 앉았다. 구름 언니가 그런 지아의 정수리를 주걱 손잡이로 가볍게 내려찍었다.

"얘는 나 비건인 거 알면서도 매번 이러냐? 주는 대로 먹어, 인마."

지아는 얻어맞은 정수리를 문지르며 궁시렁거렸다. 이내 파스타를 한입 먹어 보고는 뭐야, 맛있다, 하고 감탄하며 불만을 쏙 집어넣었지만. 나도 지아를 따라 파스타를 포크에 찍어 먹어 보았다. 확실히 맛있었다. 구름 언니는 뿌듯한 듯 웃으며 우리 둘을 바라봤다.

식사를 마친 지아는 티브이 앞에 앉았다. 티브이를 틀자 8시 뉴스가 나오고 있었다. 지아가 그다지 재밌는 내용은 없어 보인다며 채널을 돌리려는데, 용 양식과 맑음 주간에 대한 논쟁을 다루는 기사가 나왔다. 구름 언니는 지아의 머리 위에 턱을 얹고 뉴스에 집중했다. 용 양식을 위해 지역 주민들이 맑은 날을 누릴 권리를 빼앗아도 되느냐, 하는 것이 뉴스의 주 내용이었다. 이에 대해 인터뷰를 받는 지역 주민들은 당연하게도 용 양식에 대해 그리 좋은 반응을 보이지 않았다.

"지역 경제가 산다는 점에선 물론 좋죠. 그래도 맑은 날이라곤 고작 1주일에 나머지 날들은 흐리지, 비나 내리지……."

어떤 주름이 자글자글한 할머니는 손가락을 치켜들며 목소리를 높였다.

"용 같은 신수를 저리 대하면 언젠가 벌을 받을 거라니까! 아이고, 하나님……."

용을 신수라 부르면서 왜 하나님을 찾는지는 모를 노릇이었지만. 어느새 구름 언니도 인상을 찌푸리고 용 양식과 기후 변화의 관계에 대해 열변을 토하기 시작했다.

"자연산 용들을 죄다 한곳에 잡아 넣으니까 세계적으로 사막화가 진행되고 있는 거 아니야. 이딴 식으로 해먹으면 용 고기고 나발이고 다 죽는 일밖에 안 남는다니까? 하여튼 인간이 문제야, 인간이.”

“으악, 또 시작이야.”

지아는 귀를 막고 내 뒤로 꾸물꾸물 숨었다. 구름 언니는 계속
해서 용 양식이 얼마나 비인도적인 방식으로 이루어지며, 비구름
을 억제하는 약물을 투여한 용 고기가 인체에 어떠한 악영향을 미
칠 수 있는지 같은 이야기를 늘어놓았다. 아마 내 핸드폰에서 전
화벨 소리가 울리지 않았다면 구름 언니는 더 오랫동안 더 많은
이야기를 했을 것이다.

전화는 엄마한테서 온 것이었다. 나는 화들짝 놀라 벨 소리를
꺼 버렸다. 착신 화면의 녹색과 빨간색 동그라미가 나를 빤히 쳐
다보는 것 같았다.

“어머님 전화네. 안 받아?”

지아가 물었다. 나는 고개를 내저었다.

“받으면 엄청 혼날걸. 어차피 집에 가서도 혼날 거니까 그때 한
번에 혼나는 게 나아.”

“머리 좋은데.”

지아는 씩 웃으며 내 이마를 톡톡 두드렸다. 그 모습에 놀란 가
슴이 덩달아 진정되는 것 같았다. 그래도 시간이 너무 늦었으니
집에 가 보긴 해야 했다. 나는 자리에서 일어났다.

“가려고? 이왕 온 김에 자고 가지!”

지아가 아쉬운 듯 나를 붙잡았다. 하지만 학기 중에, 그것도 평
일에 파자마 파티를 벌이는 것은 정신 나간 짓이나 다름없었다.

“내일도 학교 가야 될 거 아냐.”

“아, 맞네.”

지아는 머리를 긁적이며 멋쩍게 미소 지었다. 구름 언니가 나

를 데려다주겠다며 벌떡 따라나섰다. 지아는 잠옷 차림이라 나가기 애매하다며 내게 사과했다. 어쩌다 보니 구름 언니와 나란히 빗길을 걷고 있었다.

어색한 침묵이었다. 구름 언니와 나 사이에는 축축한 빗소리만이 이어지고 있었다. 뭐라도 말해야 할 것 같은 기분이 들어 입술을 벙긋거리다 간신히 질문할 거리를 끄집어냈다.

"언니, 언니도 용 고기 안 먹어요?"

비건한테 용 고기 안 먹냐는 질문을 하다니. 최악이었다. 당연히 먹지 않을 게 뻔한데. 그렇게 속으로 나 자신을 원망하고 있는 와중에 구름 언니가 입을 열었다.

"그렇지. 아무래도 안 먹지. 너도?"

구름 언니의 '너도?'에서 반가워하는 기색이 잔뜩 묻어났다. 나는 구름 언니를 돌아봤다. 구름 언니의 입꼬리에 잔잔한 미소가 걸려 있었다. 시위대 사이에서 구름 언니를 보았을 때의 그 미소였다.

"네. 저도 안 먹어요. 오늘도 그것 때문에 엄마랑 싸웠고요. 왜 그렇게 억지로 안 먹겠다는 음식을 먹이려는지 모르겠어요."

"정말? 너도 그래?"

구름 언니가 눈을 크게 뜨고 화색했다. 동그랗게 뜬 눈이 지아의 그것과 몹시 닮아 있었다. 이 표정만 봐서는 사촌이 아니라 친자매라고 해도 믿을 것 같았다.

"나도 우리 아버지가 억지로 용 고기를 먹이려고 했었거든. 먹다가 토한 적이 있는데도 계속 그러더라. 그래서 아예 연 끊으려고 여기로 왔잖아. 그냥 용이 너무 좋아서 그런 것도 있고."

"그럼 등록금도……."

"뭐? 등록금? 그것도 당연히 내 돈으로 내지!"

구름 언니는 뭐가 그리 재밌는지 깔깔 웃었다. 정지아 얘가 또 헛소문을 뿌렸구만, 하고 덧붙이며. 그러다 보니 어느새 내가 사는 아파트 단지 앞에 도착해 있었다. 나는 구름 언니가 빌려 준 하늘색 용 우산을 돌려주려 했다.

"응? 아냐, 아냐. 그거 그냥 너 가져. 선물이야. 또 부러진 우산 쓰지 말고."

구름 언니는 장난스럽게 한쪽 눈을 찡긋하고는 그대로 도망쳐 버렸다. 나는 멀어져 가는 구름 언니의 뒷모습을 멀거니 쳐다봤다. 고개를 드니 우산에 그려진 시퍼런 용과 눈이 마주쳤다. 놈이 나를 노려보고 있었다. 구름 언니는 용이 너무 좋아서 용 고기를 먹지 않는다. 하지만 나는…….

"가출은 재밌디?"

현관을 열자마자 엄마의 비아냥 섞인 목소리가 날아왔다. 나는 엄마의 얼굴을 마주 봤다. 재밌었어, 라고 웃으며 말하고 싶었다. 입술을 달싹여 봤지만 목소리는 나오지 않았다. 입꼬리는 어색하게 옆으로 늘어지며 되다 만 미소를 만들어 낼 뿐이었다. 엄마는 픽 코웃음 치며 이리 오라는 듯 손을 까딱였다. 나는 천천히 엄마의 앞으로 걸어갔다. 한 걸음 한 걸음이 무겁게 끊어지는 것만 같았다. 엄마는 의자에 앉은 채 내 쪽으로 상체를 숙였다.

"전화는 또 왜 안 받았어? 이 엄마가 잔소리라도 할까 봐 그랬니? 그럼 잔소리 안 듣게 잘 하면 될 거 아니야. 응? 오바람, 대답해 봐."

엄마의 눈이 추궁하듯 나를 향했다. 나는 입을 다물었다. 엄마는 한숨을 내쉬더니 냉장고에서 무언가를 꺼내 왔다. 비닐 랩으로 덮은 접시였다. 용 고기가 담긴 접시였다. 엄마는 맨손으로 용 고기를 한 점 떼어 내 입가에 들이밀었다.

"먹어."

나는 고개를 내저었다.

"먹어!"

엄마는 소리치며 내 양 볼을 붙들었다. 벌어진 입술 사이로 허옇고 퍽퍽한 고깃덩어리가 들어왔다. 뱉어 내려고 했지만 엄마가 손바닥으로 내 입을 틀어막는 바람에 그럴 수 없었다. 혀 위에서 굴러다니는 용 고기의 감촉에, 짭짤하고 비린 맛에 구역질이 날 것 같았다.

"씹어서 삼켜. 얼른! 엄마가 언제까지 너 편식하는 꼴을 봐주고 있어야겠니? 제발 엄마 말 좀 들어!"

화를 내는 엄마의 눈가에 눈물이 고여 있었다. 대체 왜 엄마가 눈물을 보이는 건지 이해할 수 없었다. 지금 울고 싶은 건, 울어야 할 건 나인데. 꾸역꾸역 용 고기를 씹었다. 턱을 움직일 때마다 죽은 용들의 저주 섞인 울음소리가 어금니를 타고 턱뼈를 따라 두개골까지 전해지는 것 같았다. 귓가에서 용들의 비명인지 이명인지 모를 소리가 웅웅 울렸다. 형체를 잃은 질척이는 용이 목구멍을 할퀴고 내려갔다. 그제야 엄마는 나를 놓아주었다.

"먹어 보니 별거 아니지? 그러게 왜 쓸데없는 반항을 해서 엄마를 힘들게 해. 엄마도 이런 짓 하기 싫다니까."

엄마는 기름기 묻은 손을 헹구러 싱크대로 걸어갔다. 엄마에게 잡혔던 볼이 욱신거렸다. 입안을 맴도는 비릿한 냄새에 구역질이 날 것 같았다. 무언가 올라오려는 것을 꾹 눌러 삼키며 목구멍에 가시처럼 박힌 말을 뽑아냈다.

"저주받고 말 거야."

팔목이 근질거렸다. 옷 위로 긁는 것도 시원찮아서 소매를 걷어 올렸다. 불그스름해진 피부에선 살로 된 비늘이 돋아나고 있었다.

"용이 나를 죽일 거야."

보이지 않는 용이 목을 옭아매고 있었다. 퉁퉁 붇어 터진 용이 목구멍을 막고 움직이지 않았다. 가려운 팔을 연신 긁으며 엄마에게 다가갔다. 엄마는 주춤하며 뒤로 물러났다. 좁아진 목구멍으로 내 것인지 용의 것인지 모를 새된 소리가 흘러나왔다.

"용 고기는 안 먹어요."

고속도로

대광고등학교 3
조승우

　싸늘한 바람이 호현의 뺨을 쓸고 지나갔다. 아직 추위가 한창인 1월인 데다 고속도로에서는 바람이 더욱 거셀 수밖에 없었다. 호현은 귀를 어루만졌다. 고속도로 작업자들은 방한 귀마개를 할 수가 없었다. 정해진 것은 아니었지만 이 팀 반장의 철칙이었다. 이유는 딱히 묻지 않았다. 몇 시간째 작업하다 보니 귀를 아무리 조물거려도 아무런 감각이 없었다.

　"현 님, 슬슬 교대하시죠. 반장님 또 허리 아프시대요."

　호현보다 한 살 어린 후배 진구였다. 반장을 대신해 산사태 방지 펜스로 향한 호현은 익숙하다는 듯 절단기로 철사를 잘랐다. 호현의 생업이자 삶의 터전인 고속도로 시설물 복구반의 하루 일과였다. 호현은 자른 철사를 조심스레 빼서 트럭 짐칸에 던지듯 내려놓았다. 곧이어 호현의 선배인 박 씨가 새 철사를 호현에게 건넸다. 호현과 진구는 철사 양쪽 끝을 나눠 잡고 원래 있던 철사와 맞대 단단하게 묶었다. 호현은 몇 번이고 철사를 흔들어 제대로 고정됐는지 확인했다. 박 씨는 빨리빨리 일을 처리하고 싶은 마음에 괜시리 호현에게 투덜거렸다. 박 씨는 매번 작업이 늦어질 때마다 추가 수당, 야근 수당을 부르짖으며 일을 제시간에 끝내야한다고 말했다. 호현은 그런 박 씨를 보며 말없이 안전모를 고쳐썼다. 고속도로 시설물 복구반은 직업 특성상 반드시 안전모를 써야 했지만, 박 씨의 경우는 아니었다. 정 반장도 마찬가지였다.

"선배, 너무 대충대충 넘기시는 거 아닙니까?"

호현이 아무리 불평해도 박 씨는 거들떠보지도 않았다. 호현은 단순히 대충대충 넘어가는 게으름이 싫은 게 아니었다. 박 씨가 괜찮다며 넘어간 산사태 방지 펜스가 무너져 차량이 토사에 묻히는 사건이 있었다. 흙더미가 순식간에 차를 덮치는 모습이 다시떠올랐다. 다음 장면은 크레인이 끌어 올린 자동차 형태의 피 묻은 고철 더미였다. 호현은 크리스마스 장식마냥 빨갛게 부어오른 양손에 입김을 불어 넣었다. 호현은 장갑을 비집고 들어오는 찬바람처럼 이불 속으로 기어 들어가고 싶었다. 박 씨가 흔들고 간 철책들을 한 번씩 더 흔들고 살펴보았다.

호현은 강박적이다 싶을 정도로 시설물 점검에 집착했다. 땅아래로 깊숙이 박은 펜스 기둥들을 손으로 흔들어도 보고 발로차기도 하며 두 번 세 번씩 확인했다. 호현이 기둥들을 점검할 때마다 성당 종소리마냥 뎅 하는 소리가 고속도로에 울려 퍼졌다. 가끔 그 소리에 놀란 새들이 날아오르는 경우도 있었다. 호현이이토록 고속도로 시설물 점검에 집착하는 데는 나름의 이유가 있었다.

호현이 중학교 3학년일 적, 가족들이 타고 가던 차량 위로 전봇대가 쓰러졌다. 차가 많이 다니지 않는 산길 고속도로다 보니 시설물의 보수가 제대로 이루어지지 않아 벌어진 사고였다. 전봇대가 차량을 덮치는 순간, 호현은 물속에 다이빙한 것처럼 공중으로 떠올랐고, 순식간에 차 바닥으로 떨어졌다. 전봇대는 마치 전기톱으로 자른 나무 기둥처럼 순식간에 쓰러졌다. 그날의 사고 이후로, 호현은 고속도로만 보이면 식은땀이 비처럼 흐르고 제대로 서 있는 것조차 힘들어했다. 평생을 고속도로에 들어가지 않을 거라고 다짐했던 호현은 음식점 티브이에서 한 프로그램을 보고 지난날의 다짐을 수정하게 되었다. 2000년대 초반의 것으로 보이는 커다랗고 둥근 화면 속에는 고속도로 시설물 복구반을 취재한 다큐멘터리가 방영되고 있었다. 논밭 아래로 떨어진 자동차를 보고 호현은 입에 넣은 깍두기를 뱉을 뻔했다. 하지만 복구반 사람들이 차를 빼내고 주변 시설물을 고치는 모습을 보자 호현은 고개를 앞으로 쭉 뺀 상태로 숟가락도 내려놓고 티브이에서 시선을 떼질 않았다. 음식점을 나온 호현은 고속도로 시설물 복구반이 되기로 마음먹었다. 자신처럼 사고를 당하는 이가 없었으면 좋겠다는 생각에, 호현은 구청에서 복구반 인원 보충 공지를 올리자마자 지원했다.

호현은 매일 저녁 11시에 구청 근처에 위치한 고속도로 시설물 복구반 사무실로 출근했다. 사무실은 1990년대에 지어진 빌라처럼 붉은 벽돌이 돋보이는 2층 건물이었다. 복구반은 오전과 오후, 그리고 저녁과 새벽에 일하는 2교대로 이루어져 있었다. 반장은 본래 3교대였지만 예산이 줄어들며 2교대로 바뀌었다고 말했다. 호현은 학교에서나 보던 자석 가림판과 책상으로 이루어진 사무실의 한 자리를 차지했다. 사무실에서 반장이 인원 체크를 마치면 복구반은 곧바로 트럭에 올라타 점검 장소로 향했다. 연식이 오래되진 않았어도 군데군데 도색이 벗겨진 하얀색 포터 트럭 두 대가 복구반의 차량이었다. 트럭의 짐칸에는 점검에 필요한 장비들과 교체할 새 구조물들이 들어 있었다. 그렇게 매일같이 새벽에 일하고 아침에 들어가기를 3년 동안 반복한 끝에, 호현은 복구반의 에이스라는 칭호도 얻었다.

"현 님! 반장님이 밥 사신답니다! 이만 들어가시죠!"

어느새 트럭에서 한참 떨어진 펜스들을 흔들던 호현은 진구의 말에 뒤를 돌아보았다. 이미 호현을 제외한 사람들은 현장 정리가 한창이었다.

24시 순대국밥집 앞에 트럭을 멈춰 세웠다. 추운 날에도 더운 날에도 국밥이 제일이라며 매번 반장이 찾는 단골집이었다. 온돌 바닥에 앉자마자 노곤함이 밀려왔다. 사우나에 들어온 듯 순식간에 땀이 비 오듯 흘러내렸다. 호현은 히터 바람이 너무 세다고 생각했지만, 벽에 붙은 계기판에 나오는 실내 온도는 9도였다. 네 사람은 국밥이 나오자 숟가락을 뚝배기에 집어넣었다. 박 씨는 소주병을 집어 들고 건배를 제안했다. 반장은 형광등에 반짝이는 머리를 티슈로 닦으며 껄껄 웃고는 박 씨의 잔을 받았다. 건배합시다! 건배! 하는 반장의 말에 호현과 진구도 얼떨결에 잔을 들었다. 잔을 부딪은 사람은 네 명이었지만, 건배를 외친 사람은 반장과 박 씨뿐이었다. 박 씨는 본래 건설 현장에서 근무하던 사람이었다. 건설사가 부실 공사와 횡령 혐의로 수사를 받으며 한순간에 직장을 잃었다. 마침 구청에서 고속도로 시설물 복구반의 인원을 추가 모집한다는 공지를 올린 때였다. 호현이 처음 들어왔을 때만 해도 박 씨는 믿음직한 선배였다. 그러나 구청장이 바뀌고 복구반의 예산을 대폭 삭감한 뒤부터 반장과 박 씨 모두 일을 대충대충 하려는 경향이 더욱 강해졌다. 박 씨와 반장은 작업 도중에도 안전모를 수시로 벗었고, 여름에는 안전모를 아예 가져오지도 않았다. 밤늦게 작업하면 야간 수당과 위험 수당이 나온다는 사실을 알게 된 후로는 반장과 박 씨는 꼭 해가 떨어진 이후에만 작업을 진행했다.

"나도 밤에만 일하기 싫은데! 나라가 이렇게 만든 걸 어쩌나?"

박 씨의 얼굴이 빨갛게 달아올랐다. 박 씨는 이따금 언성을 높였지만 한 문장이 끝나 갈 때마다 나오는 딸꾹질이 그의 목소리를 다시금 낮췄다. 술의 힘을 빌려 꺼낸 박 씨의 말들은 대부분 하소연과 분노가 섞여 있었다. 특히 그 대상은 백이면 백 호현과 나라와 인생이었다.

"일을 빨리빨리 끝내면 구청에서 성과금이라고 더 넣어 준단 말이야? 펜스야 매번 버텨 줬으니 대충대충 하고 넘어가면 그만이잖아."

박 씨는 숟가락으로 뚝배기 밑바닥을 긁으며 웅얼거리듯 말했다. 호현을 비롯한 복구반 사람들 모두가 숟가락을 내려놓았다. 티브이에서 들리는 24시 뉴스 채널의 앵커 목소리와 주방에서 들려오는 수다 소리만이 식당에 울려 퍼지고 있었다. 반장이 다시금 티슈를 꺼내 땀방울이 맺힌 머리를 닦더니 그만 일어나자고 했다. 마치 남자들로만 이루어진 중창단처럼 세 사람의 목소리가 동시에 터져 나왔다. 반장과 진구는 트럭을 타고 사무실로 향했고, 호현과 박 씨는 각자의 집 방향으로 걸어갔다. 어느새 건물들 너머로 붉은빛이 비치더니, 하늘에서 흰 눈이 소복소복 떨어졌다.

다녀왔습니다. 라는 말과 함께 호현이 현관을 열었다. 거실 소파에 한 남자가 앉아 있었지만, 그 남자는 호현의 말에 대답해 주지 않았다. 남자는 티브이를 틀어 놓은 채 고개를 푹 숙이고서 잠든 상태였다. 김호현의 동생 김도현은 인터넷 방송 편집자로 일하고 있다. 집 밖에 잘 나가지 않으면서도 편하게 일할 수 있는 직업이다. 호현은 도현을 흔들어 깨웠다. 날 추우니까 들어가서 자. 호현의 말에 도현이 눈을 비비며 천천히 일어섰다. 도현은 소파 옆에 세워 놓은 목발을 짚었다. 목발이 삐걱대는 소리를 내며 곧게 섰다. 도현은 어렸을 적 사고를 당한 뒤로 목발 없이는 제대로 걷지를 못했다. 호현은 목발을 짚은 쪽으로 기운 도현의 뒷모습을 바라보았다. 도현이 방으로 들어가고 난 뒤, 호현은 욕실로 향했다. 호현은 비누 하나를 손에 들고 머리부터 팔, 다리까지 온몸을 사각 비누 하나로 닦았다. 비누 거품이 눈에 들어가 질끈 감고는 허겁지겁 수도꼭지를 틀었다. 샤워기에서 쏟아지는 물이 호현의 머리 위로 떨어졌다. 안전모를 썼을 때와 달리 흐르는 물이 호현의 머리를 타고 온몸으로 흘러내렸다. 간단하게 샤워를 마친 후 자신의 방으로 향한 호현은 한 치의 망설임도 없이 침대로 몸을 던졌다. 호현의 안전모처럼 새하얀 이불이 호현의 움직임에 부시럭거렸다.

그날 오전 11시. 갑작스러운 전화기 진동 소리에 호현은 소스라치듯 깨어났다. 낯빛이 밖에서 쏟아지고 있는 눈처럼 새하얬다. 호현을 데리러 트럭을 끌고 나온 진구의 표정도 마찬가지였다. 하지만 양쪽 귀와 볼은 추운 바람을 맞아 불그스름했다. 복구반이 국밥을 먹고 나온 시간이 대략 6시. 그때부터 쉬지 않고 내린 눈이 순식간에 쌓였다. 찻길마다 양옆으로 제설차가 밀어 놓은 눈들이 수북이 쌓여 있었다. 호현은 눈대중으로 어림잡아 눈이 자신의 무릎 높이까지 쌓여 있다고 생각했다. 라디오에선 오전에 내린 폭

설과 산사태에 대해 연이어 보도하고 있었다. 앵커의 목소리는 평소와 다름없이 차분했다.

"어이! 빨리 삽 가지고 뛰어와!"

먼저 현장에 도착해 있던 반장과 박 씨가 지금 막 도착한 둘에게 소리쳤다. 몇 시간 전만 해도 술에 취해 몸도 제대로 못 가누던 박 씨가 이곳저곳을 불안정하게 뛰어다니고 있었다. 반장은 출렁거리는 배와 굽은 허리를 번갈아 부여잡으며 삽으로 눈을 푸고 있었다. 5시간. 불과 5시간 만에 복구반이 그렇게나 공들여 점검하던 펜스가 눈사태로 무너져 내렸다. 호현의 머릿속엔 아무런 생각도 들지 않았다. 몸을 숙이고 다시 일어서길 반복하며 안경이 비뚤어져도 삽으로 눈을 퍼 나르길 반복했다. 거친 숨결이 안경에 김을 서리게 해 앞이 안 보였지만 삽으로 찔러 넣어 푹 소리가 나면 무조건 퍼 올렸다. 4차선 도로가 모두 막힌 탓에 통행에 지장이 생긴 시민들이 경적을 울려 대며 호현과 복구반 사람들에게 소리쳤지만, 찬 바람 때문에 퉁퉁 부은 호현의 귀에는 닿지 않았다. 요란한 사이렌 소리를 내며 소방차들이 하나둘 갓길에 멈춰 서고, 소방대원들이 삽을 들고 쌓인 눈더미로 달려들었다.

호현은 얼어붙은 눈이 만들어 낸 산 위에 올라가 무작정 삽을 찔러 넣었다. 그 순간, 깡! 하는 소리와 함께 호현의 손이 멈췄다. 삽 끝이 무언가에 닿은 떨림이 호현의 팔까지 이어졌다. 호현의 안전모에 쌓여 가던 눈이 땅에 떨어졌다. 호현은 조심히 주변을 파헤쳤다. 삽이 눈 속에 파묻힐 때마다 기분 나쁜 마찰음이 호현을 강타했다. 호현의 눈에 무언가 보이기 시작했다. 호현은 안경을 벗고 삽 끝에 무엇이 닿았는지 바라보았다. 회색 기둥, 그리고 그 기둥에 꿰인 은색의 물체. 호현과 복구반이 몇 시간 전까지 점검하던 산사태 방지 펜스였다. 호현은 아예 삽을 놓아 버리고 자리에 주저앉아 손으로 눈을 파헤치기 시작했다. 두꺼운 장갑을 끼고 있음에도 손바닥이 시렸다. 눈 속에 묻힌 산사태 방지 펜스가 그 모습을 드러냈다. 산비탈을 타고 눈이 조금씩 쌓이고 있었다. 호현은 펜스에 꿰인 철사를 집어 들어 올렸다. 철사는 꽈배기처럼 엮여 있었다. 호현은 조심스레 엮인 부분을 만져 보았다. 분명 새로 엮은 지 얼마 안 된 철사였다. 호현은 툭 하고 철사를 바닥에 떨어뜨리듯 내려놓았다. 자신이 겪었던 악몽을 남들이 겪지 않았으면 해서 들어온 복구반이다. 호현이 몇 번이고 흔들면서 확인했던 펜스였다. 호현은 마치 바닷속에 들어온 곳처럼 몸이 붕 뜬 기분이었다. 하지만 아무리 헤엄치려 해 보아도 팔다리는 움직이지 않았다. 호현은 자신이 제대로 서 있는지조차 의심스러웠다. 그런 호현의 귀에 한 울음소리가 들렸다. 어린 시절의 자신이 눈앞에서 울고 있었다. 호현은 덩달아 울고 싶었다. 흰 안전모에 유일하게 초록색으로 쓰인 '안전제일'이라는 문구가 쌓이는 눈에 가려졌다. 호현은 자신의 안전모처럼 새하얀 눈으로 덮인 고속도로를 바라보고 있었다. 나뭇가지에 걸려 있던 눈들이 바람에 날려 호현의 앞으로 후두둑 떨어졌다. 호현이 떨어뜨린 펜스의 철사가 떨어진 눈속으로 사라졌다. 호현은 속이 메스꺼웠다. 금방이라도 철사를 뒤덮은 눈 위로 아까 먹은 순대국밥을 토해 낼 것 같았다.

"현 님! 여기 차량 발견했어요!"

잠시 멍하니 앉아 있던 호현은 진구의 말에 눈을 번쩍 뜨며 일어섰다. 호현은 벌떡 일어나 명치와 배 사이를 주먹으로 두드렸다. 순대국밥을 게워 내는 대신 트림을 한번 하고는 눈더미에 꽂혀 있던 삽을 들고 진구 곁으로 뛰어갔다. 진구가 눈더미 위에서

110

삽으로 판 구멍을 가리켰다. 흰 눈 사이로 회색 금속판이 빛나고 있었다. 호현은 반장과 박 씨를 한데 불러 모았다. 곁에서 눈을 파내던 소방관들도 합세해 눈을 퍼 내려갔다. 그때 눈 속에 파묻혔던 차량의 유리창이 보였다. 소방관들이 도끼를 가져와 조심스럽게 유리창을 깼다. 소방관 한 명이 깨진 유리 사이를 비집고 들어가더니 운전석에 앉아 있던 남자를 꺼냈다. 호현은 그 모습을 가만히 바라보곤 다시 눈을 푸는 데 열중했다. 제설차가 도착하고도 30분을 더 파내고 나서야 도로에 쏟아진 눈을 모두 정리할 수 있었다.

그들은 도로에 덮인 눈을 치우고 난 뒤에도 돌아가지 않았다. 트럭 뒤에서 철제 기둥과 철사들을 꺼내 눈보라 휘날리는 고속도로에서 작업을 마저 이어 갔다. 호현은 펜스가 다시는 뽑히지 않도록 기둥을 땅속에 단단하게 박아 넣고 주변에 콘크리트를 부었다. 묽은 잿빛의 콘크리트가 꿀렁거리며 기둥 주변의 구멍을 채워 갔다. 반장은 허리가 아프다는 이유로 트럭에 타 다른 세 명이 일하는 모습을 지켜보고 있었다. 기둥을 모두 세운 뒤, 호현과 진구가 철사를 가져와 기둥에 꿰었다. 호현은 철사 두 개를 엮는 진구를 바라보았다. 진구는 땀을 뻘뻘 흘리고 있었다. 안전모도 쓰지 않았고 목도리도 진작에 벗어 던진 채였다. 마지막으로 박 씨가 러버 콘과 남은 짐들을 트럭에 싣고 나서야 복구반 사람들은 사무실로 돌아갈 수 있었다. 트럭에 탄 호현은 눈에 파묻힌 차에 타고 있던 남자를 떠올렸다. 분명 평범한 남자였는데, 어째선지 호현의 기억 속 남자의 얼굴은 호현과 매우 비슷했다. 호현의 아버지, 호현의 어머니, 호현의 동생의 얼굴이 그 남자의 얼굴을 뒤덮었다.

호현은 괜시리 고개를 저으며 머리카락에 붙은 눈을 털었다. 눈
송이들은 호현의 손이 닿자마자 녹아내려 머리카락으로 스며들
었다. 네 사람은 돌아가는 동안 아무런 말도 하지 않았다. 두 대의
트럭에서는 뉴스 앵커의 목소리와 라디오 음악 소리만이 시끄럽
게 울려 퍼졌다. 호현은 그 라디오 소리 때문인지 다시금 속이 메
스꺼웠다.

 고속도로 복구반 사람들은 사무실에 도착하자마자 안전모와
겉옷을 벗어 던지고 각자의 의자에 몸을 던졌다. 아무도 말을 하
지 않아 조용하던 참에 반장이 먼저 입을 열었다. 이번 일의 책임
을 누가 져야 할지 물어보는 말이었다. 반장의 말에 박 씨가 자리
에서 벌떡 일어나며 말했다.
 "이번엔 설렁설렁 안 했어요! 나도 열심히 했다고요!"
 진구는 아직 취기가 가시지 않은 것 같다며 박 씨에게 다가가
어깨를 토닥였다. 반장은 진구의 말에 눈살을 살짝 찌푸렸다. 박
씨는 그런 반장에게 다가가 뭐가 문제냐고 물었다. 박 씨가 책상
에 손을 얹으며 기대자 반장의 책상이 삐걱하는 소리를 내며 살짝
기울었다. 반장은 등받이에 몸을 기대며 박 씨에게 말했다. 우리
가 점검한 시설물이 제대로 일을 못 하고 사고가 났으니 누군가는
책임을 져야 한다고. 반장은 '책임' 부분을 말할 때 책상을 손바닥
으로 내리쳤다. 책상 위의 다 먹은 커피 캔이 요란한 소리를 내며
바닥에 떨어졌다. 호현은 그런 반장의 모습을 보며 말했다. 지금
껏 우리가 해 온 작업들은 언제 책임 없이 했느냐고. 호현은 들고
있던 안전모를 선반 위에 올려놓았다. 안전모는 동그랗게 쌓인 설
산처럼 새하얬다. 호현은 지금껏 해 온 그 모든 일에 책임감을 가

112

지고 일했다. 그건 이 일에 사명감을 느낀다고 입버릇처럼 말하던 반장도 마찬가지였다. 호현은 허리를 조금 앞으로 숙이고 반장을 바라보았다. 반장의 광이 나는 머리에서 흘러내린 땀이 마르고 있던 반장의 작업복을 다시금 적셨다. 반장은 세 사람의 날카로운 시선에 찔리기라도 한 듯 큰 목소리로 말했다.

"사람이 죽을 뻔했어! 위에서 그냥 넘어갈 것 같아? 우리 중 누군가는 그 책임을 져야지!"

반장이 책상을 치며 벌떡 일어섰다. 반장의 책상 위 유선전화기가 덜컹거렸다. 반장의 말을 들은 박 씨가 한층 언성을 높였다. 당신이 반장이니까 당신이 책임을 져야지! 라며 소리쳤다. 박 씨의 입에서 튄 침이 박 씨의 책상 위로 떨어졌다. 박 씨는 반장에게 삿대질까지 해 가며 화를 냈다. 호연과 진구가 나서서 진정시키지 않았다면 박 씨가 반장을 때렸을지도 모르는 일이었다. 반장은 흐느끼듯 말했다. 자신은 아직 먹여살릴 가족이 있다고. 호현의 시선이 자연스레 반장의 책상으로 향했다. 반장의 책상 한편에는 갈색 틀에 끼운 한 장의 사진이 있었다. 한 명의 여자와 소녀, 그리고 아직 검은 머리카락이 남아 있을 적의 반장이 함께 찍은 사진이었다. 호현이 그 사진을 보고 반장에게 위로의 말을 건네려던 참에, 이번엔 반장이 호현에게 삿대질을 하며 말했다. 결국 최종적으로 점검한 사람은 현이 너잖네! 라며 이번엔 호현에게 책임을 뒤집어씌우려 했다. 어느새 좁은 사무실은 네 사람의 언쟁으로 시끌벅적해졌다. 누군가 책상을 손으로 내리치면 모니터와 키보드가 흔들렸다. 네 사람은 입에서 침이 비처럼 쏟아질 정도로 강하게 말했다. 각자의 검지손가락이 서로를 향했다. 네 사람은 각자의 자리에 산사태 방지 펜스처럼 꼿꼿이 서 있었다. 서로가 서로를 헐뜯던 그때, 사무실 문이 벌컥 열렸다. 푸른색 셔츠와 검은 정장 바지를 입은 중년 남성, 구청 공무원 김 씨였다. 공무원 김 씨가 들어오자 네 사람은 입을 꾹 다물었다.

"지금 시끄럽게 싸울 때야? 일은 안 해?"

김 씨는 들어오자마자 특유의 끝을 올린 말투로 네 사람에게 물었다. 반장이 무언가 입을 열려고 하자, 김 씨가 손사래를 치며 막았다. 김 씨는 모서리가 살짝 벗겨진 나무 문에 기대며 네 사람에게 훈계하듯 말했다. 이번 일은 사고였지? 근데 문제가 생기면 누군가는 책임을 져야지? 김 씨의 말에 반장과 박 씨가 거의 동시에 서로를 가리켰다. 더불어 반장은 왼손으로 호현과 진구를 번갈아 가며 삿대질했다. 김 씨는 그 모습에 웃음을 터뜨렸다. 호현은 말없이 배를 부여잡으면서 웃어 대는 김 씨를 바라보았다. 김 씨는 재생 정지 버튼을 누른 것처럼 갑자기 웃음을 멈추고 다시 일어서서 말했다. 어찌 됐든 일은 해야겠지? 이번 일로 다음 달 예산은 삭감될 테니, 알고들 있어. 김 씨는 마지막 말에만 물음표를 붙이지 않았다. 끼익거리는 소리와 함께 나무 문이 닫혔다. 김 씨가 나가고 10초도 채 지나지 않아 반장의 책상에 있는 유선전화기에 불이 들어왔다. 반장은 아까의 목소리는 어디 가고 차분하고 푸근한 말투로 수화기 너머의 사람과 대화했다. 고속도로에서 또 사고가 터졌다는 반장의 말에 네 명이 거의 동시에 한숨을 내쉬었다.

눈사태가 났던 곳에서 1킬로미터 떨어진 곳에 승용차 한 대가 산사태 방지 펜스를 들이받은 상태였다. 호현과 119 구조대원이 운전자를 꺼냈을 때, 술 냄새가 호현의 코를 찔렀다. 호현은 승용

차의 엠블럼과 운전자의 차림을 번갈아 바라보았다. 1억이 넘는 고급 차와 말끔한 정장을 입었는데도 대리 기사를 부르지 않았다는 사실에 호현은 고개를 저었다. 눈사태에는 힘없이 무너졌던 펜스들이 조금 기울어졌을 뿐 그 자리에 굳건히 버티고 있었다. 호현과 진구는 펜스를 수리하고, 반장은 119 대원들과 찌그러진 차를 견인차로 옮겼다. 박 씨는 달빛을 받아 반짝이는 쇳조각들을 주워 트럭 짐칸에 던져 넣었다. 눈은 멈추지 않고 내렸다. 어느새 트럭의 짐칸이 호현의 안전모처럼 하얗게 덮였다.

구급차와 견인차가 현장을 떠나고 고속도로에는 네 사람만 남았다. 반장은 119 대원들이 떠나자마자 트럭 안으로 들어갔다. 허리가 너무 아파 잠깐 쉬겠다는 말을 남기고 반장은 현장 정리를 나머지 셋에게 떠넘겼다. 2차선 도로에는 트럭 두 대의 헤드라이트와 박 씨가 흔드는 경광봉 불빛이 밝게 빛났다. 가드레일 쪽에 설치된 가로등 불은 계속 깜빡거리고 있었다. 호현은 저 멀리 보이는 도로로 시선을 돌렸다. 터널 앞 도로는 매우 어두웠다. 제대로 불이 들어온 가로등이 몇 개 없었다. 복구반이 산사태 방지 펜스만 점검하다 보니 가드레일과 가로등은 점검이 밀려 제대로 보수조차 못 한 상태였다. 호현은 한숨을 푹푹 내쉬며 반장이 쉬고 있는 트럭으로 향했다. 반장은 의자를 뒤로 쭉 빼고 편안히 누워 있었다. 호현은 해지고 더러운 장갑으로 트럭의 유리창을 두드렸다. 반장은 갑작스러운 소리에 눈을 번쩍 뜨며 허리를 일으켰다. 호현은 말없이 불 꺼진 가로등을 손가락으로 가리켰다. 반장은 고개를 앞으로 쭉 빼며 바라보았다. 터널 앞 가로등은 깜빡이던 것들마저도 더 이상 불을 빛내지 않고 있었다. 반장님, 저희 가로등은 교체 안 합니까? 라고 호현이 물었다. 반장은 표정을 구기며 호현의 말에 퉁명스럽게 대답했다.

"예산이 나와야 고치든 말든 하지. 빨리 펜스나 고치고 가자고."

호현은 반장의 시야에서 보이지 않는 곳으로 팔을 내리고 주먹을 쥐었다. 희고 뻘건 목장갑이 안으로 접히며 붉은 실밥이 터졌다. 호현이 다시 펜스로 돌아가자 반장이 어기적거리며 트럭에서 나왔다. 반장이 걸을 때마다 신발 밑창에 묻은 물기가 찰박거렸다. 반장은 박 씨에게 걸어가 경광봉을 달라고 손짓했다. 박 씨는 신경질적으로 반장의 손을 뿌리쳤다. 반장은 얼굴이 홍당무처럼 붉어지더니 박 씨의 얼굴에 삿대질하며 고함을 쳤다. 고요했던 고속도로가 순식간에 시끄러워졌다. 주변 산에서 새 몇 마리가 이곳의 반대 방향으로 날아갔다. 호현은 잠시 안전모를 깊게 눌러쓰며 생각했다. 어디서부터 일이 잘못됐는지, 왜 저 둘이 싸우고 있는지. 분명 가까웠던 복구반의 사이가 눈사태에 뽑혀 나간 펜스처럼 무너졌다. 호현은 자리에 쭈그려 앉으며 팔을 땅에 닿을 정도로 축 늘어뜨렸다. 호현이 장갑을 벗기자 목장갑처럼 새빨간 손이 모습을 드러냈다. 호현은 얼어붙었는지 잘 접히지도 않는 손가락 하나하나에 일일이 입김을 불었다. 반장과 박 씨는 여전히 신호수 자리를 두고 싸우고 있었다.

그 순간, 불안한 느낌이 호현을 강타했다. 바닥의 아스팔트 조각들이 덜덜 떨리거나 툭툭 튀어 올랐다. 곧이어 들린 뱃고동 소리에 호현은 자리에서 벌떡 일어섰다. 배처럼 거대한 무언가가 호현의 앞을 순식간에 스쳐 지나갔다. 호현의 안경과 안전모가 바람에 들썩거렸다. 배가 부딪히는 듯한 소리가 나고야 바람이 멈췄다. 호현과 진구는 서둘러 배가 지나간 곳으로 뛰어갔다. 배의 정체는 대형 트럭이었다. 트럭은 브레이크를 밟아 차로 중간에 서 있었다. 그때, 불 꺼진 경광봉을 든 박 씨가 떨리는 목소리로 말했다.

"……반장?"

반장의 모습은 그 어디에도 없었다. 주변을 둘러보던 호현의 눈에 대형 트럭 앞 가드레일이 들어왔다. 보수를 안 한 지 오래된 가드레일은 무언가에 부딪혔는지 기둥과 판이 분리된 상태였다.

호현은 형사 앞에 앉았다. 수염이 덥수룩한 형사는 연신 헛기침을 하며 호현에게 당시 상황을 물었다. 호현은 장갑을 어루만지며 입을 열었다. 반장과 박 씨가 신호수 자리를 두고 말다툼을 벌이다가 제대로 된 경고 신호를 보내지 못해 벌어진 사고다. 호현은 두근거리는 심장 위에 손을 얹으며 말했다. 호현은 슬쩍 시선을 돌렸다. 무늬 하나 없는 짙은 회색의 벽이 육면을 전부 덮고 있었다. 천장과 탁자의 스탠드만이 옅은 불빛을 발산하고 있었다. 형사는 이후로도 몇 개의 질문을 꺼냈고, 호현은 눈을 크게 뜨고선 대답했다. 심장 박동에 맞춰 떨리던 호현의 다리가 조금씩 저려 왔다. 호현은 어느새 장갑을 모두 벗고 손톱 근처의 살을 뜯고 있었다. 형사는 마지막 질문이라며 호현 앞으로 몸을 숙이며 물었다.

"이번 사고는 누구 때문에 벌어진 일입니까?"

호현은 그 말에 선뜻 대답하지 못했다. 호현은 형사 앞에 다른 사람이라도 있다는 듯 눈동자를 굴렸다. 형사의 오른쪽에 나타난 박 씨와 왼쪽에 나타난 사장의 가족이 호현을 바라보았다. 반장이 사고를 당했을 때의 표정을 지은 박 씨는 흡사 전쟁터 참호 속의 군인을 바라보는 것 같았다. 두 눈은 초점을 잃었고, 양팔은 힘없이 축 늘어진 상태였다. 반장의 가족들은 사진에 있던 모습 그대로였다. 다만, 두 사람의 얼굴은 미소를 짓고 있지 않았다. 호현의 동공이 지진이라도 난 듯 떨렸다. 왼쪽과 오른쪽, 그리고 다시 왼쪽으로 움직이는 호현의 눈을 보며, 형사는 호현이 무언가 숨기는 것이 있다고 생각했다. 형사는 갈팡질팡하는 호현의 눈앞에서 손뼉을 쳤다. 갑작스러운 충격에 호현이 고개를 뒤로 뺐다. 2평 남짓한 조사실에 형사의 손뼉 소리가 메아리쳤다. 그러나, 호현의 눈에는 아직도 세 사람의 형상이 보이고 있었다. 호현은 고개를 숙였다. 이마에 맺혔던 땀이 호현의 몸을 타고 내려와 눈을 찔렀다. 호현은 눈을 질끈 감고 대답했다.

"반장. 반장이 원인입니다."

호현은 경찰서를 나오자마자 진구와 트럭을 타고 고속도로로 향했다. 박 씨가 추가 조사를 마치고 돌아올 때까지, 둘이서 사고가 난 가드레일과 점검을 못 받은 가로등에 시시티브이까지 보수해야 했다. 하늘에선 더 이상 눈이 내리지 않았다. 사고 현장으로 가는 동안 진구가 말했다. 반장은 응급실에 실려 갔지만, 아마 살아남기는 힘들 것 같다고. 트럭에 치인 것도 모자라 절벽 아래로 떨어졌으니 더 그럴 거라고. 호현은 그 말에 아무 대꾸도 하지 않았다. 호현은 그저 차창 밖을 멍한 눈으로 바라보고 있었다. 창문 너머, 산 위로 주홍빛 태양이 모습을 드러내고 있었다. 가로등이 하나둘 빛을 꺼트리고, 진구도 트럭의 헤드라이트를 껐다. 그 빛들이 없어도, 고속도로는 이제 충분히 밝았다.

현장에 도착하자 호현은 안전모를 벗어 조수석에 던져 놓았다.

진구의 물음에도 호현은 더워서, 라고만 답했다. 두 사람은 부러진 판을 잘라 내고 기둥을 뽑아 가드레일을 완전히 새것으로 교체했다. 몇 번의 망치질을 끝으로 호현은 다음 가드레일로 넘어가자 말했다. 진구는 유독 깨끗한 새 가드레일과 호현을 번갈아 보며 더 확인해야 하는 것 아니냐고 물었다. 평소 호현이 하던 것처럼 진구는 가드레일을 손으로 잡아 몇 번이고 흔들었다. 이에 호현이 지친 목소리로 답했다.

"열심히 해도, 무너질 건 무너지더라."

호현은 시선을 산사태 방지 펜스로 옮겼다. 불과 몇 시간 전에 호현과 복구반 사람들이 보수한 새로운 펜스는 무심하게 서 있었다.

오로라는 들어라

고양예술고등학교 3
최아인

팬카페에 예고가 올라왔다.

오로라는 들어라, 너의 공연에서 나는 칼을 숨기고 있을 것이다. 그날 보자.

글은 올라온 지 몇 초 만에 바로 삭제됐다. 새벽 2시다. 이불을 머리끝까지 뒤집어쓰고 핸드폰을 들여다본다. 심장이 빨리 뛴다. 나는 그 글을 본 최초의 사람이자 유일한 사람이다.

*

나와 도화는 반에서 늘 1등이다. 공동 1등. 도화는 긴 생머리에 새하얀 이어폰 줄을 숨기고 다닌다. 언제나 음악을 들으면서 공부한다. 나는 긴 생머리를 하나로 묶고 다닌다. 공부할 땐 주변이 조용해야 집중이 잘 된다. 교실에서 도화는 창가 쪽에 앉아 있고 나는 뒷문 쪽에 앉아 있다.

내 자리에선 모든 게 다 보인다. 친구들의 새까만 뒤통수, 의자 밖으로 삐져나온 방석, 선생님의 이동 경로, 도화의 핸드폰에서 재생되고 있는 노래. 오로라. 그런 이름을 가진 가수의 노래를 듣고 있다. 야자 시간은 너무 조용해서 공책을 찢을 때마다 눈치 보인다. 공책을 찢고 편지를 쓴다. 운동장에 내려갈래? 꼬깃꼬깃 접어서 도화에게 던진다. 잠시 뒤 종이 뭉치가 나에게 날아온다. 꼬깃꼬깃 접힌 걸 펼쳐서 답장을 읽는다. 지금 가자.

우리는 가끔 바람을 쐬고 싶으면 운동장에 온다. 운동장은 어둠이 짙게 깔렸다. 학교 건물은 아무도 건드리지 않은 젠가 탑 같고 담벼락은 밤하늘과 맞닿을 정도로 높다. 도화는 오른쪽으로 나는 왼쪽으로 크게 원을 그리면서 뛴다. 긴 다리와 앞뒤로 흔드는 팔. 머리카락이 마구 흩날린다. 우리는 뛰는 속도도 비슷하다. 옆을 보면 나와 나란히 뛰고 있는 도화의 검은 실루엣이 보인다. 그러다 한 지점에서 만나게 된다. 도화가 숨을 몰아쉬며 내 발을 가리킨다.

"신발 끈 풀렸다."

나는 어둠 속에서 신발 끈을 묶는다. 그때 도화의 주머니에서 핸드폰이 떨어진다. 이어폰이 빠져 있고 음악이 흘러나온다.

네가 되고 싶어, 되고 싶어.

이게 오로라의 목소리다. 도화가 핸드폰을 주워서 음악을 끈다. 운동장이 조용하다. 캄캄한 이곳에 우리 둘뿐이다.

도화는 언제나 음악을 듣는다. 음악이 없으면 무엇도 할 수 없다고, 언젠가 내게 말했던 것 같다. 우리는 같은 버스를 타고 하교한다. 도화가 가방에서 이어폰을 꺼낸다. 이어폰 줄이 잔뜩 엉켜 있다. 나는 가방을 끌어안고 기다린다. 이어폰 줄이 다 풀릴 때까지. 잠시 뒤 우리는 이어폰을 나눠 꽂는다. 음악이 흘러나온다. 도화는 오른쪽에서, 나는 왼쪽에서. 후렴구에서 라라라가 반복된다. 고전 시가에서 별 의미 없이 쓰이는 여음구 같다. 도화는 별 의미 없이 음악을 들을지도 모른다. 그저 공부할 때 방해받고 싶지 않아서, 졸지 않기 위해서, 귀가 심심해서 등등. 그런데 무언가 의미가 있을 것 같다. 내가 진지하게 음악을 듣는 동안 도화가 옆에서 창밖을 보고 있다. 버스가 덜컹거리고 손잡이가 흔들린다. 부드러운 라라라 소리에 잠이 올 즈음 도화가 하차 벨을 누르고 일어난다. 이어폰이 떨어지면서 음악이 끊긴다.

"갈게."

"어, 내일 봐."

도화가 앉았던 자리로 이동한다. 그리고 가방에서 영단어장을 꺼낸다. 조용히 소리 내어 읽으면서 외운다. 버스가 덜컹거리고 단어들이 흐릿하게 보인다. 잘 외워지지 않는 단어들은 옆에 별 표시를 그려 놓는다. 별이 많아진다. 점점 많아진다. 창가에 머리를 기댄다. 이마가 지끈거린다.

나는 도화처럼 되고 싶다. 나와 전혀 다른 사람 같은데 항상 같은 등수에 있는 도화. 내가 성적표를 파일 안에 잘 끼운 뒤 가방에 넣으면, 도화는 성적표를 투표용지처럼 한두 번 접어서 작게 만든 다음 필통 안에 넣는다. 나는 불안할 때마다 입술을 뜯는다. 가방에 가지고 다니는 립밤이 한두 개가 아니다. 입술을 뜯고 그 위에 립밤을 바른다. 바르고 발라도 또 뜯게 된다. 입술에 흉터가 생긴다.

도화는 혼자 복도에 서서 허밍을 한다. 공책을 보고 있다. 공책에 적어 놓은 수학 공식을 외우는 중이다. 라라라, 허밍을 하면서.

그렇게 하면 쉽게 외워지는가? 나도 따라 해 본다. 하지만 내가 이렇게 한다고 해서 쉽게 외워질 리 없다. 나에겐 아무 의미 없는 짓이다. 얼마 안 가 관둔다. 잘 외워지지 않는 공식이나 단어들 옆에 별 표시를 그려 놓는다. 별이 점점 많아진다. 별 별 별. 결국 책상에 엎드린다. 이마가 지끈거린다.

도화처럼 되고 싶다.

나는 '오로라는 들어라' 팬카페에 가입한다. 회원 수가 만 명을 넘어간다. 오로라를 좋아하는 사람들은 그곳에 글을 쓸 때 꼭 이 말을 붙여야 한다.

오로라는 들어라, 너같이 예쁜 사람을 본 적이 없어.

오로라는 들어라, 언젠가 무대에서 직접 만나고 싶다.

오로라는 들어라, 너는 그 자체로 감동이 있다.

너는 그 자체로 감동이 있다.

그 문장을 복사한다. 내 핸드폰 메모장에 붙여 넣기 한다. 누가 나에게도 이런 말을 해 주면 좋겠다. 가수들이 부럽다. 침대에 누워서 손가락만 움직인다. 팬카페를 더 둘러본다. 오로라는 긴 생머리에 마른 몸을 가졌다. 눈썹이 연하고 웃으면 눈매가 얇게 접힌다. 어떤 상황에서도 항상 여유가 넘쳐 보인다. 왜인지 자꾸만 도화가 생각난다. 도화도 팬카페에 가입되어 있는지 궁금하다.

오로라는 드라이기를 들고 노래하는 것 같다. 바람이 많이 들어간 목소리. 건조하지만 어딘가 물기 젖은 듯 축축하다. 계속 보다 보면 나도 모르게 그녀의 표정을 따라 하게 된다. 입을 살짝 벌리고 눈은 힘겹게 뜬 표정. 마이크를 꼭 쥐고 진심을 다해 가사를 전달한다. 라라라, 아무 의미 없는 후렴구에도 감정이 꾹꾹 담겨 있다. 그녀에게서 자꾸만 도화가 보인다. 아니 혹시, 도화가 오로라를 따라 하는 걸까?

오로라는 왼손으로 마이크를 잡는다.

도화는 왼손잡이이다.

나도 왼손으로 연필을 쥐고 공부한다.

오로라는 중요한 날에 알사탕을 먹는 버릇이 있다.

도화는 시험 직전에 알사탕을 먹는다.

나도 입안에서 알사탕을 굴린다.

오로라는 마음을 비우고 싶을 때 동네를 한 바퀴 뛴다고 한다.

도화는 운동장을 뛴다.

나도 옆에서 같이 뛴다.

오로라의 히트곡 중 하나: 「네가 되고 싶어, 되고 싶어」

도화는 복도에서 그 곡을 흥얼거린다.

나도 따라부른다.

탕탕. 선생님이 칠판을 두드리면서 자는 애들을 깨운다. 나는 고개를 든다. 칠판에 딱딱한 글씨가 빼곡하다. 이것만 외워라. 이것만 외우고 따라 하면 모르는 문제는 다 풀 수 있어. 나는 선생님 말씀을 믿는다. 하나도 빠짐없이 공책에 적는다. 별표를 잔뜩 그린다.

'계속 잤다면 큰일 날 뻔했네.'

도화는 수업 시간에도 종종 이어폰을 꽂고 있다. 지금도 몰래 음악을 듣고 있다. 모두 열심히 필기하는 와중에 혼자 손으로 턱을 괸 채 가만히 창밖을 바라본다. 창밖에 넓은 운동장이 보인다.

축구 골대와 농구대, 높은 담벼락, 축 처진 태극기 그리고 해바라기밭도. 모든 것이 작게 보인다. 한적하고 나른하다. 해바라기 무리가 고개를 젖히고 태양을 바라보고 있다. 엄마만 의지하는 아이들같이.

'밤이 되면 해바라기는 누구를 바라볼까?'

도화의 뒷모습을 계속 바라본다. 뒷모습만 봐도 알 수 있다. 도화가 오로라의 음악을 듣는다는 것, 창밖의 해바라기를 보고 있다는 것. 하지만 무슨 생각을 하는지 알 수 없다. 오로라의 음악을 들으면 어떤지, 해바라기를 보면 어떤지.

탕탕. 선생님이 칠판을 또 두드린다. 기말고사가 얼마 남지 않았어. 시간 금방 간다. 도화는 눈치를 보다가 이어폰을 뺀다. 그리고 아무렇게나 뭉쳐서 주머니 속에 집어넣는다. 나중에 꺼내면 줄이 자기들끼리 엉켜 있을 것이다. 하지만 도화는 늘 익숙하다는 듯이 풀어서 귀에 꽂는다. 남들은 에어팟이나 버즈, 헤드셋을 많이 쓴다. 하지만 도화는 언제나 줄 이어폰을 고집한다. 나는 오로라가 줄 이어폰을 애용하는지 궁금해진다.

문득 그런 생각이 든다. 도화는 언제나 무언가를 쉽게 풀어 버리는 사람이다. 이어폰도, 시험 문제도, 어쩌면 자신을 둘러싼 모든 압박감도. 도화의 긴 생머리가 바람에 흩날린다. 저렇게 가벼운 기분으로 살면 어떨까? 나는 언제나 무언가가 쉽게 풀릴 거라고 믿는 사람이다. 그러면서 신발 끈을 절대 풀리지 않게 꽉 묶는 사람이다. 외워지지 않는 공식이나 단어들을 꽉 붙들고 있는 사람. 이마가 지끈거린다. 입술을 또 뜯는다.

*

오로라는 들어라, 공연 날짜 알려 주세요.

얼마 안 남았어요. 5월 15일.

오로라는 들어라, 어디에서 하나요.

서울 올림픽 체조 경기장에서.

오후 2시, 팬카페에 글이 계속 올라온다. 쉬는 시간마다 계속 팬카페를 보고 있다. 밤을 새워서 눈이 피곤하다. 새벽 내내 핸드폰을 붙들고 있었다. 하지만 단 몇 초의 예고 글, 그걸 올린 녀석은 다시 모습을 드러내지 않았다.

야자 시간, 운동장을 뛴다. 오늘따라 숨이 더 벅차다. 도화와 나는 여러 번 뛴다. 한 번만 더 뛸까? 그래서 또 뛴다. 마지막으로 한 번만 더 뛸까? 그래서 또 또 뛴다. 지금 다시 교실에 들어가 문제를 읽으면 토할 것 같다. 눈을 질끈 감고 막 달린다. 나는 도화보다 앞서 나간다. 그러다 신발 끈에 걸려 넘어진다. 모래에 쓸려 무릎이 까진다. 어두워서 잘 보이지 않지만, 피가 나는 것 같다. 도화가 내게 손을 내민다.

밤의 해바라기는 엄마 잃은 아이 같다. 지금 나를 일으켜 세워 줄 사람은 도화뿐이다. 캄캄한 어둠 속에서 투명하게 무언가 빛난다. 도화의 눈동자에서 아주 짧게 빛이 생겼다가 사라진다. 그것을 응시하다가 도화의 손을 잡는다. 따뜻하다. 햇빛을 쥔 것처럼. 신발 끈을 묶지 않는다. 풀린 채로 내버려둔다.

집에 와 핸드폰 메모장에 글을 쓴다. 힘들어. 지친다. 요즘 꿈에서도 미분을 한다. 그만하고 싶다. 하지만 기말고사는 중요해. 지

126

친다. 지친다. 메모장 목록을 훑어본다. 내가 쓴 글들은 다 무겁게 축 처져 있다. 보기 싫어진다. 그러다 어떤 문장 하나를 발견한다.

너는 그 자체로 감동이 있다.

화면에 얼굴을 가까이 가져간다. 그 문장을 읽고 또 읽는다. 나는 이 문장처럼 되고 싶다. 핸드폰을 끄기 전에 확인할 게 있다. 메일함에 들어간다. 예매처에서 온 메시지. 5월 15일 올림픽 체조경기장 티켓. 1열 자리다. 내 자리에서 멀지 않은 곳에 도화의 자리도 있다. 우리는 같이 공연을 보러 갈 것이다.

마지막으로, 핸드폰을 끄기 전에 또 확인할 게 있다. 팬카페에 들어간다. 사람들의 글을 쭉 훑어본다. 더 이상 예고 글은 올라오지 않는다. 심장이 빨리 뛴다. 공연 날까지 이틀 남았다. 지금이라도 알려야 할까? 하지만 아무런 증거도 없다. 핸드폰을 끈다. 이불을 머리끝까지 덮는다.

커튼이 흔들려 달빛이 따뜻하고
모든 것이 투명하게 보여
네가 되고 싶어, 되고 싶어

오로라는 이 가사를 누군가에게 헌정한다고 밝혔다. 사람들은 추측했다. 맥락적으로 저 가사는 자연현상인 오로라 그 자체를 말하고 있다고. 커튼처럼 흔들리는 모습. 달이 떠오르는 밤. 밤하늘에 투명하게 빛나는 오로라라고. 하지만 오로라가 그 노래를 부르다가 몇 번 운 적이 있다. 나는 오로라가 되고 싶어 하는 '네가'의 정체를 찾아보았다. 이별한 애인, 혹은 무명 시절 함께 작업했던 동료, 음악을 싫어하던 그녀의 부모님. 무엇이 정답인지는 알 수 없었다.

　그녀는 연차가 꽤 있다. 지금보다 더 인기가 없었을 때, 그녀가 무명 시기를 어떻게 버텼는지 정확히 알 수 없다. 인터뷰나 잡지에서도 찾아볼 수 없다. 오로라는 음악 외에 침묵으로 사는 가수다. 우리는 그녀의 목소리에, 그녀가 들려주는 아름다운 음악에 온전히 집중하게 된다. 그래서 '오로라는 들어라' 회원들이 그녀를 좋아한다.

　그녀가 자신의 과거에 대해 딱 한 번 말한 적 있다. 그녀는 원래 사진작가가 되려고 했었다. 그녀와 함께 다니던 모델이 있었다. 키가 무척 크고 빼빼 마른 모델이었다. 누구는 그가 아마 그녀의 애인이었을 것이라 추측한다. 어느 해 여름, 촬영 일정이 잡혔다. 숲을 배경으로 한 언덕에서. 그녀와 모델 그리고 촬영을 도울 몇몇의 사람이 언덕을 올랐다. 하늘은 금방이라도 비가 쏟아질 것처럼 어두웠다. 하지만 촬영을 미룰 수 없었다. 그들은 여유롭지 않았다. 시간으로나 상황으로나. 이번 촬영이 성공적으로 끝나도 얼마를 정산 받을지 알 수 없었다.

　언덕 위에는 소품들이 미리 준비되어 있었다. 형형색색의 풍선 묶음이었다. 모델은 통이 아주 큰 바지를 입고 프릴이 달린 상의에 고깔모자를 썼다. 날은 우중충했고 사진은 발랄해야 했다. 비가 쉬지 않고 쏟아졌다. 오로라는 꿋꿋하게 촬영을 고집했지만, 옷과 소품들이 다 망가져 버렸다.

　그들은 천막에 들어가 비를 피했다. 담요를 덮고 풍선이 바람에 이리저리 흔들리는 것을 지켜봤다. 불안했다. 저러다 전부 날아가는 거 아닌지. 풍선 하나가 날아갈 때마다 그녀의 심정이 어땠을지 나는 상상해 봤다.

"라라라."

그때 모델이 노래를 불렀다고 했다. 아무 뜻도 없고 맥락도 없었다. 소란스럽게 내리는 빗줄기 속에서 그런 멜로디 하나가 부드럽게 오로라 귀에 들어왔다. 그녀는 모델을 쳐다봤다. 모델은 지루함을 견디기 위해 흥얼거렸던 것 같다. 그 순간을 잊을 수 없다고 말하는 오로라의 표정. 나는 그 표정을 인터뷰 영상으로 봤다. 마지막 풍선이 날아가 결국 촬영을 완전히 취소하기로 결정된 순간. 음악을 만들어야겠다고 결심한 순간. 오로라는 라라라가 순식간에 불러온 감정을 고스란히 담아 두었다. 그것만은 날아가지 않도록.

오로라는 들어라, 내 친구들은 당신의 음악을 싫어해. 도통 이해하기 힘들고 어딘가 우울하다면서. 하지만 난 전혀 그렇게 생각하지 않아. 당신의 음악에는 아련함이 있어.

오로라는 들어라, 이런 것도 가수? 더 진정성을 넣어 봐. 가사에 공감이 하나도 안 돼.

오로라는 들어라, 가끔 오로라의 감성을 이해하기 어렵다는 사람들이 있는데, 그들이 잘 모르는 거야. 오로라는 이해하지 말고 그냥 느껴.

오로라는 들어라, 노래가 참 따라 부르기 쉽다. 라라라가 반복되는 후렴이라니, 솔직히 이 정도는 나도 하는데.

도화와 함께 버스에 오른다. 오늘따라 버스에 사람이 많다. 좌석은 꽉 차 있고 서 있는 사람들은 손잡이나 기둥을 잡고 있다. 모두가 고개를 숙이고 핸드폰을 본다. 귀에는 이어폰이 꽂혀 있다.

음악을 듣거나 유튜브를 보거나 게임을 한다.

무척 조용하다. 사람이 이렇게나 모여서 바짝 붙어 있는데 이렇게나 조용할 수 있나. 침을 꼴깍 삼킨다. 도화는 가방을 뒤적이더니 자신도 이어폰을 꺼내 귀에 꽂는다. 모두가 저마다의 소리에 갇혀 있다. 나는 가방을 꽉 끌어안고 밖을 쳐다본다. 버스가 덜컹거리고 풍경이 흔들린다.

만약 모두가 오로라의 노래를 듣고 있다면 어떨까? 다들 숨어서 듣지만 알고 보니 모두가 그녀를 동경하고 있다면.

5월 15일, 올림픽 체조 경기장에 왔다. 경기장 앞 광장이 사람들로 북적인다. 다들 티켓을 확인하느라 정신없다. 공연 시작은 6시다. 해가 지고 있다. 노란 구름이 흘러가고 어디선가 선선한 바람이 분다. 도화와 나는 굽 높은 신발을 신었다. 한 뼘 더 높은 곳에서 세상을 보는 것 같다. 태양과 한 뼘 더 가까워진 것 같다. '오로라는 들어라' 팬카페 회원들이 모여 있다. 글로만 보던 사람들을 실제로 만나니 낯설다. 그들은 오로라에 대해 이야기하고 있다. 그들의 눈동자가 밝다. 나는 주변을 둘러본다. 혹시 그가 숨어 있는지 궁금하다. 예고 글을 올린 그 녀석. 사람들의 인상착의를 주의 깊게 본다. 하지만 수상쩍은 사람은 없다. 그때 도화가 내 팔을 잡는다.

"뭐해, 얼른 들어가자."

공연장 천장은 둥근 돔 형태로 되어 있다. 구석에 커다란 조명이 달렸고 관객석이 중앙 무대를 둘러싸고 있다. 우리는 1열에 들어온다. 안내원이 도화의 티켓을 보더니, 자리를 안내한다. 도화가 나중에 보자며 손을 흔든다. 나는 핸드폰으로 시간을 확인한다. 공연 시작 5분 전.

　오로라를 좋아하는 사람은 의외로 많다. 공연장 하나를 꽉 채울 수 있을 정도로. 팬카페에 가입되지 않은 오로라의 팬도 있을 것이다. 오로라의 노래만 좋아하는 팬도 있고 오로라라는 사람을 좋아하는 팬도 있겠지. 주변을 둘러본다. 오로라의 안티팬도 있으려나. 손에 칼을 든 사람은 보이지 않는다. 마음 한쪽이 계속 불안하다. 입술을 또 뜯는다. 혀로 쓸어 보니 피 맛이 난다.

　공연장이 어두워진다. 무대 위에 하얀 조명이 켜진다. 사람들이 환호성을 지른다. 그 소리에 정신이 확 깬다. 무대 아래에서 누군가가 천천히 올라온다. 하얀 실루엣. 허리까지 내려오는 긴 생머리, 마르고 긴 몸. 오로라다. 내 옆에 있던 누군가가 소리친다. 사람들이 더 크게 환호한다. 음악이 시작된다.

　오로라의 목소리가 마이크를 타고 뻗어 나간다. 천사 하나가 노래하는 것 같다. 사람들은 침묵한 채 그녀를 감상한다. 우리 모두 해바라기처럼 그녀만 본다. 오로라가 무대에서 오른쪽으로 이동하면 우리의 눈동자도 오른쪽으로 움직인다. 왼쪽으로 이동하면 우리의 눈동자도 왼쪽으로 움직인다. 우리는 해바라기가 된다. 오로라는 태양이다.

　입이 저절로 벌어진다. 동공이 커진다. 지금 눈에 들어오는 것은 그녀뿐이다. 오로라는 위를 올려다본다. 그녀의 눈동자가 반짝 빛난다. 마치 누군가에게 바치는 것처럼 노래한다. 누구를 보면서 노래하는 걸까. 나는 도화를 본다. 도화는 내 오른편에 서 있다. 나는 왼쪽에 있다. 운동장에서 나란히 달리던 것처럼. 우리는 이곳에서 오로라의 음악과 함께한다.

사람들이 울기 시작한다. 여기저기서 흐느낀다. 네가 되고 싶다는 노랫말에서 사람들의 감정이 북받친다. 내 눈에서도 눈물이 난다. 너는 그 자체로 감동이 있다. 메모장에 쓴 글들이 생각난다. 도화가 부러워. 도화처럼 되고 싶어. 나는 그 메모를 삭제했다. 도화의 메모장에도 글이 쓰여 있을까. 오로라가 부러워. 오로라처럼 되고 싶어. 오로라의 메모장에는?

커튼이 흔들려 달빛이 따뜻하고
모든 것이 투명하게 보여
네가 되고 싶어, 되고 싶어.

어디선가 비명이 들린다. 눈을 감고 노래하던 오로라가 서서히 눈을 뜬다. 주변이 소란스러워진다. 음악이 묻힌다. 오로라는 개의치 않고 계속 노래한다. 그런데 누가 외친다. 칼이다! 녀석은 1열 어딘가에 숨어 있었다. 칼에 찔린 사람 몇몇이 쓰러진다. 녀석은 까만 후드를 뒤집어쓰고 있다. 나는 그 뒷모습을 보았다. 뒷모습만 봐도 알 수 있다. 녀석이 무대 위 오로라를 노려보고 있다는 걸. 오로라의 얼굴이 창백하다. 표정에서 네가 왜 여기 있냐고 묻는 것 같다. 까만 후드를 쓴 녀석이 무대 위로 성큼성큼 걸어간다.

오로라가 손가락 하나를 들어서 어딘가를 가리킨다. 공연장 바깥으로 나가는 문. 그곳에서 새하얀 빛 한줄기가 들어온다. 사람들이 오로라가 가리키는 방향을 향해 달려간다. 모든 것이 순식간에 사라진다. 나는 그들 가운데 서서 도화를 찾는다. 그러다 굽 높은 신발 때문에 넘어진다. 다시 일어나려고 하는데 사람들에 의해

밟힌다. 눈앞에 형형색색의 옷들이 스쳐 지나간다. 다급하게 움직이는 발소리와 귀에 웅웅 울려퍼지는 비명. 오로라가 외친다. 어서 나가요! 그녀의 목소리가 마이크를 타고 울려 퍼진다. 메아리처럼 멀리 달아나는 목소리. 사람들이 달아난다.

도화가 어디 갔지, 도화가 사라졌다.

호흡에게

서울여자고등학교 3
고예원

산소 흡입기로 숨을 들이마시고 아주 천천히 내뱉었다. 나는
졸린 눈을 비비며 고시원 복도로 나왔다. 이것만 공부하면 마스
직행선 탑승! 교재 표지에 쓰인 문구가 빛 아래서 번들거렸다. 시
험이 얼마 남지 않았다. 눈꺼풀이 무거운 상태에서도 초조한 기분
이 들었다. 아까운 한숨이 고시원 복도에 퍼져 나갔다.

온 사방이 흰 페인트로 칠해진 공용 공간은 언제 봐도 이질감
이 들었다. 다인용 식탁에 자리를 잡고 앉았다. 화성 이주 시험 교
재를 펼치려는데 바닥에 까만 무언가가 굴러다니는 게 보였다. 온
통 하얗고 깔끔한 공간에 까만 점 같은 그것은 너무 눈에 띄었다.
무릎을 꿇고 자세히 들여다보니 그것은 가느다란 다리 같은 게 여
러 개 달려 있었다. 나는 그것을 집어 올렸다. 그것이 꼬물거릴 때
마다 손바닥이 간지러웠다. 깜짝 놀란 나는 손을 거칠게 털어 냈
다. 그것은 순식간에 자취를 감추었다.

"그쪽도 봤죠?"

어느샌가 내 앞에 서 있는 한나가 눈을 빛내며 물었다. 글쎄요.
나는 고개를 갸웃거렸다. 한나는 의심스러운 표정으로 여기저기

를 기웃거렸다. 그리고 조용하게 말했다. 누가 식물을 기르는 것 같아요. 그렇게 말하는 한나의 목소리는 오랫동안 틀지 않은 수도 꼭지를 억지로 돌린 것처럼 잠겨 있었다. 나는 음모론에 가까운 말보다 곧 맥이 끊길 것 같은 한나의 목소리가 더 신경 쓰였다. 내가 별 반응을 보이지 않자 한나는 분명 벌레를 본 것 같은데……. 하고 말끝을 흐렸다. 방마다 작게 나 있는 창문을 떠올렸다. 이곳은 해도 나무도 모습을 감춘 지 오래였다. 네모난 창문에는 매일 같은 풍경의 회색 도시만 액자처럼 걸려 있었다. 여기서 식물을 기를 수가 있나.

한나가 방으로 돌아간 뒤 문제집을 펼쳤다. 조금 전 내가 보았던 까만 것과 누군가 식물을 키운다는 한나의 말이 번갈아 떠올랐다. 요즘 같은 세상에 식물이나 벌레라니, 말도 안 되는 일이었다. 아무래도 피곤해서 잘못 봤겠지. 그런 것은 오직 이 시험 교재 안에서만 존재했다. 적어도 내가 배운 바로는 그랬다. 교재의 첫 페이지에는 정확하게 지구 오염과 화성 이주의 시간 흐름이 정리되었다. 인터넷에 떠도는 갖가지 주장보다 탄탄한 근거를 갖춘 이야기였다. 백 번도 넘게 읽었지만 나는 늘 그 흐름과 시작을 따라가 보았다.

2045년부터 시작된 우기는 무려 10년간 이어졌다. 학자들은 기온 상승으로 인해 한랭 기후에 이상이 생긴 탓이라고 했다. 빙하기가 찾아오는 대신 하루도 빠짐없이 비가 내렸다. 폭우로 인해 땅이 쓸려 나가고, 모든 식물은 뿌리째 뽑히거나 습도를 견디지 못해 썩어 버렸다. 해수면 상승이 심각해져 지구의 절반 이상이 물에 잠겼다. 사람들은 전쟁을 벌이는 대신 이주를 택했다. 일각에서 논의되던 화성 이주 시기를 앞당겼다. 지구의 마지막 심장이던 시드 볼트를 화성으로 옮겨 기반을 다졌다. 2060년 그로부터 정확히 5년 뒤 화성 이주가 시작되었다. 2065년 현재는 오직 지구에 있는 자원으로만 생산 가능한 일부 우주선 개발 하청 업체들을 제외하고 모든 기술력이 화성으로 옮겨 갔다. 초록빛이던 지구는 폐허가 되었다. 사람들이 지구를 버린 것이다. 남은 이들은 돈이 없거나, 지켜야 할 게 있는 사람들뿐이었다. 나의 가장 오래된 기억도 하염없이 내리는 비를 바라보던 것이었다. 물이 번진 도화지처럼 천음하던 날씨였다.

　나는 괜히 선반에 놓인 장식용 지구본을 한 바퀴 빙글 돌렸다. 지름이 30센티미터는 되어 보이는 그 지구는 물에 잠기기 전 모습이 그대로 새겨져 있었다. 지구본은 우리가 함께 지구에 남기로 결심한 날 도은이 가져온 물건이었다. 화성본이 인기를 끌고 지구본은 골동품 취급을 받던 시기였다. 제 몸통만 한 지구본을 품에 안고 활짝 웃던 도은의 얼굴이 떠올랐다. 도은은 빽빽한 지구본을 천천히 돌려 가며 나라 이름을 외우는 걸 좋아했다. 네덜란드, 캐나다, 벨기에. 나는 언젠가의 도은처럼 옛날 판형의 지구본을 손가락으로 돌려 보았다. 이게 우주에서 지구를 내려다본 모습일까. 이제 지구를 보면 푸르지도, 우주의 다이아몬드 같지도 않을 거라는 생각이 들었다. 지지대와 구가 맞물리며 낡은 쇳소리가 났다. 도은의 물건은 전부 정리했지만 어쩐지 지구본만큼은 버릴 수 없어 공용 공간 선반에 두었다. 이제는 정말 무용해진 입체 모형에서 시선을 뗐다. 적어도 가까운 미래에 인류가 이주할 곳은 없으니 이곳 지구에서 서로를 친절하게 대하며 살아가야 한다고 말했던 칼 세이건은 틀렸다. 사람들은 지구를 버리고 빠르게 화성으로 이주했고, 나도 시험을 준비 중이었다.

기출 문제를 한 챕터 정도 풀었을 때 기척이 느껴졌다. 옆방에 사는 이지우였다. 40대 중반 정도로 보이는 이지우는 고시원 내 연장자였다. 그녀는 우주선 개발 하청 노동자로, 매년 화성으로 이주해 갈 편도 우주선을 만든다고 했다. 이지우와 공용 공간에서 만날 때마다 그녀는 나에게 자신의 이야기를 하나씩 풀어냈다. 말을 많이 할수록 숨이 차고 숨이 필요할 텐데, 이지우는 언제나 말이 많았다.

"힘들게 공부하는데 물이라도 한잔 마시면서 해요."

이지우가 컵을 건네며 웃었다. 이지우는 웃으면 눈 밑에 인디언 보조개가 생겼다. 움푹 파인 그녀의 보조개는 비밀스러운 그늘을 만들었다. 나는 이지우가 물이 가득한 물병을 등 뒤에 숨기고 돌아가는 모습을 보았다. 2리터는 족히 되어 보이는 크기였다. 물배를 채우려고 그러나, 짧은 의문이 머릿속을 스쳐 갔다. 그러나 이내 자세를 고쳐 앉고 다시 공부에 집중했다. 밀폐된 유리병 안에 작은 식물을 재배하는 테라리움은 식물 분야 화성 직업 적합 시험에서 빠질 수 없는 주제였다. 지구에서 식물이 멸종된 이후로 식물을 다루는 직업군은 어려운 시험을 통과해야 하는 전문직종이 되었다. 화성에 이주한 부자들은 자신만의 멋진 정원을 가지고 싶어 했다. 그렇기에 테라리움 조경 기술을 가지고 있다면 화성 이주 이후 정원사로 취직하기 쉬울 것이다. 그러나 실제 표본이 없으니 공부가 쉽지 않았다. 나는 사진 속 유리병 안에 들어 있는 식물을 한참이고 바라보았다. 꼭 작은 어항 같기도, 식물을 고이 품고 있는 것 같기도 했다.

목표한 공부를 끝내고 방으로 돌아왔다. 5평 정도 되는 공간은 모든 게 각을 맞춰 반듯했다. 모서리마다 침대와 옷장 화장실과 책상이 각각 알맞은 모양을 하고 있었다. 이 공간에 두 명이 살아도 불편하지 않던 때가 있었다. 나는 네모난 옷장의 첫 번째 서랍장을 열어 넣어 두었던 새로운 산소 흡입기를 뜯었다. 여분의 필터가 몇 개나 남았는지 세어 보았다. 네 개 정도면 아껴서 한 달은 버틸 거였다. 창문 너머로 벌써 해가 저물고 있었다. 떡하니 자리를 차지한 공장은 쉬지도 않고 잿빛 연기를 뿜어냈다. 굴뚝으로 흘러나오는 연기는 갈수록 색이 탁해졌다. 모든 건 조용하고 신속하게 이루어졌다. 내가 할 수 있는 건 폐 손상을 막기 위해 일정한 간격을 두고 산소 흡입기를 빨아들이는 것뿐이었다.

"내 생각엔 101호 아줌마 같아요. 이지우 아줌마. 그 방만 지나가면 이상하게 따뜻하고, 냄새도 다른 것 같고."

아침부터 방 문을 두드린 사람은 한나였다. 한나는 플라스틱 통을 내 눈앞에서 흔들었다. 투명한 벽면을 기어오르던 까만 것들은 한나가 플라스틱 통을 흔들 때마다 힘없이 바닥으로 굴러떨어졌다. 진짜 식물을 기르는 사람이 있다니까요. 이거 보세요. 잠이 덜 깬 내가 눈만 껌뻑이자 한나는 다시 목소리를 높였다. 톤이 올라갈수록 쨍한 쇳소리가 섞여 들어갔다.

"그게 진짜 벌레라고요?"

이른 아침부터 내 방문을 떠나가라 두드린 이유가 겨우 이거라니. 이미 지구의 토양은 이제 식물이 살기 어려울 만큼 오염되었다. 길거리엔 가로수 하나조차 없었고 서민들은 더는 식물을 기르거나 취급할 수 없었다. 화성 이주 시험을 준비하는 사람이라면 누구나 아는 사실일 텐데, 나는 여전히 졸린 눈을 비볐다. 같은 고시원이라고 우리한테도 피해 올 수도 있어요. 한나가 팔짱을 꼈다. 피해라는 말에 나는 잠시 멈칫했다. 쓰임새를 알 수 없는 커다란 물병을 가지고 들어가던 이지우가 떠올랐다.

"그럼 증거를 모아 봐요. 벌레 말고, 씨앗이나 식물 같은 거. 벌레는 개체수가 줄긴 했지만 멸종된 건 아니잖아요."

한나는 벌레만큼 확실한 증거가 어디 있냐며 병을 흔들었다. 그러나 내게 중요한 것은 그저 화성 이주 시험, 테라리움, 그런 것들이니까. 나는 아무래도 상관없다며 어깨를 으쓱해 보이고 식탁으로 걸어갔다. 그런 나를 한나는 답답해했다.

*

흡입기 가격이 일주일 전에 비해 또 올랐다. 내가 잘못 본 건가 싶어 무인 자판기에 붙어 있는 공을 셌다. 일, 십, 백, 천, 만. 이제는 고시원 한 달 월세와 비슷한 돈을 지불해야 했다. 살아가는 데 꼭 필요한 생필품의 가격이 몇만 원 단위로 매주 오르다니. 숨이 턱턱 막혔다. 자판기에 카드를 찍었는데 기계가 작동하지 않았다. 이제 보니 가장 비싼 산소 흡입기까지 전부 빨간불이 들어와 있었다. 죄다 품절이었다. 나는 주위를 둘러보았다. 거리에는 사람이 보이지 않고, 시간이 멈춘 듯 정적인 풍경이지만, 공장은 끊임없이 연기를 뿜어냈고 흡입기는 빠르게 품절됐다. 나는 이럴 때마다 지구에 여전히 사람이 산다는 걸 실감했다. 혹시 출구에 걸린 흡입기라도 없을지 무릎을 꿇고 손을 휘저었지만 무엇 하나 잡히지 않았다. 나는 한숨이 나오려는 입을 막았다. 아까운 숨은 밖일수록 더 아껴야 했다.

집으로 돌아가는 길거리는 황량했다. 낮은 건물의 가게들은 거의 다 문을 닫았고 자동화 시스템이 정착한 곳만 불이 들어와 있었다. 습한 공기에 먼지들이 달라붙어 부유했다. 아스팔트 바닥 위론 공장 분진 같은 시커먼 재들만 유유히 흩날렸다. 나는 무인 버스를 기다리며 거대한 빌딩 숲을 올려다보았다. 보이지 않는 투명한 유리 수조 안에 누군가가 이끼처럼 빼곡하게 빌딩을 심은 것 같았다. 밀폐형 테라리움처럼. 이제는 누가 출입하는지도 알 수 없는 건물 아래 내가 아주 작게 느껴졌다. 아무런 소리도 움직임도 보이지 않지만 돌아가고 있는 사회 안에서 나의 존재감은 티끌과도 같았다. 테라리움이 잘 커지면 자연 섭리에 따라 새로운 생명이 탄생한다는데 섭리를 잘 따르다 보면 나에게도 예외적 행운이 따라올까. 나는 내 앞에 천천히 멈춰 선 무인 버스에 몸을 실었다.

덤 같은 거라고 생각하자. 가족들이 나를 두고 화성으로 떠난 날 도은은 간단한 말로 날 위로했다. 필수적이지 않지만 있으면 좋은 존재. 나를 그렇게 생각하자 마음이 한결 나았다. 그러나 지금까지의 삶과 앞으로의 나날 중 어떤 것을 덤으로 여겨야 할지 결정하지 못했다. 그런 건 차차 살아 내다 결정해도 늦지 않다고 도은이 말했다. 나는 고개를 끄덕였다. 도은은 내게 줄 게 있다며 손을 내밀어 보라고 했다. 내 손 위로 무언가가 가볍게 떨어졌다. 갈색 물방울처럼 생긴 것은 작고 단단했다. 내가 무엇이냐고 묻자 도은은 씨앗이라고 답했다. 훔쳤어. 내가 좋아하는 웃음을 지었다. 화성 하청 업체에서 일하는 도은은 화성에 필요한 물자들을 싣고 종종 화성에 갔다.

"행정구역 밖은 통유리로 막혀 있는데 야자수랑 사람들이 보였어. 그런데 너무 지나치게 평화로워 보여서 어색했어. 이게 무슨 느낌인지 모르겠는데 하여튼 화성이 좀 이상한 것 같아."

그런데 이건 탐이 났어. 화성에 발도 붙여 본 적 없는 나로선 이해할 수 없었지만, 도은은 화성에 갈 때마다 자꾸 씨앗을 훔쳐왔다. 내게 준 날도, 주지 않은 날도 있었다. 지구본과 더불어 나에게 남은 유일한 도은의 흔적이었다. 나는 도은이 준 씨앗을 심어 본 적이 있다. 그건 도은과 헤어진 뒤의 일이었다. 씨앗은 자라지 않았다. 버스에서 고시원 근처 정류장 이름이 흘러나왔다. 다섯 정거장 정도를 지나치는 동안 사람을 한 명도 만나지 못했다. 천천히 버스에서 내려 고시원으로 향했다.

*

나와 한나는 공용 공간에서 문제집을 한 권씩 들고 만났다. 한나가 고개를 빼 복도를 힐끔 바라보며 말했다. 할 말 있는데, 여기는 너무 개방적인 것 같아요. 내 방에서 얘기해요. 나는 고개를 끄덕였다. 고시원에 들어온 이래 처음으로 한나의 방에 들어갔다. 새하얀 벽지와 깔끔한 바닥까지 나의 방과 전체적인 모듈은 똑같았다. 하지만 꼭 필요한 것만 꺼내 놓는 나와 달리 한나의 방은 자잘한 것들이 많이 보였다. 다 쓴 것 같은 산소 흡입기가 책상 위에 쌓여 있었고, 한나가 꿈틀거리는 것들을 가둬 두었던 통도 있었다. 그중 한나가 수납장 맨 위에 올려 둔 액자가 눈에 들어왔다. 사진에서는 한나와 어린 남자아이가 어깨동무를 한 채 웃고 있었다. 분명 한나가 무연고자라고 들었던 것 같은데. 내 시선을 눈치챈 한나가 침대에 앉으며 말했다.

"남동생이에요. 먼저 화성에 갔어요. 부모님이 돌아가셔서 화성에 있는 이모네 식구들이랑 동생이랑 같이 살게 하려고 이러는 중이에요. 뭐, 죽었는지 살았는지도 모르겠지만. 연락 잘 안 되거든요."

한나는 말하는 중간중간 목이 잠기는지 헛기침을 했다. 한나가 왜 이렇게까지 화성에 집착하는지 조금 이해가 됐다. 한나는 문제집으로 어질러진 침대 위를 치우고 책상다리를 했다. 산소 약제가 얼마 남지 않은 산소 흡입기를 흔들 때마다 불규칙한 반복 음은 방 안에 퍼졌다.

"이지우 아줌마 방, 언제 한번 박차고 들어가죠."

한나는 문제집 사이에서 프린트물 몇 장을 꺼내 들었다. 식물 키우는 거 불법이잖아요. 이런 거 잡아서 가산점을 받은 사례가 있더라고요. 얼떨결에 종이를 든 나는 구청에서 낸 기사를 천천히 읽었다. 요약하자면, 화성으로 가야 할 물자인 동식물을 빼돌려 기른 사람을 이웃이 신고해 화성 이주 가산점을 받았다는 내용이었다. 한나는 의기양양한 모습으로 제대로 나오지 않는 흡입기를 빨아들였다. 식물을 키우는 이지우의 방을 상상했다. 고시원의 하얗고 텁텁한 방 안에서 건조하게 말라 갈 작은 식물을 떠올리자 그냥 좋을 대로 두고 싶었다. 그냥 덤인 셈 치면 안 되는 걸까. 한나는 여전히 급습해 사진을 찍어 놓거나, 아예 화분들을 압수해 증거물로 들고 가자는 말들을 떠들었다.

그 순간, 복도에서 우당탕탕 하는 소리가 들려왔다. 나와 한나는 놀라서 복도로 나가 보았다. 이지우가 자신의 방문 앞에 넘어져 있었다. 그 옆에는 작은 알갱이들이 굴러다녔다. 나는 얼른 그것을 주워 주머니 안에 넣은 뒤 넘어진 이지우를 일으켜 세웠다. 당황한 이지우는 바닥에 떨어진 것들을 주워 담기 시작했다. 이지우가 손바닥으로 쓸어 담은 알갱이들은 모아 두니 개수가 꽤 되는 것 같았다. 뒤늦게 나온 한나는 빠르게 상황을 파악했다.

"이거 씨앗 맞네. 내 말이 맞잖아요! 당장 신고해요, 지금."

한나의 언성이 높아졌다. 확신에 찬 말투였다. 나는 그런 한나를 뒤로하고 이지우를 도왔다. 손바닥으로 바닥을 쓸어도 먼지 하나 나오지 않는 복도라니, 그 점이 오히려 이상하게 느껴졌다. 이지우가 방으로 들어간 뒤 나는 당장이라도 신고하겠다는 한나를 진정시켰다. 어차피 지금은 밤이 늦어 행정 업무 처리 시간도 지났으니, 내일 아침에 다시 생각해 보자는 말에 이내 진정했으나, 내일 아침 동이 트자마자 달려갈 기세였다.

방에 들어와 주머니에 넣은 걸 꺼내 보았다. 알갱이는 작게 보풀이 나 있었고 탐스러운 갈색이었다. 나는 첫 번째 서랍 속 다 쓴 산소 흡입기를 찾았다. 뚜껑을 열어 그 안에 담겨 있는 것들을 손바닥에 쏟아 냈다. 도은이 나에게 주었던 것을 버리지 않고 모아 둔 것이었다. 내가 이지우에게서 훔친 것과 도은이 준 것은 꽤 비슷한 모양을 하고 있었다. 만약 도은의 말이 사실이라면, 이것은 씨앗이었다. 알맞은 흙과 온도, 햇빛과 물이 있으면 식물로 자라날. 살면서 볼 기회가 없었던 생명의 기원이었다. 화성을 새로운 낙원이자 삶의 터전이라고 외치는 사람들의 목소리가 떠올랐다. 이 씨앗들을 심어 이제는 지구보다 푸르를지도 모르는 화성도. 과연 내가 화성에 간다면, 그 사람들과 행복하게 살 수 있을까. 손아귀에 고작 씨앗 두 개가 있을 뿐인데 묵직하게 느껴졌다.

한나의 말과 몰래 훔쳐 온 알갱이들을 두고 고민하느라 쉽게 잠이 오지 않았다. 그때, 옆방에서 불규칙적으로 작은 소음이 들려오기 시작했다. 잠꼬대나 코골이와는 조금 달랐다. 바닥에 쇠붙이가 끌리는 것 같기도, 목에 걸린 걸 토해 내는 소리 같기도 했다. 반복되는 소리가 점점 희미해지자 불길해진 나는 곧장 복도로 나왔다. 한기가 훅 끼치는 복도에 누군가 서 있었다. 흠칫 놀란 내가 얼굴을 확인하자, 이지우였다. 이지우는 나와 같은 소리를 들은 건지 한나의 방문을 세게 두드렸다. 한나 씨! 응답이 없었다. 이지우가 급히 손잡이를 돌리자 문이 열렸다. 방 안에서 침대에 걸쳐 쓰러진 한나가 보였다.

한나야, 한나야! 나는 처음 한나의 이름을 부르며 그녀를 흔들었다. 이지우가 겉옷 주머니에서 산소 흡입기를 꺼냈다. 비닐을 뜯는 걸로 보아 새 제품 같았다. 오래 산소 흡입 안 한 상태로 과로해서 이러는 거예요. 이지우는 흡입기를 한나에게 물리고 숨을 쉬도록 편한 자세로 고쳐 주었다. 한나가 숨을 헐떡이며 흡입했다. 이지우는 한나의 등을 천천히 두드리며 안정이 될 때까지 기다렸다. 한나를 감쌌던 내 손의 힘이 점점 빠지는 게 느껴졌다. 한나와 이지우에게 알 수 없는 감정이 밀려왔다. 참았던 숨을 크게 몰아쉬는 한나와 괜찮아질 거라며 말해 주는 이지우를 아무 말 없이 바라보았다.

나는 간밤 동안 한나의 곁을 지켰다. 한나는 잠에 취한 와중에도 화성에 가야 하는데……라며 웅얼거렸다. 이지우가 출근하고 얼마 지나지 않아 한나가 눈을 떴다. 초점이 없는 한나의 눈에 나는 괜찮냐고 물었다. 물이 담긴 컵을 내밀었다. 한나가 기다렸다는 듯 꿀꺽꿀꺽 물을 마셨다.

"꿈에서도 화성을 찾던데."

내 말에 한나는 살짝 웃었다.

"도망치고 싶었거든요."

여기는 이렇게 날 외롭게 하고 삭막한데. 적어도 화성에서는 새출발할 수 있지 않을까 하고. 한나는 남은 물을 마저 다 마셨다. 나는 빈 컵을 받았다. 한나는 천천히 일어나 이불을 정리하기 시작했다. 돈이 없어서 숨도 못 쉬는 일상, 안 지쳐요? 차라리 아예 산소가 다 사라졌으면 좋겠어. 나는 머뭇거리며 해 줄 말을 찾다가 예전에 우주 지식을 공부하다 들은 말을 생각해 냈다.

"5초라도 지구에 산소가 다 사라지면, 모든 건물들이 먼지가 된대요."

"그러면 좋겠다."

"바다도 증발해서 지구의 남은 푸른색도 다 사라질걸요."

이불을 다 접은 한나는 먼지를 털었다. 그리고 방을 나가기 전, 그건 싫기도 하다며 웃었다.

*

그날 이후 한나는 조용했다. 이지우를 신고할 생각은 없어 보였다. 다만, 가까워진 화성 이주 시험을 위해 열심히 문제집을 풀었다. 나와 한나가 공용 책상에 앉아 문제집을 풀고 있으면, 이지우가 와서 우리에게 물을 건네주는 식의 일상이 반복됐다. 나는 옷장에 있는 유일한 정장을 꺼내 입고 방을 나섰다. 공용 책상에서 문제를 풀던 한나가 나를 보고 눈이 커졌다.

"오늘 어디 가요?"

"모의 면접이 있거든요."

이 차림이 어색한 건 나도 마찬가지였다. 베이지색이 잘 받네요. 한나가 엄지를 들어 올리며 말했다. 베이지는 도은이 좋아하는 색이었다. 정확히 도은은 베이지색 옷을 입은 나를 좋아했다.

넌 피부가 창백해서 하얀색보다는 베이지색이 잘 어울려. 지금까지 그 말을 신경 쓰는 건 아니었지만, 어쩐지 중요한 자리에 갈 때면 흰색보다 베이지색을 선택하게 됐다. 화성 이주 시험 모의 면접을 보러 학원에 들렀다. 강의가 전부 화상으로 이루어져, 학원에 직접 오는 건 처음이었다. 이 학원을 비롯한 서울의 여러 학원에선 화성 이주 시험의 합격 가능성을 산출해 주고 면접 질문도 만들어 주었다. 임시 번호표를 가슴께에 붙이고 순서를 기다렸다. 몇 번의 차례가 지나고 진행 요원이 내 번호를 불렀다. 나는 문 앞에서 노크를 두 번 하고 들어갔다. 회의실은 고시원처럼 새하얗고 먼지 한 톨 없었다. 중앙에는 고지식해 보이는 면접관 세 명이 앉아 있었다. 그동안 고시원에서 문제집만 들여다보고 지낸 탓에 나는 대부분의 질문을 긴장하지 않고 대답했다. 면접은 순조롭게 진행됐다.

"결혼이나 출산 계획은요?"

잔머리 한 올 없이 깔끔하게 왁스를 바른 면접관이 심드렁하게 물었다. 나는 당황하며 대답했다. 아직은 없어요. 면접관은 서류 파일을 하나 넘긴 뒤 형광등 빛이 반사된 안경을 추켜올리며 말했다.

"실제 면접에서는 있다고 말하세요. 화성은 인구 안정성이 중요해요. 올바른 결혼관을 가지고 있다는 걸 어필해야 가산점을 얻어요."

그리고 아무래도 같은 성별끼리 성적 매력을 느끼는 건 좀, 징그러우니까. 면접관은 구둣발을 툭툭거리며 쉽고 유용한 팁이라는 듯 말했다. 나는 그 말에 대답할 수 없었다. 면접관의 하얀 구두가 일정한 속도로 흔들렸다. 너 베이지가 어떤 색의 조합인 줄 알아? 언젠가 도은이 물었다. 글쎄, 흰색과 노랑. 베이지는 흐린 노랑과 연한 주황 그리고 회색이 섞인 거래. 베이지색을 만들 때 하얀색이 들어가지 않았다. 하필 그때 도은과의 대화가 떠오른 건 면접관의 구두와 회의실의 벽이 눈이 부실 정도로 하얀 탓이었다.

무인 버스를 타고 돌아오는 길에 인구 안정성이라는 말을 곱씹었다. 버스 앞쪽에 달린 작은 모니터에서 화성 이주 관련 광고가 나오고 있었다. 화면 속 화성은 지구와 달리 붉었고 아주 새로운 땅 같아 보였다. 환하게 웃는 남자아이와 여자아이가 손을 맞잡았고, 레이스 앞치마를 두른 중년 여성과 넥타이를 맨 남성이 아이들을 감싸 안았다. 화목한 가족 단위가 손에 손을 맞잡고 화성을 둥글게 감쌌다. 그곳에는 장애인도, 레즈비언도, 혼자 사는 노인도 없었다. 영상 속 평온함이 되레 불쾌하게 느껴졌다. 그땐 그저 넘어갔던 감정이었는데, 직접 마주하자 나는 화성이 이상하다던 도은의 말을 들어주지 않았던 게 후회가 됐다.

집으로 돌아와 창가에 올려 둔 산소 흡입기를 확인했다. 그러나 산소 흡입기에는 어떤 변화도 없었다. 얼마 전 나는 반신반의하는 마음으로 다 쓴 산소 흡입기에 씨앗을 심었다. 키우는 데 필요한 흙은 고시원 주변 땅에서 한 주먹 퍼 왔고, 내 방에서 가장 볕 좋은 곳에 두었다. 물도 빼먹지 않고 주었다. 하지만 흙과 씨앗이 든 흡입기는 그저 고요했고, 아무리 기다려도 발아하지 않았다. 이게 씨앗이 맞긴 한 건지 의심이 들었다. 알갱이는 그저 작고 까슬할 뿐이어서, 이게 자라 초록빛 잎이 된다는 걸 도무지 믿을 수가 없었다.

나는 결국 이지우를 찾아갔다. 한참을 망설이다 이지우의 방을 어렵사리 두드렸다. 무슨 일이에요? 이지우가 현관에 얼굴

만 내민 채 물었다. 나는 머뭇거리다 산소 흡입기를 내밀었다. 이
거……. 내 흡입기를 본 이지우의 얼굴에 경계가 풀렸다. 이지우
는 천천히 문을 열었다. 나는 조심히 이지우의 방으로 발을 디뎠
다. 한나의 말대로 들어서자마자 흙내와 따뜻한 기운이 나를 감쌌
다. 더욱 놀라운 건 눈에 들어차는 식물들의 풍경이었다. 이지우
의 방은 내가 그림으로만 보았던 테라리움처럼 보였다. 이번에는,
진짜 수조 안에 푸른 이끼들과 식물들로 채워진 테라리움. 이곳에
는 마치 덤과 같은 생명이 가득했다. 내가 코를 훌쩍이며 그것들
을 바라보자 이지우가 말했다.

"우주선 화물칸 청소를 할 때였어요. 옆으로 지나가는 트럭을
봤는데, 거기 씨앗이 있었어요. 지구는 가망이 없다고 씨앗을 다
가져가 버리는 게 괘씸하게 느껴져서 나도 모르게……."

나는 먼지에 파묻힌 씨앗을 바라보았다. 이지우가 내 흡입기를
가져가 이리저리 돌렸다. 이게 안 자라는 건 화분이 너무 작아서
인 것 같아요. 나랑 어디 좀 가야 할 것 같은데. 빙그레 웃으며 공
용 공간으로 가는 그녀를 나는 영문도 모르고 쫓아갔다. 이지우는
복도를 돌아보며 어디 심을 만한 곳이 없는지 눈여겨보는 것 같았
다. 나도 이지우를 따라 여기저기 시선을 돌리다, 무언가 눈에 채
였다. 지구본이었다. 구와 분리할 수 있는 받침대. 나는 지구를 품
에 안았다. 이거면 될 것 같아요. 이지우는 엄지를 추켜세웠다.

이지우는 고시원 뒤편에 숨겨진 공터로 나를 데려갔다. 여기는
무인 자판기에 가기 위해 내가 맨날 지나쳤던 공터였다. 다만 펜
스가 쳐져 있고 공업용 천막이 둘려 있어 들어가 볼 생각도 하지
않았던 곳이었다. 이런 곳은 흙이 오염되고 발암물질이 새어 나온
다고 접근을 금지했다. 하지만 이지우는 아랑곳 않고 성큼성큼 그

곳으로 걸어 들어갔다. 조악한 천을 확, 걷어 냈다. 나는 지구본을 든 상태로 잠시 멍을 때렸다. 천막을 걷어 낸 땅에는 내가 산소 흡입기에 담았던 먼지 같은 흙과는 비교도 안 될 정도로 많은 흙이 있었다. 지구 곳곳에 토양이 남아 있다는 사실은 알고 있었지만, 고시원과 이렇게 가까운 곳에 있다는 사실은 몰랐다. 이지우는 무릎을 꿇고 흙을 조금 들어 만져 보며 말했다.

"비밀인데, 사실 이 토양에도 식물이 자랄 수 있어요."

이지우의 손에서 사르르 흙이 떨어졌다. 놀라운 일이었다. 나와 사람들은 이미 지구의 어디서든 더는 식물 재배가 불가하다고 배워 왔으니까. 우리는 심을 수 있는 씨앗이 없는 것뿐이었다. 나는 벅찬 마음으로 지구본의 구를 돌돌 열어 받침대와 분리했다. 이지우는 그곳에 흙을 퍼 담아 주며 말했다. 어쩌면 우리에게 아직 희망이 있을지도 몰라요. 도은과 이지우에게 덤으로 얻은 것들을 지구에 심었다. 나는 이지우의 말을 믿고 싶었다.

새하얀 고시원 방에 초록빛이 스며들었다. 흙이 충분하고, 제 크기에 맞는 화분에 옮겨 심자 씨앗이 발아 이후 무럭무럭 자란 것이다. 지구본 크기에 맞게 뿌리를 단단히 내린 것은 물론이고, 줄기와 잎을 더없이 높이 뻗어 냈다. 갈라진 초록 잎의 끝이 인사하듯 곡선을 이루었다. 나는 그것이 경이롭게 느껴져 틈만 나면 잎의 끝을 툭, 건드렸다. 솔솔 불어오는 바람에 잎이 흔들렸다. 나는 그 식물이 뭔지 단번에 알아봤다. 화성 이주 시험에도 나오는 아레카야자였다. 우주선 안의 공기조차 말끔하게 정화시킨다는 아레카야자. 얇은 잎을 따라 작은 무언가가 기어가는 모습도 보였다. 벌레가 맞았구나. 꿈틀거리는 것이 잎을 안고 있는 것처럼 보였다. 이따금씩 갉아먹는 듯해도 밉지 않았다. 생명. 생명이 기어

다녔다. 방 안의 공기도 전보다 쾌청해진 기분이 들었다.

"제 방에 초대하고 싶어요."

나는 뜸을 들이며 그녀들에게 말했다.

들고 오실 건 없고요. 보여 드리고 싶은 게 있어서요. 내 말에 이지우와 한나가 흔쾌히 고개를 끄덕였다. 고시원에 입주한 이래 처음 있는 집들이였다. 모여도 한나의 방에만 모였던 터라 둘은 어색한 듯했다. 내가 기른 아레카야자를 보여 주었다. 지구본을 화분 삼아 커다랗게 자란 아레카야자와 그를 비추는 햇살. 잎은 천장에 닿을 것처럼 자라 있었고, 내 방은 이제 페인트 냄새가 아닌 상쾌한 냄새가 났다. 우리는 그 장면에 한참을 멈춰 서 있었다. 우리가 본 마지막 지구는 분명 그런 모습이었다. 따뜻하고, 싱그럽고, 좁고도 넓으며 파릇한. 피톤치드를 들이마시며 숨을 쉬는 모습 말이다. 먼 과거의 지구도 이랬을까. 이지우가 나지막하게 말했다. 좀 사는 것 같네. 그러게요. 한나가 말했다. 우리는 말없이 호흡했다. 무성하게 자란 아레카야자 앞에서 한참을. 지구가 먼지가 되지 않길 바라는 마음으로.

얼마 후, 내가 심어 둔 화분에 나도 모르는 새싹이 돋아 있었다. 탄력 있고 청록빛이 도는 이름 모를 새싹이었다. 파란 점 같은 지구 위에 자리 잡은 새싹을 보며 나는 칼 세이건이 강조하던 건 서로에게 친절해야 한다는 것이 아니었을까 생각했다. 지나온 삶과 남은 나날 중 무엇이 덤인지 고민하는 일 따위는 더는 중요하지 않았다. 도은에게도 이 장면을 보여 주고 싶었다. 나는 숨을 깊게 들이마셨다. 호흡에게 감사하면서.

잘 지내, Pluto

감일고등학교 3
김민경

신나는 비트와 아름다운 목소리. 헤이 베이비 멈추지 마 색색의 불꽃 터지는 선샤인. 내가 이 곡에서 가장 좋아하는 부분이었다. 하지만 저음질의 스피커 때문에 가사가 다 뭉개져 들렸다. 색색의는 샥샥의로, 선샤인은 으어아인으로. 게다가 마트 개업 홍보 멘트가 노래에 섞여 무대는 엉망이었다. 사람들은 당최 무슨 소리인지 못 알아듣겠다는 표정으로 지나갔다. 무대 앞에 잠시 멈추어 선 아주머니들이 수군댔다. "쟈들은 누구여?" 어수선한 분위기 속에서 나는 조용히 카메라를 들었다. 열다섯에 같이 망돌만 쫓아다니던 사촌 언니가 이제 그만하겠다고 버리려던 걸 싸게 주고 사 온 거였다. 렌즈만 백만 원이 넘는 카메라는 운동이라곤 하지 않는 열아홉 청소년이 들기엔 다소 무거웠다. 그래도 이제는 익숙했다. 나는 열심히 무대에 렌즈를 들이댔다. 팔로워가 현저히 적은 소규모 에스엔에스 계정에 올라갈 사진이었다. 누가 보기나 하나 의문이 드는 사진을 뭐 이리 정성스럽게 찍나 싶지만, 이건 나의 의무감이었다. 머리를 노란색으로 물들인 한 멤버가 내 쪽을 향해 손을 흔들고 윙크를 했다. 우주에서 별이 사라져 버린대도 너만 있다면. 최

151

선을 다해 노래 부르며 이리저리 스텝을 밟다가 점프하는 그 순간 찰칵, 셔터를 눌렀다.

"아가씨, 쟤들은 누구야? 연예인인가?"

한 아주머니가 나를 툭툭 쳤다. 나는 뷰파인더에 대고 있던 눈을 떼고 천천히 대답했다. 아이돌이에요. 스톤보이즈. 아주머니가 처음 듣는 이름인 듯 눈을 끔뻑이다 고맙다고 인사한 후 자리를 떠났다. 아주머니는 마트 전단지를 받아 가며 희한한 이름이네, 하고 중얼거렸다. 아무래도 그럴 수밖에. 스톤보이즈를 보기 위해 모인 인원은 고작 다섯 명 정도였다. 나는 개의치 않고 사진을 찍었다. 노랑머리의 멤버는 얼마 없는 팬들과 일일이 눈을 맞추었다. 환아! 여기! 내가 손을 흔들었다. 환이 땀을 뻘뻘 흘리며 귀엽게 손가락 하트를 날려 주었다.

아이돌에는 여러 종류가 있다. 걸 그룹, 보이 그룹, 중소기업 아이돌 등등. 그중에서 가장 천대시되는 것이 무엇이냐 하면 누구나 같은 대답을 할 것이다. 망한 아이돌, 줄여서 '망돌'. 스톤보이즈는 2010년대쯤 유명 히트곡을 여러 번 냈던 작곡가가 차린 회사의 아이돌이었다. 그러나 데뷔 때도 주목받지는 못했다. 망돌 수집가들 사이에서 소소하게 입소문이 돌긴 했지만 그게 다였다. 스톤보이즈가 데뷔한 건 내가 17살일 때였다. 당시 나는 올라간 고등학교에 적응하지 못해 겉돌고 있었고 이전에 파던 망돌이 해체한 후로 누구에게도 정착하지 못한 채 이리저리 떠도는 중이었다. 데뷔 쇼케이스에서 유치찬란한 옷을 입고 너의 별이 되겠다며 윙크하는 사진을 보고 나는 환에게 흥미를 가졌다. 얼마 지나지 않아 팬클럽에 가입했고 환의 사진을 올리는 홈마 계정을 팠다.

처음에는 나도 유명 아이돌을 좋아했다. 그러나 그들은 나와 너무 멀었다. 팬 사인회에 가기 위해선 몇십, 몇백 장씩 앨범을 사야 했다. 콘서트 스탠딩석을 잡는 건 꿈 같은 일이었다. 무엇보다 운이 좋아 팬 사인회에 가고 무대를 보러 간다 한들 그들은 나를 기억하지 못했다. 나는 의미 있는 존재가 되고 싶었다. 발에 채이는 돌멩이처럼 인식조차 되지 않는 팬으로 남고 싶지 않았다. 그래서 일부러 망돌만 팠다. 팬이 얼마 없는 그들에게 나는 꼭 필요하며 귀중한 존재가 될 수 있었다. 망돌은 나와 비슷한 구석이 있었다. 세간의 주목을 받지 못했고, 영원히 빛날 일 없는 항성의 파편이었다. 그러나 그들은 나와 다르게 꿈이 있었다. 꿈을 꾸며 노력하는 사람이 나를 좋아해 준다는 것은 매력적인 일이었다.

스톤보이즈는 팬들과 함께 갈고 닦아 가는 원석이라는 메시지를 내세워 만든 그룹이었다. 실제로 대부분의 망돌 팬들은 자신의 그룹을 원석이라 표현했다. 하지만 내 생각은 달랐다. 망돌은 빛날 수 없었다. 많은 아이돌 그룹이 반짝여 보지 못한 채 해체되었다. 나는 많은 망돌을 좋아하며 그들이 해체되어 가는 것을 지켜보았다. 좋아했던 망돌 그룹이 해체하면 다른 망돌을 물색하기를 반복했다. 간혹 급작스럽게 인기를 얻어 주류 아이돌 그룹이 된 망돌도 있긴 했다. 더 이상 망돌이 아니게 된 아이돌에는 뜨겁게 좋아했던 마음이 자연스레 식었다. 꿈을 이루어 별과 같이 빛나는 사람들은 내겐 너무 멀게 느껴졌다. 하고 싶은 것도, 되고 싶은 것도 없는 상태로 방구석 침대에서 조용히 스크롤을 내리다가 음원 차트 순위권에 오른 최애를 보고 있자면 기쁜 마음보다 거리감이 느껴져 외로워졌다.

행사가 끝난 후 멤버들이 얼마 되지 않는 팬들에게 다가와 손을 잡으며 말했다. 누나 오늘도 와 줬네요. 고마워요. 이거 뭐예요? 저 주는 거예요? 환은 자연스럽게 내게 다가왔다. 저 오늘 어땠어요? 멋있었어요? 나는 그렇다고 대답했다. 매니저가 오늘 찍은 사진 잘 좀 부탁한다며 내게 고개를 숙였다. 나는 홈마였고 스톤보이즈 사진을 올리는 계정 중에서 그나마 팔로워가 많은 편이었다. 실력 때문이라기보단 데뷔 때부터 봐 와서 시간이 쌓여 그런 거지만. 환은 눈을 반짝이며 손수건으로 땀을 닦았다. 한여름 뙤약볕에도 표정이 일그러지지 않았다. 환의 강점은 그런 것이었다. 당장 며칠 뒤가 컴백이라 힘들 텐데도 내색하지 않는 열정. 나는 컴백 4일 전에 행사를 잡는 미친 소속사를 저주하며 환에게 웃어 보였다. 컴백을 하고 난 후엔 더 많은 행사를 뛰겠지. 지방에서 하는 축제 공연, 식당이나 마트 등의 개업 축하 무대, 작은 동네 카페를 빌리거나 소속사 회의실에서 열리는 조촐한 팬 미팅 등등. 나는 그럴 때마다 그곳으로 가서 몇 시간 동안 대기를 타고 환이 나오기만을 기다렸다. 조회수가 1000도 나오지 않았지만 열심히 사진을 보정해 에스엔에스에 올렸다. 오로지 환 때문이었다. 누구보다도 열정적으로 무대 위에서 춤을 추는 나의 아이돌. 영원히 별처럼 빛날 순 없겠지만, 그래도 나는 네 꿈을 알아. 네 꿈을 알 수 있어서 기뻐. 내가 네 꿈을 안다는 걸 네가 알아줘서 기뻐…….

"다음에 봐요, 쥬얼들!"

환과 멤버들이 팬덤명을 외치며 차로 뛰어갔다. 뛰어가는 도중 환이 나와 눈을 맞췄다. 고, 마, 워, 요. 입 모양으로 그렇게 말했다. 두근두근 뛰는 심장을 억누르며 나도! 하고 뻐끔댔다. 나는 스톤보이즈가 탄 차가 시야를 벗어날 때까지 그곳에 그대로 서 있었다.

꼬르륵 소리가 났다. 아직 4시밖에 되지 않았는데 점심을 너무 대충 먹었나. 배가 고프니 뭘 해도 집중이 안 되었다. 자료 조사를 해야 하는데 뭘 검색해도 쓸 만한 자료가 나오지 않았다. 대리님한테 물어보면 답해 주실까. 귀찮아하면 어쩌지. 이러지도 저러지도 못한 채 한숨을 푹 쉬는데 차 대리가 조용히 내 자리로 다가왔다. 나는 황급히 구글 창을 켰다.

"수연 씨, 맡긴 일은 다 했어요?"

"아…… 아뇨. 저기, 그게……."

"시킨 지가 언젠데 아직도 못 끝내요?"

"어려운 부분이 있어서…… 명왕성에 대한 자료는 좀 뜨긴 뜨는데 실을 만한 내용이 별로 없어서요."

차 대리가 작게 한숨을 쉬더니 키보드를 두들겼다. 키워드 몇 개를 더 추가하여 검색하니 아까보다 많은 양의 자료가 떴다. 이렇게 조금 더 키워드를 세분화하면 잘 떠요. 알겠어요? 답답한지 차 대리의 목소리가 묘하게 뾰족했다. 밉보인 게 분명했다. 하긴 나라도 간단한 일조차 제대로 못 하는 사람은 좋아하지 않을 것이다. 성가시다고 생각하려나. 알겠습니다. 겨우 대답한 뒤 다시 링크를 클릭해 필요한 자료를 긁어모았다. 학교를 자퇴하고 아르바이트만 전전하는 걸 보다 못한 부모님이 친척 어른에게 부탁해 들어오게 된 첫 직장이었다. 잡지사에서는 아동에게 유익할 과학 정보를 쉽고 재밌게 풀어내는 잡지를 발행했다. 이번 호 주제는 우주였다. 나는 그중에서도 태양계와 명왕성, 항성 등에 관한 자료를 긁어모았다. 명왕성을 탐사하러 간 뉴 호라이즌 이야기가 눈에 들어왔다. 뉴 호라이즌에 명왕성 발견자의 유골을 넣은 뒤, 그가 명계의 강을 건널 수 있게 하기 위해 카론에게 낼 뱃삯으로 25센트 동전도 같이 넣었다는 설이 있었다. 낭만적이네. 나는 그렇게 생각하며 추가 자료에 그것을 적어 넣었다.

그렇게 한참 자료를 모으다 지쳐 있는데 핸드폰에서 문자 알림이 울렸다. 스톤보이즈 팬 사인회 당첨 문자였다. 스톤보이즈를 서치하고 에스엔에스에 계정을 점검했다. #환 #스톤보이즈. 특별히 새로 올라온 게시글이 없었다. 어제 올린 사진의 조회수는 여전히 800대였다.

그로부터 이틀 뒤 스톤보이즈가 컴백했다. 「Pluto」라는 제목의 곡이었다. 뮤직 비디오나 옷에서 저번 앨범보다도 돈을 안 쓴 티가 났다. 회사 사정이 어렵다는 건 알았지만 이 정돈가. 어쩌면 이번이 스톤보이즈의 마지막 컴백이 될 수도 있겠다는 생각이 들었다. 실제로 공백기가 1년이 넘었기 때문이기도 했다. 이런 일은 익숙했다. 그런 식으로 많은 아이돌을 떠나보냈다. 지금은 다들 뭐 하고 살고 있는지도 몰랐다. 이름은 기억이 났다. 주언과 이형, 지훈, 그리고 또……. 잠시 생각하다 그만두었다. 기억해 봤자 좋을 게 없는 이름들이었다. 다들 아르바이트를 하거나, 안무가나, 모델이나, 아니면 스트리머나, 그런 거 하고 살겠지. 발견되지 못한 원석의 최후는 그런 것이니까.

회사에는 연차를 냈다. 조금 눈치 보이긴 했지만 스톤보이즈를 보기 위해서라면 어쩔 수 없었다. 머리를 고데기로 말고 이날을 위해 산 트위드 재킷과 치마를 입었다. 살이 쪄서 치마가 잘 안

잠겼다. 어설프게 엄마 화장품으로 화장까지 한 뒤 거울을 봤는데 색만 칠했지 예전과 똑같은 내가 거울 안에 있었다. 튀어나온 살과 여드름투성이 피부, 누런 이빨. 학교에 있을 때 남자아이들은 간혹 나를 바라보고 짜증 난다는 표정을 지었다. 실수로 손이 닿기라도 하면 욕을 내뱉기도 했다. 그런 애들은 어디에나 있었다. 걔들이 지금의 나를 보면 뭐라고 할까. 주먹을 꾹 쥐었다. 그만, 그만 생각해. 겨우겨우 발을 옮겼다. 버스를 타고 팬 사인회장으로 갔다. 가는 도중 학교가 끝난 고등학생들이 버스에 우르르 올라탔다. 나도 모르게 숨을 꾹 참았다. 교복을 입지 않은 내가 초라해 보였다.

한 장만 사도 팬 사인회에 100퍼센트 당첨인 앨범을 나는 애정을 담아 열 장 구매했다. 그래 봤자 알아주는 사람도 없지만. 팬 사인회장은 작고 형편없었다. 팬들도 이미 다 아는 사이라 서로 간식을 주고받았다. 모르는 사람이 네 명 정도 추가되긴 했는데 다음 컴백까지 남아 있을지는 두고 봐야 아는 거였다. 나는 대포 카메라를 설치하고 환을 향해 초점을 맞췄다. 환이 등장하더니 내 쪽을 보며 손뽀뽀를 날렸다. 나는 연사를 눌렀다. 학교의 남자아이들이 생각났다. 아, 짜증 나게. 그런 말을 내뱉으며 경멸이 담긴 시선으로 나를 쳐다보던 아이들. 아직도 왜 그랬는지 알 수 없었다. 내가 친구가 없어서? 부스스한 머리에 더러워진 체육복을 입고 다녀서? 잘 모르겠다. 환은 내가 어떤 모습이든 반갑게 맞아 주는데. 꾸미지 않고 후드만 입고 가는 경우에도 나를 향해 웃어 주었다. 환뿐만이 아니었다. 내가 거쳐 온 모든 망돌이 다 그랬다. 왜냐면 그들에게는 나밖에 없으니까. 나만이 너희를 알아주니까. 내가 아니면 누구도 너희를 발견해 주지 않으니까. 힘내라고,

사랑한다고 말해 주는 건 나뿐이니까. 그렇기에 망돌 중에는 가끔 내게 고민을 토로하는 사람도 있었다. 너무 힘들다고. 지금이라도 검정고시를 준비하면 어떨 거 같냐는 말들. 나는 늘 같은 대답을 했다. 너는, 오빠는 할 수 있어요.

그렇지만 사실 아니야. 나도 잘 몰라. 당신들이 할 수 있을지는. 그들의 안광이 사라져 갈 때마다, 무대가 더 이상 즐겁지 않다는 걸 몸으로 말하고 있다고 생각하게 될 때마다 식어 가던 마음을 생각했다. 망돌을 사랑하는 일은 나를 연민하는 일과도 닮아 있었다. 아무도 바라봐 주지 않는 사람을 바라보는 일은, 그것을 상대가 알아주는 일은 큰 쾌감을 선사했다. '나는 너를 보고 있어.' 내가 그렇게 말하며 망돌을 바라보면, '네가 바라봐 주는 내가 이곳에 있어.' 그들은 내게 그렇게 답했다. 그 과정이 좋았다. 누군가의 반짝임을 응원하는 나는 조금은 사랑스러워 보였기에 나를 덜 미워할 수 있었다. 너는 누군가에겐 경멸의 대상이 아니라고. 아주 소중한 사람이라고.

멍하니 셔터를 누르는데 어느새 줄이 세워졌다. 팬 사인회 인원은 50명이 채 안 되었다. 이내 나의 차례가 왔다. 첫 순서인 환이 나를 반갑게 맞이했다. 안녕하세요! 수연 누나. 환은 올해로 열여덟이었다. 나는 생각을 멈추고 밝게 웃었다. 잘 지냈어?

팬 사인회가 끝나고 근처 칼국수 가게에서 특별 팬 미팅이 열렸다. 데뷔 때부터 함께한 소수의 팬들만을 위한 자리였다. 얼마 없는 팬들을 붙잡아야 하는 소속사 입장에서는 이런 일이 자주 일어났다. 나를 포함해 두 명이 더 있었는데 다 아는 얼굴이었다. 스톤보이즈와 관련된 가장 큰 계정을 굴리고 있는 팬들이었다. 사실상 소속사 회식과 다름없었다. 스톤보이즈와의 사적인 만남이라 다른 팬들에게 소문을 내서는 안 되었다. 나도 다른 팬들도 그 정도는 알고 있었기에 입조심을 미리 약속했다. 음식점 룸에 들어가 자리를 잡고 앉았다. 매니저와 회사 사장도 함께였다.

분위기가 점점 무르익고 회사 사장이 한숨을 크게 내쉬며 요즘 회사 사정이 안 좋다는 등의 말을 꺼냈다. 말의 요지는 이럴 때일수록 힘내자는 의미였지만 아무리 생각해도 암담한 미래를 암시하는 말로밖에 안 들렸다. 개업 축하 등의 작은 행사로 그룹을 유지하기엔 무리가 있었다. 역시 스톤보이즈도 이번이 마지막인가. 분위기가 숙연해지고 나는 잠시 화장실에 다녀오겠다며 일어났다. 체할 것 같았다.

화장실에 들어가 거울을 보았다. 아까와 다를 바 없는 얼굴이었다. 화장을 조금 고치고 핸드폰을 확인했다. 노래 순위를 올리기 위한 스밍은 계속 돌아가고 있었는데, 노래는 순위권에 진입할 기미가 안 보였다. 핸드폰 화면으로 「Pluto」의 가사가 흘러나오고 있었다. 모두가 날 잊는다 해도 너만이 날 발견해 준다면, 잊지 않아 준다면. 명왕성을 모티프로 한 가사라 그런지 잊지 말아 달라거나 넓은 우주 속 외톨이 등의 가사가 대부분이었다. 명왕성. 그러고 보니 잡지 출간이 언제더라. 손을 씻고 화장실에서 나왔다. 어디선가 울음을 참는 소리가 들렸다. 뭐지? 신경 끄고 다시 돌아가려는데 아까부터 자리에서 보이지 않던 환이 떠올랐다. 혹시나 싶어 소리가 들리는 위층으로 조심스럽게 올라가자 환이 복도 구석에서 팔에 얼굴을 묻은 채 울고 있었다.

"……환아?"

수연 누나? 환이 화들짝 놀라며 이쪽을 바라봤다. 환이 민망해

하며 고개를 돌렸다. 왜 그래, 무슨 일이야. 내가 어깨를 토닥이자 멎어 가던 들썩임이 점점 심해졌다. 환은 아무것도 아니라는 말만을 반복하다가 결국 입을 열었다.

"스톤보이즈가 해체될까 봐 무서워요. 사장님도 요즘 많이 힘들어하고 회사 분위기도 안 좋아요. 아이돌만 보고 달려와서 이거 아니면 할 수 있는 게 없는데. 그래도 팬들이 나 좋아해 줄 땐 뭐라도 된 것 같았는데 그것도 없으면, 그마저도 없으면 나 어떡해요? 나 진짜 쓸모없어지는 거잖아요."

환이 뚝뚝 눈물을 흘렸다. 눈가가 붉었다. 나는 순간 덜컥이는 기분을 느꼈다. 팬이 나를 좋아해 줄 땐 뭐라도 된 것 같았는데. 환이 그렇게 말했을 때 나는 지금까지의 내 모습이 생각났다. 망돌이, 내 최애가 나를 좋아해 주고 특별하게 여겨 주면 뭐라도 된 줄 알았는데. 아무것도 못 하고 쓸모도 없는 내가 필요해진 거 같아서, 그래서 좋았는데. 스톤보이즈가 망하면 나는 또 다른 아이돌을 찾겠지. 그들에게 필요한 사람이 되겠지. 하지만 너는, 남겨진 너는. 내가 더 이상 좋아하지 않게 된 너는……. 무대 밖으로 추방당하게 된 너는 어떻게 되는 걸까. 지금껏 내가 사랑했던 수많은 최애들은 어떻게 되는 걸까. 다들 어떻게 살고 있어? 처음으로 그런 생각이 들었다. 한참을 울던 환은 고개를 들고 나를 쳐다봤다. 숨이 막혔다. 그토록 사랑하던 내 최애가 나를 바라보고 나에게 의지하고 있는데 하나도 기쁘지 않았다.

"누나는, 내가 아이돌이 아니게 되어도 나를 좋아해 줄 거예요?"

적막이 흘렀다. 바닥에 떨어지는 환의 눈물. 텁텁한 파운데이션을 다 지워 버리고 싶었다. 트위드 치마의 지퍼가 금방이라도 살에 의해 내려갈 것 같았다. 도망쳐. 도망쳐. 도망쳐. 그러나 다리가 움직여지지 않았다.

"그러는 너는?" 무심코 그렇게 물었다. 환의 눈이 동그래졌다.

네가 아이돌이 아니게 되어도, 그래서 더 이상 팬과 가수가 아니게 되어도, 사실 네가 생각하는 것만큼 나는 그리 대단한 사람이 아니라 해도 나를 좋아해 줄 수 있어? 아니잖아. 멋대로 판단을 내리고 자리에서 도망쳤다. 잠시만, 누나! 환의 목소리를 뒤로 한 채 가게를 나섰다. 지하철역까지 뛰어가는데 어느새 눈에서 눈물이 흐르고 있다는 걸 알아차렸다. 카드를 찍고 지하철에 탑승해 의자에 앉을 때까지 쉴 새 없이 울었다. 그동안 수많은 망돌을 파 왔다. 그룹이 해체된 뒤에도 내 에스엔에스로 연락을 해 오는 경우가*있었다. 그러나 나는 한 번도 답장을 주지 않았다. 무서웠다. 팬이 아닌 일반인 이수연은 형편없는 사람이니까.

나는 망했다는 말을 입에 달고 살아왔다. 시험 점수가 나오기 전에도, 친구 관계가 걷잡을 수 없이 뒤틀려져 가는 걸 보고만 있었을 때도 그랬다. 나는 아르바이트도 제대로 해낸 적이 없었다. 낯을 심하게 가렸기에 누구와 친해지기도 어려웠고 어떤 일이든 끈질기게 하지 못했다. 갑작스레 일을 그만둔다고 메시지를 보내자 점장에게 욕을 들은 적도 있었다. 우상으로 삼을 만한 사람이 필요했다. 나를 특별하게 여겨 주고, 나를 알아주는. 그러나 너무 멀지도 가깝지도 않은. 내겐 그것이 망돌이었다. 나는 나를 사랑하고 싶었다. 그걸 위해 타인의 간절함을 빌렸다. 그게 지금 내가 하고 있는 덕질의 진실이었다. 글러먹은 인간. 나는 울며 내게 그렇게 말했다. 너 같은 거 아무도 좋아해 주지 않을 거야. 나조차

날 사랑할 수 없는데 어떻게 그러겠어.

환은 나와 다르다고 생각했다. 나보다 훨씬 멋진 사람이라고 믿었는데 불안해하고 울기도 하는구나. 환 같은 애도 자기를 쓸모 없는 사람으로 여긴다는 걸 알게 되니 기분이 이상했다. 나의 우상이 사실은 나와 별다를 것 없는 인간이라는 걸 깨달았을 때 나는 도망쳐 버렸다. 더 이상 환을 제대로 쳐다볼 수 없었다. 내가 사랑하고 싶었던 건 빛나지 않는 항성이야. 발견되지 않은 원석이야. 진정으로 나와 닮은 사람 같은 게 아니란 말이야……. 울었다. 계속해서 울었다. 옆자리 여자가 나를 미친 사람 보듯 쳐다봤다. 그게 서러워서 끄억 꺽 소리를 내며, 더 크게 울었다. 하루가 그렇게 지나가고 있었다.

그날 이후 스톤보이즈를 쫓아다니지 않았다. 환을 다시 볼 자신이 없었다. 새로운 망돌을 물색하는 일도 그만두었다. 그들 모두가 환과 같을 거라고 생각하니 알 수 없는 죄악감이 들었다. 대신 예전에 좋아했던 망돌들의 근황을 찾아다니기 시작했다. 주언은 음식점에서 일하는 것 같았고 이형은 스트리머가 된 것 같았다. 그렇게 하나하나 자취를 쫓으니 그들이 그들 나름대로 자신의 자리에서 잘 살고 있다는 걸 알 수 있었다. 그 와중에 스톤보이즈가 아예 망해서 없어졌다는 소식을 들었다. 나는 잠시 환을 생각하다가 사진을 올리던 계정을 로그아웃했다. 회사에서는 과학 잡지 가을호가 나왔다. 직원들에게 하나씩 나눠 주는 걸 대충 가방에 쑤셔 넣었다.

직장 생활은 어찌저찌 굴러갔다. 사실 잘 풀리진 않았다. 입사한 지 반년이 다 되어 가는데도 제대로 적응하지 못했다. 같이 밥 먹는 사람도 없고 상사는 나를 답답하게 여겼다. 그런 식으로 1년을 더 보냈다. 나는 스물이 되었다. 주변 고등학교에 졸업식 플래카드가 걸렸다. 연락하는 친구들은 없었다. 졸업을 해내지 못해서 제대로 된 어른이 되지 못한 걸까. 스무 살을 넘겼는데도 나는 어른이 무엇인지 여전히 알 수 없었다. 직장에서 크게 꾸짖음을 당한 날이면 울던 환의 얼굴이 생각났다. 아이돌이 아니게 되더라도 좋아해 줄 수 있냐는, 덜덜 떨리던 음성. 나도 알고 싶었다. 아이돌이 아닌 너도 사랑할 수 있을지. 주언과 이형을 보며 애틋함을 느끼듯 네게도 그럴지.

그렇게 하루하루를 보내던 중 출근 후 들른 탕비실에서 다른 팀 직원들이 내 뒷얘기를 하는 걸 엿들었다. 수연 씨 너무 사람이 맹해. 목소리도 작고. 상대하기 피곤하지, 음침하지 않아? 나는 울 것 같은 기분으로 자리를 빠져나왔다. 차 대리가 입을 꾹 다문 나를 보더니 이어 탕비실로 들어갔다. 나는 도로 자리에 앉았다. 손이 덜덜 떨렸다. 뒷얘기를 할 거라는 건 예상하고 있었지만 노골적으로 들은 건 처음이었다. 아침의 일이 머릿속에서 떠나지 않았다. 그러다 업무에서 큰 실수를 저질렀다. 자료를 잘못 전달해 하마터면 최종 완성본이 잘못 출력될 뻔했다. 다른 팀 팀장이 내 자리로 찾아와서 담당한 게 당신이냐며 큰 소리를 쳤다. 죄송합니다. 정말 죄송합니다. 사람들이 나를 보고 수군대는 듯했다. 차 대리가 눈을 흘기더니 앞으로 나섰다. 팀장님, 죄송합니다. 저희 팀 사원이 실수를 했네요.

팀장이 돌아가고 나는 회사 옥상으로 향했다. 난간을 바라보며 뻑뻑한 얼굴을 문질렀다. 아, 진짜 퇴사할까. 나는 왜 이 모양이지. 왜 이렇게 된 거지. 그런 생각을 하는데 누군가 뒤에서 어깨를 툭

쳤다. 차 대리였다. 차 대리는 내게 약과 몇 개를 건넸다.

"이걸 왜……."

"좋아하는 아이돌 무대 보러 갔다가 받았어. 역조공으로 한 박스. 나 참, 세상에 역조공으로 약과를 주는 회사가 다 있어. 지금 세상에."

차 대리가 약과 봉지를 까서 입안에 집어넣었다.

사회생활 별거 아냐. 다 그렇게 실수하고 울고 뒷담 까여 보면서 사는 거야. 아니 그리고 그 사람들도 웃겨. 다른 팀 사람들이 이쪽 팀 사정을 뭐 얼마나 안다고. 차 대리가 궁얼거리며 마저 약과를 뜯었다. 수연 씨 뭐 먹고 싶은 거 없어? 내가 음료 하나 사 줄게. 눈을 깜빡였다. 차 대리님 저 싫어하시는 거 아니었어요? 차 대리가 무슨 소리냐는 듯 눈을 동그랗게 떴다. 안 싫어해. 막 좋아하는 것도 아니고. 그냥 신입 때 내 생각나서 그래. 수연 씨도 신입 들어오면 똑같이 해 줘.

"전 저 싫어하시는 줄 알았어요. 제가 답답해서……."

"답답하긴 한데, 나는 신경 안 써. 사람이 매사 시원시원해도 재미없잖아."

너무 눈치 보지 마. 다 그러면서 성장하는 거야. 음료 사러 가자. 차 대리가 먼저 뒤를 돌았고 나는 멍하니 있다가 그 뒤를 따라갔다. 근데 차 대리님 아이돌도 좋아하세요? 몰랐어? 나 10년 차 덕후야. 허억. 나는 그날 초코 자바칩 프라푸치노를 시켰다. 일을 무사히 끝냈고, 다음 날에는 또 실수를 했다. 그래도 그다음 주에는 일을 완벽하게 끝내 칭찬도 받았다. 프로젝트를 무사히 끝내 보너스를 받은 날에는 뛸 듯이 기뻐 어린애처럼 뛰어다니기도 했다. 뭘 살까 하며 집에 도착해 이리저리 쇼핑몰 구경을 하다가 서랍 한구석에 처박아 놨던 가을호 잡지가 눈에 띄었다. 내가 입사해 처음으로 출간한 잡지였다. 집중적으로 맡은 명왕성 파트에는 카론의 뱃삯 내용이 실려 있었다. 태양계에서 추방된 행성, 134340.

무대에서 떠나간 너는, 잘 살고 있을까. 나는 그날 환의 에스엔에스 계정을 찾아냈고 옷을 주문 제작했다. 잘 지냈어? 나는 계정에 메시지를 보냈다. 얼마 지나지 않아 답장이 왔다. 오랜만이에요, 누나.

하얀색 와이셔츠에 청바지를 입었다. 특별히 화장을 하지는 않았다. 머리를 깔끔하게 빗고 편한 운동화를 신었다. 나는 환에게 만나고 싶다고 말했다. 환은 경기도 외곽의 본가에 돌아가 카페에서 아르바이트를 하고 있었다. 나는 마감 시간에 맞춰 버스를 타고 환이 사는 곳으로 갔다. 환과의 약속 시간 전 가볍게 빵을 먹고 주변을 잠시 걸었다. 이런 곳에 사는구나. 어디 사는지는 알고 있었지만 실제로 와 본 적이 없었다. 스톤보이즈를 좋아할 때도 오지 않았던 곳을 이제야 오게 되다니 묘한 기분이었다. 약속 시간이 되고 카페로 향했다. 환이 혼자 마감을 하다가 나를 보고 놀란 표정을 지었다. 복잡 미묘한 표정이었다. 마지막이 그랬으니 그럴 수밖에. 나는 쇼핑백을 끌어안고 환을 기다렸다.

기다리게 했죠, 죄송해요. 그렇게 말하는 환에게 나는 아니라고 고개를 내저었다. 밥이라도 먹으러 가자는 환을 줄 게 있다며 멈춰 세웠다. 나는 환에게 박스가 든 쇼핑백을 건넸다. 이게 뭐예요? 열어 봐. 환이 박스를 열고 명왕성이 그려진 후드를 천천히 펼쳤다. 명왕성 그림 아래에 익숙한 문장이 프린트되어 있었다. 모두가 날 잊는다 해도 너만이 날 발견해 준다면, 잊지 않아 준다면. 「Pluto」 가사네요. 환이 멍하니 후드티를 바라봤다. 너한테 주고 싶었어. 명왕성을 탐사하러 간 뉴 호라이즌 얘기 알아? 거기엔 명왕성을 처음 발견한 사람의 유골과 카론에게 낼 뱃삯이 실려 있대. 나도 싣고 싶었거든. 뱃삯. 네가 나를 발견해 줬으니까.

나는 천천히 환에게 말했다. 사심이 있어서 만나자고 한 게 아니라고. 그저 너무 늦었지만 네가 했던 질문에 대답하고 싶었다고. 네가 아이돌이 아니어도 너를 좋아하는지 그건 잘 모르겠지만.

"그렇지만 나는 너를 기억해. 나는 네 꿈을 기억해."

네가 반짝이는 눈으로 팬들을 보던 시선을, 열정적으로 움직이던 몸을, 터져라 부르던 노래를, 맞잡은 손의 온기를, 사랑한다고 말하던 목소리를, 발견해 달라고 잊지 말아 달라고 써 내려간 가사를. 전부 기억해. 빛나던 네 청춘을 기억해. 그 순간들을 정말로 사랑해. 그리고 동시에 그 순간의 나도 기억한다. 감각한다. 셔터를 누르던 손, 눈을 맞추던 순간, 손이 닿아 터질 듯 울리던 심장, 계정에 사진을 올릴 때의 설렘, 네 눈물로 인해 터져 나오던 우울감을. 나의 청춘을. 모두가 날 싫어한다 생각했을 때 기꺼이 나를 향해 뻗어 주던 그 미소를.

좋아했던 아이돌의 근황을 찾아보면서 나는 그들을 좋아하던 때의 나를 볼 수 있었다. 나는 그들과 같이 영원히 빛날 일 없는 항성의 파편이었고, 태양계에서 추방된 행성이었다. 길가에 아무렇게나 굴러다니는 돌멩이에 불과했다. 내가 사랑한 존재들조차 똑바로 바라보지 못했으니 외로움은 당연한 것이었다. 그래도 이제는 조금 덜 외로워졌다. 내가 사랑한 망돌의 멤버들이 잘 살고 있는 걸 보았기 때문이었다. 굳이 누군가에게 특별하지 않더라도, 실수투성이에 답답한 나라도 미움받지만은 않아. 나 역시도 잘 살아갈 수 있을 거라는 힘이 생겼다. 그러니 환이 내게 물었어야 하는 건 아이돌이 아니더라도 좋아해 줄 거냐는 물음이 아니었다. 네가 나에게 물었어야 하는 건 이런 거였다. 너를 떠나보내더라도 내게는 그 시절이 영원할지, 그때 느꼈던 감정은 사라지지 않을지, 너를 위한 25센트의 뱃삯을 우주선에 담아 보내 줄 수 있는지. 그리고 나는 이제 대답할 수 있다. 기꺼이 그럴 것이라고.

환이 멍한 눈을 하다 후드를 받아 들고 옅게 웃었다. 잘 모르겠다는 표정을 짓고 있었지만 마음만은 전해진 듯 보였다. 아직 짧은 대화로 모든 걸 전할 순 없겠지. 모든 게 전해질 필요도 없었다. 너는 네 자리에서 네 길을 걸어갈 테고, 나 역시 내 자리에서 내 길을 걸어갈 테니까. 짧게나마 함께였던 시간들을 뒤로하고서. 고마워요. 환이 그렇게 말했다. 나도 마주 웃었다. 잘 지냈어? 잘 지내고 있어? 그 물음에 환은 이야기를 시작했다. 저는요……. 카페에 하나 남은 조명이 꺼지지 않고 공간을 밝혔다. 따스한 조명 아래 우리는 이야기를 계속할 것이다. 뉴 호라이즌이 성간 너머로 향할 때까지.

친구 선택 제도

덕원여자고등학교 3
김소이

"안녕, 혹시 '단짝' 맞아?"

등 뒤에서 들려오는 조심스러운 목소리에 나는 고개를 돌렸다. 어제 '단짝' 앱에서 만난 아이와 충동적으로 약속을 잡은 후 기다리고 있던 참이었다. 비록 이동 수업 전에 잡은 약속이라 얼마 말을 못 붙이고 헤어질 것이 분명했지만 괜찮았다. 첫 만남은 유명 브랜드 아파트에 거주하고 있다던 아이의 프로필이 사실인지만 확인할 생각이었기 때문이다. 뒤따라 인사를 건네려던 내 입가가 아이의 옷차림을 보고 미세하게 일그러졌다. 교복 위에 착용한 외투나 목걸이 모두 값싼 보세 제품이라는 것을 단박에 알아차린 탓이었다. 또 매칭 허탕 쳤네. 아이는 내 눈치를 살피더니 입을 열었다.

"늦어서 미안해. 조별 과제 때문에 반 애들이랑 의논해야 할 게 좀 있었어."

마음씨는 착한 것 같았다. 내가 만약 진짜 친구를 만들고 싶은 거였다면 대화를 좀 더 나눠 봤을지도 모른다. 아이의 어깨 너머로 뒤늦게 반에서 나온 여자애 한 명이 보였다. 그 애는 나와 아이를 힐끔 쳐다보더니 이동 수업반으로 가는 듯 발걸음을 재촉했다. 난 시선을 옮겨 입술을 달싹이고 있는 아이에게 괜찮다고 답했다. 어차피 목적에 안 맞는 애니까 또 볼 일이 없을 거라고 판단한 뒤였다. 아이는 분위기를 풀어 보려는 것처럼 자신이 좋아하는 아이돌 얘기를 꺼내 말을 이어 나갔다. 나는 대충 호응해 주면서 다음 '단짝' 매칭 상대가 누구일지 상상했다.

아이와의 대화를 짧게 마치고 이동 수업 교실을 향해 걸어갔다. 그때 핸드폰에서 익숙한 진동음이 울렸다. 화면에는 '단짝 친구 만들기 YES, NO'라는 선택 창이 떠 있었다. 서로가 서로에게 최악이었던 방금 전의 만남을 되새기며 망설임 없이 NO 칸으로 아이의 사진을 밀어 넣었다. 이미 NO 칸에는 수많은 얼굴들이 하나둘씩 자리를 차지하고 있었다.

앱명 '단짝'은 학교 폭력 예방을 위한 정부의 대책이었다. 날이 갈수록 점점 교묘해지고 잦아지던 학교 폭력은 더 이상 유의미한 처벌이 불가능한 수준까지 다다랐다. 청소년의 자살률이 높아지는 통계치만 봐도 학교 폭력 사태를 무시할 수 없게 되자 정부는 '친구 선택 제도'를 발표했다. 서로의 프로필에 나와 있는 관심사나 취미, 희망 대학과 학과를 보면서 이해관계가 맞는 애들끼리 친구가 될 수 있게 기회를 마련해 주는 것이 목표였다. 사람과 사람을 이어 주는 일종의 징검다리 역할, 그것이 '단짝'의 취지였다. 그러나 '단짝'이 처음 우리 학교로 시범 운영한다는 소식이 들려왔을 당시에 주위의 비판 어린 목소리를 피할 순 없었다. 학부모의 재력을 유추할 수 있는 '취미' 항목 같은 것이 오히려 아이들을 갈라놓을지 모른다던 우려는, 어렸을 때부터 학생들의 인맥을 관리하기 위해 부모들이 '단짝'을 요구한 게 아니냐는 말로 이어졌다. 그도 그럴 것이 우리 학교는 학군이 좋은 편이라 학생 간의 재력 차가 컸고, 학부모의 입김이 센 편이었다.

하지만 내 생각은 조금, 아니 많이 달랐다. 그들이 문제 삼는 인맥 관리는 애초에 '단짝'이 생기기 전부터 이미 심했다는 걸 모두가 알고 있었다. 나는 '단짝'이 어떤 이유로 만들어졌든지 결국 이것은 나에게 주어진 기회라고 생각했다. '단짝'은 자신의 프로필만 잘 작성하면 AI가 한 달에 한 번, 비슷한 성향을 가진 친구를 임의로 선별하여 매칭해 주었다. 그리고 매칭을 수락한 학생들끼리는 꼭 약속을 잡아 만나야 했다. 고액 과외를 듣는 친구들만 알 수 있는 시험 정보를 얻기 위해 의도적으로 '친구 선택 제도'를 이용하는 것이긴 하지만 어찌할 도리가 없었다. 일찌감치 학교에 있는 애들은 저마다의 목적을 가지고 '단짝'을 통해 이해관계를 성립하고 있었다. 그렇기에 시범 운영 기간 동안 가입과 탈퇴가 자유로운 '단짝'이라 할지라도 프로필 비활성화를 결정하는 사람은 손에 꼽았다.

나는 반 교실에서나 이동 수업 교실에서나 항상 맨 앞자리에 앉기를 선호했다. 선생님께서 말씀해 주시는 수업 내용을 단 하나라도 놓치고 싶지 않았다. 하지만 쉬는 시간을 얼마 안 남기고 온 탓인지 맨 앞자리는커녕 창가 옆에 있는 맨 뒷자리만 썰렁하게 남아 있었다. 오늘따라 운수가 잘 안 풀리는 기분이 들어 한숨을 푹 내쉬었다. 그 기분은 의자에 앉자마자 확인한 '단짝' 알림을 보고 더욱 증폭되었다. 분명 조금 전까지는 보류라고 뜨던 아이의 선택이 NO라는 단어로 바뀌어 있었다. 어차피 나도 친구가 될 생각이 없었기에 미련이 남는 건 아니었다. 하지만 내 프로필 위에 떠 있는 빨간색 글씨와 눈이 마주칠 때마다 마음 한구석이 불편한 건 어쩔 수 없는 일이었다. 넌 내 친구가 될 자격이 없다는 낙인이 찍힌 것만 같았다.

핸드폰을 끄려고 하니 '단짝'의 메인 화면에 새로운 추천 친구가 떴다. 몇 개의 프로필을 넘기다가 한 프로필을 보고 손가락을 멈춰 세웠다. 아까 아이의 반에서 나왔던 여자애의 얼굴이 나를 보며 빙긋 웃고 있었다. 증명사진 아래에는 굵은 글자로 '강서하'라는 이름이 적혀 있었다. 낯익었다. 우리 학교에 다니는 학생이라면 강서하를 모를 수 없었다. 특히 나는 서하보다 서하의 엄마를 더 잘 알았다. '상대에게 단짝 요청을 하시겠습니까?' 안내 문구 밑에 떠 있는 매칭 버튼을 가볍게 눌렀다. 핸드폰을 집어넣고 교과서를 꺼냈다. 오늘 나갈 수업 범위를 펼치고 있던 중, 책상 모서리에 적힌 낙서가 눈에 띄었다. 무서워. 꾹꾹 눌러 담던 혼잣말이 자기도 모르게 새어 나온 것 같았다. 호기심이 생긴 나는 그 밑에 작은 글씨로 답변을 남겼다.

종례가 끝난 후, 나는 다른 길로 빠지지 않고 곧장 집으로 향했다. 우리 집은 브랜드 아파트가 있는 곳의 반대 길목으로 걸어가야 갈 수 있었다. 낡은 빌라들이 모여 있는 빌라촌은 언제 봐도 잘못 쌓은 테트리스 같아서 마음이 답답했다. 끝이 없는 낮은 건물 사이를 지나갈 때마다 걸음을 서둘렀다. 붉은 벽돌집이 빽빽하게 이어진 골목을 빠르게 벗어나오지 않으면 영영 이곳에서 살아야 할 것만 같았다.

현관문을 열고 집 안에 들어갔다. 신발을 벗자마자 바닥에 펼쳐진 체리 몰딩이 보였다. 마치 붉은 벽돌이 연상되는 촌스러운 색상이었다. 한때는 이런 게 멋져 보이던 때가 있던 걸까.

"딸, 학교 잘 다녀왔어? 오늘은 좀 어땠어?"

꽃무늬 앞치마를 맨 채 국자를 손에 든 엄마가 나에게 물었다. 부엌에선 냄비 안에 담긴 무언가가 끓어오르는 소리와 함께 음식 냄새가 퍼지고 있었다. 엄마의 질문은 기껏해야 이런 거였다. 오늘 학교생활이 어땠는지, 친구는 좀 사귀었는지처럼 시답잖은 일화 말이다. 입시 전략이나 이름 있는 과외 선생님 같은 주제는 엄마와 거리가 멀었다. 나는 엄마의 물음을 어영부영 넘겼다. 공부해야 할 과목이 있어서 일찍 왔다는 말에 엄마는 간식이 필요하면 얘기하라고 했다. 방으로 들어와 형광등 불을 켰다. 컴퓨터 책상 위에는 어제 다 못 푼 문제집들이 놓여 있었다. 책상 앞에 앉아 본체 전원 버튼을 눌렀다. 낡은 펜이 돌아가는 소리와 함께 부팅이 시작됐다. 탈탈거리는 소리가 귓가에 진득하게 남았다.

낡은 컴퓨터는 버퍼링이 자주 걸렸다. 강의가 멈춘 동안 빼곡한 판서를 옮겨 적었다. 화면 속에 분필을 들고 서 있는 사람은 족집게로 유명한 사설 강사였다. 그것만으로도 수입이 충분할 텐데 매년 공교육 사이트에 무료 강의를 하나씩 올려 주는 감사한 분이었다. 갑작스러운 버퍼링에도 강사는 굴욕이 없었다. 시원한 눈매와 살짝 올라간 입꼬리. 확실히 강서하와 비슷했다. 3월 초 우리학교에 유명한 사설 강사의 딸이 재학 중이라는 소문이 돌았다. 발 빠른 엄마들은 학생을 찾기 시작했고, 그렇게 골라낸 가장 유력한 후보가 강서하였다. 강서하는 늘 상위권 성적을 유지했는데 그중에서도 영어는 1등을 놓치는 일이 거의 없었다. 만약 저 사람이 내 엄마라면 어땠을지 상상해 보았다.

*

'친구가 안 생길까 봐.' 내가 이동 수업 때 답변을 남겼던 낙서 밑에 또 다른 문장이 적혀 있었다. 이 문장은 언제부터 책상의 한 귀퉁이를 차지하고 있었을까. '단짝'에서 친구를 만드는 법은 간단했다. 나는 다시 펜을 들어 조언을 남겼다. 하지만 내 도움은 책상 위 아이에게 별 보탬이 안 되는 듯싶었다. 프로필에 단점을 지우고 장점을 늘려 보라는 나의 글자 옆에 '그런 거 말고 진짜 친구.'라는 대답이 돌아왔으니 말이다. 처음 그 대답을 보고 나도 모르게 웃음이 나왔다. 다른 곳이면 몰라도 우리 학교 안에서 진짜 친구를 찾으려는 학생이 있다는 사실이 새삼 놀라웠다. 그러나 나와 전혀 다른 생각을 가진 아이에게 약간의 호기심이 싹텄다. 이유 모를 이끌림 때문일까, 그 후로도 아이와 나는 간간이 대화를 주고받았다. 다만 소통의 방법을 약간 바꿨다. 책상에 매번 구구절절한 이야기를 써 둘 수 없으니 노트 한 권을 마련했다. 책상 주인인 아이의 서랍에 공책을 넣어 두고 대화를 주고받았다. 초반에는 학교 급식에 대한 불평이라든지, 주변 카페의 추천 메뉴 같은 시시콜콜한 이야기를 나누다가 나중 가서는 마음 한편에 묻어 두었던 서로의 고민을 조금씩 드러냈다. 처음으로 이해관계를 접고 나의 진심을 드러낸 대상이 얼굴도 이름도 모르는 인물이라는 것에 조소가 나올 때도 있었다.

우리 직접 만나 볼래? 공책 한 권을 다 채워 갈 때쯤 아이가 건넨 제안이었다. 나는 기쁜 마음으로 수락하고 싶었지만 '단짝'의 NO 칸에 남겨진 수많은 얼굴들이 떠올랐다. 얼굴과 이름을 알리고 나면 한순간에 지금보다 못한 사이가 될까 봐 무서웠다. 나는 긴 고뇌 끝에 결국 긍정의 답변을 보냈다.

운동장에는 체육 선생님의 목소리와 축구를 하는 남자애들의 깔깔거림이 한 데 섞여 있었다. 그 속에서 나는 벤치에 뻘쭘히 앉아 아이를 기다렸다. 만나면 무슨 얘기부터 해야 할까 머릿속으로 가다듬고 있는 사이, 내 발밑으로 한 그림자가 드리웠다. 시선을 올리자 어정쩡하게 손을 흔들고 있는 여자애가 보였다. 안녕. 어딘가 어눌하게 들리는 한국어를 듣고 앉으라며 벤치 옆을 톡톡 쳤다. 막상 아이와 한 공간에 있으니 생각해 두었던 인사말이 다 날아가 버린 것 같았다. 낯선 기운이 감도는 분위기를 앞서서 깬 사람은 그 아이였다.

"난 우주야, 서우주. 너는?"

"나는 나예린."

처음으로 이름을 나눈 나는 어딘가 간질간질하다고 생각했다. 우주, 괜히 그 단어를 입안에서 굴려 보았다. 이름을 듣고 나서 이름이 예쁘다는 정도만 떠올린 게 얼마 만이더라. '단짝'이 생기고 난 뒤로는 신원을 파악하면 곧장 정보를 매칭하기 바빴다. 그중에 나에게 도움이 될 만한 사람과 그렇지 않은 사람들을 걸러 내야 했다. 우주는 어색한 듯 눈을 도르륵 굴렸다. 호기롭게 만나자던 모습은 온데간데없고 눈치를 보는 모습이 귀여웠다. 내가 우주를 소중하게 생각했던 만큼 우주도 같은 마음인 것 같아서 기분이 좋았다. 내가 소리 내어 웃자 당황한 듯 보이던 우주도 이내 나를 따라 웃었다. 다행히 그 기점이 신호탄이 되어 한결 편하게 담소를 나눌 수 있었다. 우주는 나와의 추억을 회상하다 말고 자신은 한식 중에서도 떡볶이가 제일 좋았다느니, 생각보다 영어 수업을 따라가는 게 벅차서 힘들었다느니 같은 소리를 늘어놓았다. 내가 물음표 가득한 표정으로 바라보자 우주는 그 뜻을 알아채고 어색하게 미소 지었다.

우주는 한국에 온 지 얼마 안 됐다고 했다. 주재원인 아버지가 미국 지사에서 오래 근무해 가족들이 함께 미국 생활을 하다가, 작년에 다시 한국 본사로 발령이 나서 우리 학교에 오게 되었다. 아무래도 나는 동양인이니까 미국에서 소속감을 느끼지 못하는 순간이 많았어. 그래서 다시 한국으로 돌아오게 됐을 때 기뻤지. 우주는 덤덤하게 말하고는 고개를 푹 숙였다.

"사실, 네 조언대로 단점을 숨기고 장점을 강조해 봤어. 단짝 앱에 미국 생활을 한 내용을 넣으니까 나와 친구가 되려는 아이들이 생기더라. 그런데 조금 무서웠어. 미국에서도 이방인 취급을 받았는데 한국에 와서도 나를 이방인으로 보고 반긴다는 것이."

나는 우주의 지난 고초를 들으며 이상한 기분에 휩싸였다. 평소대로라면 우주가 말하는 애들과 같이 '미국 생활'이라는 독특한 요소에 끌려 친구가 되려고 노력했을 것이다. 하지만 우주만큼은 이해관계라는 명분을 앞세워 친구로 맺어지기 싫었다. 더 정확히는 '단짝' 없이 대면한 우주와는 그런 걸 신경 쓰거나 따지고 싶지 않았다. 내 목적은 고액 과외를 듣는 친구들만 알 수 있는 시험 정보를 얻기 위함이었는데, 어쩐지 아무 말도 할 수 없었다.

*

시간이 지나 나와 우주는 정말 단짝이 되었다. 거기다 바뀐 자리에서도 짝꿍이 된 덕분에 겹치지 않는 이동 수업 외에는 항상 붙어 다니게 됐다. 처음으로 '단짝'의 NO 칸에 들어가지 않은,

YES 칸에 등록될 친구보다 더욱 유대감 깊은 친구가 생긴 것이었다. 그렇게 여느 때와 다름없이 점심을 먹고 급식실을 나오던 중, 복도에서 한껏 기대에 찬 얼굴로 친구가 되고 싶다며 소리치는 학생의 말을 들었다. 옆을 지나치면서 본 상대방은 '단짝' 속 학생의 프로필을 훑어보고 있는 듯했지만 별 흥미가 없어 보였다. 거절하겠네. 내 중얼거림을 들은 우주는 갑자기 발걸음을 뚝 멈췄다. 그런 줄 모르고 몇 발자국 앞서 나간 나는 뒤돌아 왜 안 오냐고 의문을 표했다. 우주는 불편한 기색으로 오히려 나에게 되물었다.

"예린아, 뭔가 이상하다고 안 느껴져?"

"이상하다니?"

"단짝 말이야. 선택받기 위해서 겉모습을 꾸미거나 숨기도록 만드는 게 꺼림칙하잖아."

나는 우주의 말이 맞다는 것을 알고 있었지만 쉽게 호응할 수 없었다. 날 지긋이 쳐다보는 우주에게 겸연쩍은 웃음을 띤 후, 매점에나 가자는 말로 상황을 회피했다. 우주의 말을 되뇌며 느릿하게 걸었다. 그러자 갑자기 당찬 목소리가 앞을 막아섰다.

"너 우주 맞지?"

"어, 맞는데. 너는 누구야?"

우주가 경계심 많은 어조로 질문했다. 그때까지만 해도 나는 고민의 나래에 빠져 있으나 정신을 놓고 있었다. 우주의 물음에 바람 빠지는 웃음을 뱉은 아이는 맹랑히 대답했다.

"난 강서하라고 해. 다름이 아니라 '단짝'에서 널 보게 돼서 찾아왔어."

'강서하'라는 이름을 듣자마자 아이의 얼굴을 똑바로 직면했다.

증명사진으로 봤을 때보다 훨씬 자신감이 엿보이는 표정을 짓고 있었다. 내가 매칭되길 바라던 서하가 누군가에게 먼저 말을 걸었다는 것이 뜻밖의 일처럼 느껴졌다. 알아본 바에 따르면 서하는 성격이 활발하고 털털한 편이긴 하지만 꼭 자신과 친한 무리랑만 무언가를 함께했기 때문이다. 마침 점심시간이 끝났음을 알리는 종이 쳤다. '단짝'이라는 말에 거부감을 느낀 건지 우주는 미안하다는 말과 함께 나의 손을 끌었다. 서하는 복도에 혼자 남겨졌다. 분명 종이 쳤지만 어쩐지 서하가 그 자리에 홀로 오래 머물렀을 것 같은 생각이 들었다. 바닥에 발이 붙어 버린 사람처럼 외롭게 서 있을 것만 같았다.

하교할 때는 우주와 가는 거리가 겹치는 지점까지 함께 걸었다. 우주는 빌라촌이 본격적으로 시작되기 전에 길을 건넜다. 집으로 돌아와 학교에서 일어났던 사건들을 떠올렸다. 내가 친구를 사귀려면 이해해야 한다고 생각했던 부분을 우주가 이상하게 여기고 있었다는 사실이 걸렸다. 우주의 말처럼 '단짝'은 도리어 서로가 연결되지 못하도록 막는 장애물일 수 있다. 그러나 지금까지 불순한 목적으로 '단짝'을 사용해 왔던 내가 '단짝'의 선악을 결정 지을 권리를 가지고 있을까. 꼬리를 물고 늘어지던 생각은 곧 한 문장으로 종결 났다. 과거가 어떻든 간에 나는 '단짝'의 도움 없이 만난 우주를 실망시키고 싶지 않다는 것이었다. '단짝'에 들어가 내 거짓 프로필을 정정하기로 결심했다. 하지만 그 순간, 거짓말처럼 AI 매칭 알림이 울렸다.

─나예린 님, '강서하'라는 학생과 AI 매칭이 선택되었습니다. 해당 학생의 프로필을 아래에 첨부해 드릴 테니 AI 매칭의 수락과 거절 버튼 중 하나를 클릭해 주십시오.

서하의 증명사진이 다시 한번 화면을 통해 존재감을 뽐내고 있었다. 이전에 추천 친구에 뜬 서하를 매칭 목록에 넣어 두었던 기억이 났다. 서로가 매칭되길 원하면 만남이 성사되는 '단짝'의 특징을 고려했을 때, 서하가 오늘 나를 매칭 항목에 넣어 둔 것 같았다. 의도가 너무 투명한 접근이었다. 나는 두 눈을 질끈 감고 어떤 버튼을 누를지 한참을 망설였다. 서하가 나에게 무엇을 바라는지는 알 수 없지만, 나는 서하에게 얻어 내고 싶은 게 분명히 있었다. 이번이 정말 마지막이라고 되새기며 매칭 수락 버튼을 눌렀다. '단짝 친구 만들기 YES, NO 선택 창은 내일 오후 10시에 띄워 드리겠습니다. '강서하' 학생과 약속을 잡으신 뒤 대화를 나눠 주십시오.'라는 문구가 잇따라 떴다.

　이튿날 방과 후, 빈 교실에서 서하와의 만남이 이루어졌다. 나는 마지막이니만큼 최선을 다하겠다는 마음가짐으로 이야기를 주도했다. 서하가 '단짝' 프로필에 기재한 항목을 미리 공부해서 대화 방향이 어긋나지 않도록 노력했다는 뜻이다. 그런데 정작 서하는 말을 나누는 내내 다른 쪽으로 관심이 쏠려 있는 것 같았다. 소잿거리가 떨어져 잠깐 우주와 있었던 일화를 꺼내면 그것에만 집중을 한다든지, 우주와 언제부터 친해졌고 어떤 성격을 갖고 있는지에 대해 물어볼 때만 입을 열었다. 눈앞에 있는 나보다 우주에게 더 궁금한 점이 많은 모양이었다. 우습게도 그 행동을 지켜보고 있으니 왜 우주가 나한테 '단짝'이 안 이상하냐는 물음을 던졌는지가 이해됐다. 서하도 나와 같은 부류였다. 우주의 '미국 생활'과 같은 특이 사항, 즉 성적과 공부에 따라 친구를 선택하고 버리는 악순환을 지속해 오고 있던 거였다. 내가 선망하던 사람이 잘못된 방법으로 타인을 선망하는 광경을 직접 목격하니 큰 기시감이 느껴졌다.

"서하야, 나 이만 집으로 가 봐야 할 것 같은데 끝내도 될까?"

"응? 아, 그래! 다음에는 어디서 만날래? 학교뿐만 아니라 밖에서 놀아도 좋겠다!"

활짝 보조개를 피워 내는 서하의 얼굴을 외면했다. 서하와 친구가 되고 싶었던 욕심은 이미 저만치로 떠나 버린 후였기 때문이다. 나는 남몰래 한숨을 푹 쉬며 가방을 챙겼다.

"아니야, 그냥 지나가다 마주치면 인사하는 사이로 남자. 먼저 갈게."

내가 건조하게 답변하며 일어서자 서하도 덩달아 몸을 세웠다. 얼굴에 당황이 서려 있었다.

"저…… 혹시 내가 뭘 잘못 말했어?"

서하의 당당하지 못한 모습은 처음이었다. 나는 그저 우리가 잘 맞지 않을 것 같다고 답했다. 서하는 그제야 이유를 깨달았다는 듯이 표정을 누그러트렸다. 몇 번이나 뒷머리를 매만지며 할 말을 정리하는 기색에 나는 가만히 기다려 주었다. 망설임 끝에 서하가 털어놓은 속마음은 내가 상상하지 못했던 이야기의 연속이었다. 서하는 내 말대로 초반에는 우주의 '단짝' 프로필 속 적혀 있는 '미국 생활'에 호감이 갔다고 고백했다. 하지만 최근에 다시 들어가 보니 기재된 내용이 모두 사라져 있었고, 심지어는 프로필 비활성화까지 되어 있어 놀랐다고 한다. 그런데도 우주를 우연히 마주쳤을 당시, 옆에 친구가 있는 것을 보고 부러움이 들었다는 뜻밖의 치부를 드러내기도 했다. 어떻게 '단짝' 없이 친구를 사귄 건지 궁금했을 뿐이라며, 우주를 포함한 나와 가까운 사이가 되고 싶다는 진심을 주저 없이 쏟아 냈다. 나는 서하처럼 인기 많은 애가 왜 이런 속내를 품고 있었는지 이해할 수 없었지만 고개를 끄덕거렸다.

그날 밤 10시, AI가 예고한 대로 '단짝 친구 만들기 YES, NO'라는 선택 창이 나타났다. 나는 서하의 올곧았던 눈동자를 떠올리며 YES 칸으로 서하의 사진을 추가했다. 그러자 '단짝 친구 목록이 늘어나셨네요, 새로운 단짝 친구에게 한마디를 남겨주세요!'라는 축하 메시지 밑으로 작은 빈칸이 떴다. 내일 아침 일찍 우리 반으로 와 줄 수 있냐는 내 물음에 서하는 '응, 고마워.'라고 화답을 주었다. 난 서하의 YES 칸에 추가된 나의 증명사진을 빤히 쳐다보았다.

서하와 두 번째 만남을 가졌다. 우주에게 양해를 구하고 서하를 내 옆 의자에 앉혔지만, 어제 대면했을 때와는 비교도 안 될 만큼 공기가 무겁게 내려앉아 있었다. 하지만 나는 어쩐지 우리가 잘 지낼 수 있을 것 같았다. 서하는 한동안 말없이 손가락만 꼼지락거렸다. 무슨 생각을 곱씹고 있는 건지, 항상 봐 왔던 얼굴과 사뭇 다른 표정에는 어둠이 느껴졌다. 서하가 뱉은 첫 마디는 자신의 엄마, 그러니까 내가 매번 수강했던 인터넷 강사와 관련된 말이었다.

"난 그동안 엄마가 하라는 걸 곧이곧대로 믿고 따랐어. 엄마의 말을 들어서 손해 본 적이 없었으니까. 친구를 사귀는 것도, 식단 관리를 하는 것도, 심지어는 남들이 보기 좋아할 만한 표정을 짓고 다니는 것도 어느 순간부터 숨이 턱 막히더라. 엄마가 정해 준 방식에 싫증이라도 났나 싶었는데 우주랑 널 보고 알았어. 왜 처음으로 엄마의 원칙을 어기고 싶어졌는지."

서하가 눈길을 돌려 나를 덤덤히 마주 보았다.

"더 이상 엄마나 '단짝'이 지정해 주는 친구에게 억지로 다가가지 않아도 되겠구나, 그러지 않아도 충분히 마음이 통하는 친구를 만날 수 있겠구나 하는 생각이 들었던 것 같아."

미안, 너무 무거운 얘기지? 서하는 쉬이 대답하지 못하는 나를 보며 쓴웃음을 지었다. 내가 본인의 이야기를 받아들이지 못할 거라고 생각하는 눈치였지만 난 그 누구보다 서하의 입장에 공감하고 있었다. 비록 자라 온 환경은 다를지 몰라도 모두 자신만의 고민을 가진 채 살아간다는 것이 새삼스럽게 체감됐다. 나도 언젠가는 내 약점이라고 여기던 부분을 남들에게 속 편히 말할 수 있을까. 이제야 서하가 단순한 공략 대상이 아닌 친구로 보이는 것 같았다.

그때 교실 뒷문이 열리는 소리가 들렸다. 지금 막 반에 발을 들인 우주는 자신의 자리에 앉아 있는 서하를 발견하고 미간을 좁혔다. 나는 우주의 얼굴에서 여실히 드러나는 오해를 알아채고 손을 흔들었다. 왔어? 언제는 안 그랬냐는 듯 태연히 건네는 인사에 우주는 고개를 갸웃거렸다. 우리 셋은 다른 학생들이 오기 전까지 그간 나누지 못해 알 수 없었던 속마음을 주고받았다. 서하를 경계하느라 입을 꾹 다물고 있던 우주도 시계의 분침이 흐름에 따라 목소리를 높이기 시작했다. 그렇게 서하가 조회를 위해 가 보겠다는 말을 꺼냈을 즈음엔 서로가 분위기에 잘 어우러져 있었다. 나는 불현듯 등진 서하의 발걸음을 멈춰 세운 뒤, 두 사람에게 제안했다. 오늘 학교 끝나고 우리 집에 가지 않겠느냐고 말이다. 둘은 웃음으로 답변을 대신했다.

하교 후, 나는 브랜드 아파트와 정반대인 길목을 앞장서서 나아갔다. 매일같이 걷는 거리였지만 뒤에서 자박이는 발자국 소리가 들려오는 것은 낯설었다. 오늘 집으로 친구를 데려갈 거라고 하니 먹고 싶은 건 없냐며 좋아하던 엄마의 문자 내용이 떠올랐다. 텍스트에서도 느껴지는 기쁨에 문득 고등학교 입학 이후, 처음으로 친구를 집에 초대한 날이라는 깨달음이 들었다. 곧이어 붉은 벽돌집들의 향연이 펼쳐지고 나는 습관적으로 숙이려던 고개를 뻣뻣하게 고정했다. 하지만 집 현관문 앞에 도착했을 때까지 긴장의 끈을 놓지 못했다. 현관문 손잡이를 내려다보며 갈등하고 있는 사이에 별안간 우주가 신난 음성으로 소리쳤다.

"우아, 떡볶이 냄새 난다!"

서하와 내가 눈을 끔뻑이며 쳐다보니 우주는 오늘 급식이 부실해서 좀 배고팠어, 라고 변명했다. 덕분에 긴장이 풀린 나는 조심스럽게 현관문 비밀번호를 눌렀다. 우주의 말대로 부엌에서 떡볶이를 끓이는 소리가 들려오고 있었고, 인기척을 느낀 엄마의 조금만 기다리라는 말소리가 뒤따라 이어졌다. 우리 셋은 떡볶이가 완성되는 동안 내 방에서 기다리기로 했다. 서하는 방을 구경하다 말고 발견한 엄마의 문제집에 얼굴을 붉혔다. 그러자 우주는 자신도 수능을 위해 이 강의를 듣고 있다며 반갑게 대꾸했다. 우주의 말을 들은 나와 서하는 미국에서 와서도 영어 강의가 필요하냐는 우스갯소리로 방 안을 채웠다.

엄마가 방문을 두드렸다. 엄마는 내가 친구를 데려온 게 처음이라며 마음껏 놀다 가라고 떡볶이를 건넸다. 부족하면 더 주겠다는 말과 함께 엄마는 방을 나섰지만 이미 양은 충분했다. 떡볶이를 좋아한다던 우주가 포크를 집었을 때는 괜스레 긴장이 됐다. 다행히 둘은 엄마가 만들어 준 떡볶이가 입맛에 맞는 듯했다. 이렇게 다른 세 명이 만나 함께 떡볶이를 먹게 될 줄은 꿈에도 몰랐다.

"얘들아, 나 '단짝' 탈퇴할까?"

내가 포크로 떡을 하나 집으며 물었다. 두 사람은 하나같이 어깨를 으쓱이며 대답했다.

"네 맘대로 해. 난 이미 프로필 비활성화한 지 오래야."

"뭐야, 나예린. 아직도 탈퇴 안 했어?"

나는 예상했던 반응임에도 더욱 아무렇지 않다는 답변에 멋쩍어졌다. 핸드폰 상단에 띄워진 '단짝'에 들어가 프로필 설정을 내리니 '탈퇴'라는 글자가 보였다. 미련 없이 빨간색 경고를 클릭한 후, 마저 떡볶이를 한입 베어 물었다. 알싸하고도 달달한 맛이 사르르 녹아들었다.

지구에서 살아남기

춘천여자고등학교 3
남은비

내가 살다 살다 외계인을 보는 날이 올 줄은 몰랐다. 그것도 기말고사 일주일 전에 말이다. 평소처럼 엄마 차를 타고 영어 단어를 외우고 있었다. 이상하게 차 밖이 소란스러웠지만 나랑 상관없는 일이니 신경 쓰지 않았다. 밖이 시끄러운 것보다 영어 단어 하나라도 더 외우는 게 중요했다. 그날따라 유독 외워지지 않는 단어가 하나 있었다. invade. 침공하다. 정말 쉬운 단어였다. 외우려고 몇 번이곤 속으로 읊었다. invade. 침공하다. invade. 그때 앞에서 엄마의 비명 소리가 들렸다.

"저게 뭐야!"

엄마의 놀란 목소리에도 나는 영어 단어에만 집중했다. 세상에서 가장 중요한 건 공부였으니까. 엄마가 계속 나를 부르며 밖을 보라고 소리쳤다. 자꾸만 공부를 방해하는 엄마가 짜증 났다. 마지못해 차 밖을 바라보자 믿을 수 없는 광경이 펼쳐졌다. 접시처럼 납작한 비행선이 사람들을 빨아들이고 있었다. 그 과정에서 건물들도 같이 빨려 들어갔다가 재가 되며 사라졌다. 오로지 사람만이 비행접시에 빨려 들어갔다. 단어장을 들고 있던 손에 힘이 풀렸다. 손이 떨리고 있었다. 오늘은 기말고사 요점 정리 날이란 말이다. 일주일 후면 기말고사인데 저 비행선이 학교를 다 망가뜨렸다. 나는 차 밖으로 나와 건물의 반이 잘린 학교를 바라보았다. 아까 놓친 영어 단어장이 비행접시로 흡수되었다가 까만 재로 변해 흩날렸다. 엄마는 나에게 위험하니 어서 차 안으로 들어오라고 소리쳤다. 학생은 없고 학교는 망가졌다. 문득 잘 외워지지 않던 영어 단어가 생각났다. invade. 침공하다. 아, 외워졌다. 여전히 차 안에서 안전벨트를 매고 있는 엄마에게 물었다.

"엄마, 저건 도대체 뭐야."

공부와 관련된 게 아닌 걸 엄마에게 물은 건 처음이었다. 엄마는 더 큰 목소리로 외쳤다. 저건 아마 UFO일 거야. 위험하니까 얼른 차로 돌아와. 내가 차 문을 여는 순간 UFO가 차와 그 안에 타고 있던 엄마를 빨아들였다. 그렇게 나는 폐허가 된 도심에 혼자 남게 되었다. 나는 UFO가 사라질 때까지 멍하니 서서 그 광경을 지켜보았다. 정신을 차렸을 때는 UFO가 사람들을 전부 데리고 어디론가 사라진 직후였다. 평소보다 무겁게 느껴지는 가방을 고쳐 메고 학교로 들어갔다. 건물의 반이 사라졌지만 2층까지는 아직 남아 있었다. 교실 아무 곳에나 들어가 자리에 앉았다. 천장 구석구석 구멍 난 곳에서 바람이 쏟아졌다. 바람을 타고 온 건물의 잔해들이 책상에 내려앉았다. 가루를 털어 내고 문제집을 폈다. 1교시에는 국어, 2교시에는 수학 진도를 나가야 했다. 수업을 진행할 선생님이 없어서 혼자 국어 문제를 풀었다. 폐허가 된 도시에서 내가 뭘 해야 하는지 알 수 없었다. 그래서 내게 가장 익숙한 공부를 했다. 즐겁지는 않았지만 그나마 마음이 안정되는 걸 느꼈다.

4교시까지 공부를 마치고 나니 배가 고팠다. 나는 점심을 먹기 위해 급식실로 내려갔다. 평소 사람이 많고 복작거리던 급식실이 고요했다. 요리를 하기 위해 조리실에 들어가니 당근과 양파가 바닥에 나뒹굴고 있었다. 바닥에 떨어진 당근 하나를 주워 먼지를 털어 냈다. 엄마가 자주 해 준 당근 요리들이 생각났다. 당근수프, 당근 샐러드, 당근 파운드케이크. 엄마는 내가 또래들과 다르게 당근을 잘 먹어서 좋다며 당근 요리를 자주 해 줬다. 그중에서 나는 당근 파운드케이크를 가장 좋아했다. 먹는 데 시간이 오래 걸리지도 않고, 다른 당근 요리에 비해 맛도 좋았다. 고소한 호두가 들어간 파운드케이크를 생각하자 급속도로 허기가 몰려왔다. 나는 바닥에 굴러다니는 재료들을 한곳에 그러모았다. 간단하게 수프를 만들어 보려고 했다. 그러나 막상 화구 앞에 서자 어떻게 점화해야 하는지도 알 수 없었다.

어렸을 적 딱 한 번 저녁밥을 차리고 있는 엄마 옆을 기웃거린 적이 있었다. 어린 마음에 엄마 옆에서 저녁을 도와주고 싶었기 때문이다. 그런 내게 엄마는 맛있는 요리는 엄마가 잔뜩 해 줄 테니 너는 공부에만 집중하라고 말했었다. 단호한 눈빛으로 당근을 썰고 있던 엄마를 본 이후로 요리를 해 본 적도, 관심을 가진 적도 없었다. 결국 나는 손에 들린 생당근을 우적우적 씹어 먹었다. 생당근은 딱딱하고 맛없었다. 한국사 모의고사 시험지 1번에 나오는 신석기시대 사람들도 도구를 쓰는데, 나는 도구가 있어도 할 수 있는 게 없었다. 입안에 맴도는 쓴맛을 느끼며 교실로 올라갔다.

7교시까지 자습을 끝낸 뒤 학원에 가기 위해 교실을 빠져나왔다. 계단 곳곳에 있는 건물 잔해들을 넘어가며 정문을 통과했다.

한 발, 두 발, 세 발……. 그렇게 네 발을 디디려다 우뚝 멈춰 섰다. 중요한 사실을 깨달았기 때문이다. 어디로 가야 학원이 나오는지 알 수 없었다. 나는 항상 엄마 차를 타고 다녔다. 학교를 갈 때, 집에 갈 때, 학원에 갈 때, 그 외의 곳에 갈 때도 항상 엄마 차를 타고 뒷좌석에 앉아 영어 단어를 외웠다. 가끔 멀미가 나서 차밖을 볼 때도 있었지만, 무너진 건물과 뿌리가 뽑힌 나무들 때문에 익숙한 길조차 알아볼 수 없었다. 이 상태로 무작정 앞만 보고 걷다가는 길을 잃어버릴 것만 같았다. 다시 학교로 돌아가려는데 맞은편에서 누군가 걸어오는 것이 보였다. 맞은편 사람도 나를 발견한 것인지 급하게 뛰어오는 게 보였다. 가까워질수록 익숙한 얼굴이 보였다. 나와 같은 교복을 입은 여자애였다. 그 애는 내 이름을 부르며 반가워했다. 밝은 탈색모의 그 애는 긴 머리 때문에 명찰이 가려졌다. 아는 사이는 아니지만 사람을 만나니 긴장이 풀렸다. 내 손을 맞잡고 흔드는 탈색 머리에게 학원 위치를 물었다.

"너 2투스 학원 알아?"

"어……, 알지. 근데 그건 왜?"

"내가 길을 몰라서. 미안한데 나 거기로 데려다주라."

탈색 머리는 잠시 당황한 표정을 지었다. 그러다 뭔가 고민하는 듯하더니 금방 웃는 낯으로 학원을 안내하기 시작했다. 탈색 머리는 학원에 가는 내내 자기 얘기를 했다. 학교를 째고 자주 놀러 다녀서 이 동네 지리를 잘 안다는 둥, 아는 오빠의 고백을 차버렸더니 다음 날 학교에 어장녀라고 소문이 났다는 둥, 그 애는 남이 들으면 치부라고 생각할 것들을 서슴없이 말했다. 말하는 내내 탈색 머리의 표정은 어쩐지 개운해 보였다. 이번엔 학교 언니들한테 저격당한 썰을 듣고 있는데 갑자기 강풍이 불었다. 바람에 그 애의 탈색 머리가 휘날렸다. 김소빈. 외관과 어울리는 이름은 아니라고 생각했다. 슬슬 이야기에 귀가 아파질 때쯤 학원에 도착했다. 학원은 3층에 있었다. 그러나 건물은 2층까지밖에 남아 있지 않았다. 나는 멍하니 학원이 있었던 곳을 쳐다보았다. 한참 말이 없던 소빈이 물었다.

"그런데 학원엔 왜 온 거야. 뭐 챙겨 갈 거라도 있어?"

"아니. 공부하려고 왔는데. 일주일 뒤면 기말고사잖아."

"……뭐?"

소빈이 "미쳤나……."라며 혼잣말을 중얼거렸다. 기분이 나빴지만 못 들은 척하기로 했다.

학원 말고는 딱히 갈 곳이 없던 우리는 가장 익숙한 학교로 다시 돌아갔다. 피곤한 나머지 교실에 도착하자마자 바로 땅바닥에 누웠다. 소빈은 이렇게 더러운데 어떻게 그냥 눕냐며 주인 모를 담요들을 찾아 내게 건넸다. 이제 정말 자려고 하던 그때 어디선가 바스락거리는 소리가 들렸다. 옆에서 담요 재질이 별로라며 불평을 쏟던 소빈이 비명을 질렀다. 다른 쪽에서도 똑같은 비명 소리가 들렸다. 나는 소리가 들리는 쪽으로 걸어갔다. 단발머리 여자애가 보였다. 단발머리는 자신의 머리를 움켜쥐고 비명을 지르고 있었다. 나와 눈이 마주치자 비명이 뚝 멈췄다.

"이지연……?"

단발머리가 내 이름을 불렀다. 나는 단발머리의 이름을 몰랐는데, 그 애는 내 이름을 알고 있었다. 뒤에서 비명을 질러 대던 소빈이 내 옆으로 다가왔다. 그렇게 우리는 민망한 상태로 통성명을 했다. 단발머리의 이름은 유한솔이었다. 내 이름은 어떻게 아냐고 묻자 "너 전교 1등이잖아. 나 너 바로 뒤야."라는 소리를 들었다.

유한솔은 내가 이름을 모른다는 사실에 분해하는 것 같았다. 유한솔은 나를 탐탁지 않은 눈으로 쳐다보았다. 그러다 내게 물었다.

"이제 어떻게 할 거야."

"뭘."

"앞으로 어떻게 할 거냐고."

유한솔의 말에 머리가 멍해졌다. UFO가 지구를 침공한 이후 모든 게 사라졌다. 대학이 사라지고, 좋은 대학에 가는 게 성공의 길이라던 어른들이 사라졌다. 공부가 제일 중요하다며 아무것도 못 하게 하던 엄마도 사라졌다. 그럼에도 나는 말했다. 할 줄 아는 게 이것밖에 없어서.

"기말고사 대비……? 혹시 모르잖아, 일주일 뒤에 지구가 원상태로 돌아올지도."

소빈은 내 말에 고개를 양옆으로 흔들었다. 유한솔은 아무 말 없이 나를 쳐다보았다. 우리는 한동안 말없이 하늘을 바라보았다. 고요함에 눈이 반 정도 잠겼을 때 소빈이 말했다.

"난 내일 생필품을 찾으러 갈 거야. 지연이 너도 공부해도 사람 꼴로는 살아야 할 거 아니야. 내일 각자 흩어져서 생필품을 찾아보는 게 어때?"

확실히 지금 양치도 못하고 씻지도 못해서 찝찝하긴 했다. 옷도 편한 것으로 갈아입고 싶었다. 유한솔과 나는 소빈의 말에 찬성한 뒤 잠을 청했다.

다음 날 우리는 생필품을 찾으러 떠났다. 나는 소빈이 그려 준 약도를 보며 걸었다. 나무뿌리가 뽑히고, 땅이 꺼지고, 건물이 무너졌지만 도로는 끊기지 않았다. 원래도 낯선 길이었기에 나는 약도가 알려 주는 대로 걸었다. 얼마 지나지 않아 익숙한 아파트가 보였다. 절반 정도가 무너진 상태였지만 알아볼 수 있었다. 엄마랑 같이 살던 아파트였다. 집이 3층이라 다행이었다. 10층만 넘었어도 우리 집은 지금쯤 재가 됐을 것이다. 집에서 유통기한이 가장 긴 식품들과 과도를 챙겼다. 이 정도면 됐다 싶어서 가방을 싸고 집을 나갔다. 돌아가는 길은 나아가는 길보다 쉬웠다. 이미 한번 가 본 적 있던 길이니 망설임은 없었다. 한참 길을 걷는데 서점이 보였다. 통창 안으로 보이는 서점은 엉망이었다. 서점 안 책들 대부분이 바닥에 널브러져 있었다. 문제집들도 보였다. 나는 홀린 듯이 서점에 들어갔다. "너는 국영수를 철저하게 준비해야 해." 주요 과목의 중요성을 강조하던 엄마의 목소리가 들리는 것 같았다. 나는 가방의 남는 공간에 문제집을 조금 챙겼다. 급격히 무거워진 가방에 걸음까지 덩달아 느려졌다.

교실에 들어서자 먼저 도착한 둘이 나를 반겨 주었다. 우리는 동그랗게 모여 각자 찾은 걸 하나씩 꺼내기 시작했다. 나는 참치 캔 네 개와 과도, 문제집들을 꺼냈다. 유한솔은 생리대, 얇은 겉옷, 호신용 삼단봉을 꺼냈다. 소빈은 상비약, 랜턴 그리고 라이터를 챙겨 왔다. 물건들을 한데 모아 놓으니 머릿속이 한층 더 복잡해졌다. 우리는 화장실과 가까운 교실에 자리를 잡고, UFO가 불러온 종말의 잔해들을 청소했다. 교실에 있는 책상들은 다른 교실에 쌓아 놓았다. 완벽히 정돈되지는 않았지만 세 명이 살 정도는 됐다.

어느새 해가 저물었고, 밤이 되니 날씨가 급속도로 추워졌다. 깨진 창문과 머리 위에서 찬바람이 불었다. 각자 담요를 챙겨 몸에 둘렀다. 유한솔이 여분의 겉옷을 우리에게 나눠 주었다. 그런데도 추위는 계속되었다.

"너무 춥지 않아?" 소빈이 몸을 오들오들 떨며 말했다.

"밤이 되니까 더 춥다."

나도 소빈의 말에 동의했다.

"우리 불을 피우는 건 어때?"

소빈이 라이터와 문제집을 들고 말했다. 마치 재밌는 장난을 꾸미는 아이 같은 표정을 지었다. 소빈의 손에 들린 문제집을 빠르게 낚아챘다.

"안 돼. 다른 것도 여기 많잖아." 내가 책상과 의자를 가리켰다. 그러나 라이터만 가지고 책상과 의자를 태우기는 쉽지 않았다. 결국 20분 뒤에 나는 차가운 손으로 문제집을 태웠다. 유한솔이 청소 도구함에서 구해 온 철 양동이를 들고 왔다. 거기에 교과서와 문제집을 한 장씩 찢어 넣었다. 나는 쓸모를 잃고 재가 되는 문제집을 바라보았다. 붉게 타오르는 문제집에 기분이 묘해졌다. 우리는 불멍(소빈이 알려 준 바에 따르면)이라는 걸 때리면서 몸을 녹였다. 그러던 중 소빈이 느릿하게 질문을 던졌다.

"너는 왜 공부하는 거야? 사람들도 다 사라지고 학교나 대학도 이제 의미 없잖아. 기말고사가 다 무슨 소용이야. 그냥 재밌어서 하는 거면 어느 정도 이해는 하겠는데, 공부를 좋아하는 것 같지는 않거든."

소빈의 질문에 답하려 입을 여는데, 타오르는 불길이 너무 아름다워서 아무 말도 하지 못했다. 입을 닫고 생각해 보았다. 난 그냥 좋은 대학에 가고 싶었다. 그게 성공의 길이라 배워 공부를 했다. 꿈은 없지만 좋은 대학에만 가면 된다고 생각했다. 엄마는 좋은 대학에 가지 못하면 앞으로의 인생이 힘들고 고단해질 거라 말했다. 어렸을 적부터 엄마의 말대로만 행동했던 터라 반발심 같은 마음은 들지 않았다. 주변 친구들도 좋은 대학에 가고 싶어 하니 공부만이 정답이라 여겼다. 그런데 지금은 잘 모르겠다. 감상에 잠겨 불꽃이 타오르는 모습과 소리를 내 안에 담았다. 속 안이 따뜻해지는 느낌이 들었다. 속 안의 무언가가 뜨겁게 타올라 재가 되는 느낌이 들었다. 가슴이 한켠이 따뜻해진다. 우리 셋은 조용히 타오르는 불을 바라보았다. 서로의 몸속에서 무언가 타는 소리가 전해지는 것 같았다.

다음 날 우리는 밥을 먹으러 급식실에 내려갔다. 다행히 아직 전기가 들어왔다. 소빈은 재료를 아껴서 만들어 먹자고 말했다. 소빈은 능숙하게 요리를 시작했다. 유한솔도 서툴지만 나름대로 제 몫의 요리를 만들었다. 나만 조리실 안에서 멀뚱히 서 있었다. 냉장고를 열어 보던 소빈이 나를 발견했다.

"너 요리할 줄 몰라?"

"컵라면에 물 넣는 건 할 수 있어."

소빈은 나에게 테이블 세팅을 맡겼다. 어릴 적 도서관에서 읽었던 레스토랑 테이블 예절법이 떠올랐다. 환경이 열악했지만 최대한 책에서 본 내용을 떠올리며 준비했다. 요리를 못하니 테이블 세팅이라도 잘 해내고 싶었다. 식기에 각도를 조정하며 완벽하게 준비했다. 하지만 소빈은 커다란 양푼에 비빔밥을 준비해 왔다. 비빔밥과 레스토랑식 테이블 세팅은 전혀 어울리지 않았다. 소빈과 유한솔이 테이블을 보고 웃음을 터뜨렸다. 누가 밥을 저렇게 해서 먹냐고 레스토랑이냐고 말했다. 특히 유한솔은 배까지 잡으며 웃는 걸 멈추지 않았다. 놀리지 말라며 화를 냈지만 아무도 들어주지 않았다. 한참을 웃고서 비빔밥을 먹었다. 제대로 비벼지지 않아 하얀 밥이 군데군데 보였지만, 비빔밥을 먹고 나니 아무래도 좋아졌다.

배가 부르자 다들 늘어지기 시작했다. 유한솔과 소빈은 설거지하기 귀찮다며 몸을 늘어뜨렸다. 나는 아까의 실수를 만회하고 싶어 설거지를 자처했다. 학업 외에 무언가를 자진해서 한 건 처음이었다. 설거지를 하겠다는 발언에 소빈의 눈이 동그래졌다. 유한솔은 눈을 가늘게 뜨며 나를 바라봤다. 그런 둘의 반응을 무시한채 조리실로 들어갔다. 싱크대에 서서 커다란 양푼을 잡았다. 한번도 해 본 적 없지만 대충 엄마가 설거지하던 자세를 떠올려 따라 했다. 세제가 미끄러워 양푼이 자꾸만 떨어졌다. 시끄러운 소음과 함께 비눗물이 얼굴에 튀었다. 그냥 잡기에도 미끄러운데 그릇이 커서 더 잡기 힘들었다. 중간중간 손이 시려 싱크대에서 손을 여러 번 뺐다. 내가 정확히 그릇을 네 번 떨어뜨렸을 때, 소빈이 조리실로 들어왔다. 소빈이 옆에 있던 고무장갑을 건넸다. 고무장갑을 끼고 설거지를 하니 아까보다 훨씬 편해졌다. 미끄럽지도 않고 맨손보다 위생적인 것 같아 좋았다. 뒤늦게 조리실로 들어온 유한솔이 팔짱을 끼고 소빈의 옆에 섰다.

"내가 자주 허당이라는 소리를 듣는데, 너 보니깐 아닌 거 같다."

"뭐래, 오늘 처음 해서 이런 거지. 다음에 하면 너보다 잘할 수 있거든?"

"그건 두고 봐야 알지."

소빈은 우리 둘을 보다 "이제 하다 하다 설거지로 싸우네."라며 중얼거렸다. 허당이라는 소리를 들었는데 이상하게 기분이 나쁘지 않았다.

설거지를 다 하고 교실로 올라갔다. 담요를 챙겨 교실 바닥에 누웠다. 천장에 뚫린 구멍 사이로 달이 보였다. 소빈이 달을 멍하니 바라보다 중얼거렸다. UFO에 납치된 사람들은 지금쯤 어디에 있을까. 가벼운 듯 내뱉은 말이 우리를 침묵시켰다. 왜 우리는 납치당하지 않은 걸까. 한솔도 "오늘 점심 뭐 먹지."같이 가벼운 어조로 말을 이었다. 나도 가볍게 말을 내뱉었다.

"선별 기준 같은 게 있는 거 아닐까."

"그럴 수도."

이후 우리는 한참 동안 입을 열지 않았다. 그러다 소빈이 다시 말했다. 너네, 내 소문 알지. 뭐 믿을지 모르겠지만 대부분 다 구라야. 아 근데 몇 개 맞는 소문은 있다. 할머니랑 단둘이 산다는 거랑 담배 피운다는 거. 그것도 무서운 선배가 자꾸 피우라고 협박해서 딱 한 번 해 본 거야. 오토바이는 한 번도 타 본 적 없어. 내가 오토바이 살 돈이 어딨겠어. 바퀴 달린 거라곤 자전거 타고 배달 아르바이트 해 본 게 전부야.

"난 너 소문 들은 적 없어. 그냥 머리색이 특이하다고 생각한 적은 있어."

내 대답을 들은 소빈이 깔깔거리며 웃었다. 나는 뭐가 웃긴 건지 이해가 되지 않았지만, 그냥 소빈을 따라 웃었다.

"염색, 맞아 나 미용사가 꿈이거든. 근데 돈이 없어서 학원은 못 가고, 집에서 혼자 내 머리 가지고 연습해. 염색도 연습하려고 그런 거고. 가끔 다른 애들 머리도 내가 해 줘. 그런데 할머니한테는 미용사가 되고 싶다고 말 못 했어. 할머니는 내가 공무원이 되면 좋겠다 했거든. 그래서 최근에는 미용보다는 공무원 시험 보려고 공부하고 있었는데, 지구 망할 줄 알았으면 그냥 계속 미용 공부나 할걸 그랬어."

우리는 멍하니 달을 바라보았다. 아무도 입을 열지 않았다. 조금 시간이 지나자, 자는 줄 알았던 한솔이 말했다.

"나는 아빠한테 맞기 싫어서 공부했어. 아빠가 성적을 중요하게 생각해서 한 문제 틀릴 때마다 맞았거든. 그래서 가끔 네가 미웠어. 그냥 좀 져 주지. 문제 좀 틀린다고 맞지도 않을 거면서."

"미안. 난 몰랐어."

내 사과를 받은 한솔은 어딘가 복잡한 표정을 지어 보였다.

"네 잘못 아닌 거 알아. 그냥, 지구가 이렇게 망해 버릴 줄 알았으면 미술 학원이나 다녀 볼 걸 그랬어. 나 그림 그리는 거 좋아하거든."

그 말을 들으며 나는 소빈과 한솔이 부러웠다. 하고 싶은 게 있다는 사실이, 어른스럽게 느껴졌다. 돌이켜 생각해 보면 나는 정말로 할 줄 아는 게 없었다. 문제를 풀 땐 선명하게 보이던 정답이 지구가 망하고 나니 아무 소용 없는 것이 되었다. 나는 아는 게 정말이지 한 개도 없었다. 각자의 고민을 털어놓고 나니, UFO의 선별 기준이 무엇인지 알 것 같았다. 하지만 입 밖으로 꺼내지는 않았다. 소빈과 한솔도 이미 다 알고 있는 것 같았다. 우리는 말하는 대신 침묵을 지켰다. 누군가의 작은 숨소리가 들릴 때쯤 눈을 감았다.

다음 날 소빈은 우리에게 음식을 굽는 법, 밥을 짓는 법, 재료를 손질하는 법을 알려 주었다. 한솔은 소빈이 알려 주는 대로 곧잘 따라 했다. 나는 소빈에게 잔소리를 들으며 서툴게 요리를 배웠다. 각자 만든 음식을 상에 차려 놓았다. 소빈은 간장, 계란, 참기름, 대파가 들어간 밥을 먹었다. 한솔은 스팸이 들어간 계란말이와 미역국, 밥을 먹었다. 나는 당근 파운드케이크를 만들고 싶었지만, 내 실력으로 제빵은 무리였다. 그나마 간단한 수프를 먹었다. 엄마가 해 준 당근 수프에 비하면 간도 제대로 안 맞고, 국물처럼 묽지만 왠지 모르게 뿌듯했다. 옆에서 한솔이 "당근 수프가 아니라 당근 국물인데?"라고 놀려도 전보다 부끄럽지 않았다. 지금은 그냥 공부 말고 다른 걸 해냈다는 사실이 좋았다.

우리는 아침을 먹고 나서 각자 개인 시간을 가졌다. 소빈은 다른 반 교실에서 찾은 기타를 치며 시간을 때웠다. 한솔은 망가진 도시를 노트에 그리며 놀았다. 나는 공부를 했다. 언젠가 종말이 끝나고 새로운 도약을 할 차례가 오거나, 내가 지구 최후의 인류가 된다면 최대한 가치 있는 모습으로 남고 싶었다. 이제 공부 말고 다른 것도 배우고 있으니 내 가치는 더 높아졌을 것이다. 하지만 오늘따라 공부에 집중이 되지 않았다. 소빈의 기타 소리가 귀에 들어왔다. 나는 소빈이 기타 줄을 당길 때마다 샤프를 손가락 사이로 돌렸다. 공부가 잘되지 않아 잠깐 쉬었다 하기로 결정했다. 기타를 치는 소빈 옆에 앉아 연주를 들었다. 잘 치는 건 아니었지만 못 치는 것도 아니었다. 그 어설픔이 마음에 들었다. 한솔도 내 옆에 앉아 소빈의 연주를 들었다. 한솔이 동그랗게 앉은 우리를 보고 꼭 캠프파이어에 온 것 같다고 했다. '캠프파이어?' 소빈이 기타 연주를 멈추고 되물었다.

"응, 전에 학교에서 수학여행 갔잖아. 그때 캠프파이어 한 게 자꾸 생각나."

작년에 학교에서 수학여행 때 캠프파이어를 한다고 했다. 나는 학교에 남아 자습을 했기 때문에 상상이 가지 않았다. 그때는 불구경하는 게 뭐가 재밌다고 굳이 시간을 낭비하는지 이해하지 못했다. 그런데 이런 게 캠프파이어였다면 가 보는 것도 나쁘지 않

196

앉을지도 모르겠다. 소빈은 돈이 없어서 수학여행에 못 갔었다고 말했다. 우리 중 수학여행을 간 건 한솔뿐이었다. 한솔은 조금 얼굴을 붉히며 말했다. 자기도 친구가 없어서 엄청 즐기지는 못했다고 말했다. 분위기가 어두워졌다. 어쩌면 세상이 망해 버린 게 잘된 일인지도 모르겠다. 망한 지금이 훨씬 재밌으니 말이다. 소빈도 같은 생각을 한 건지 어두운 목소리로 말했다.

"내일 아침 눈을 떴는데 세상이 원래대로 돌아가 있으면 어쩌지? 꿈이라도 꾼 것처럼 건물도, 도로도, 사람도 모두 멀쩡한 거야."

사람들이 갑자기 사라진 것처럼, 지구가 갑자기 망해 버린 것처럼 원래대로 돌아가는 것도 그럴지 알 수 없었다.

다음 날 비가 내리기 시작했다. 우리는 짐을 챙겨서 1층으로 내려갔다. 불을 처음부터 다시 때야 하지만 두 번째라 꽤 쉬웠다. 밖에서 비가 내리는 소리가 들렸다. 나는 비가 더 거세지기 전에 학교 바깥으로 나가 정찰을 돌자고 말했다. 사람들이 사라진 이후 우리는 거의 학교 안에만 있었다. 어쩌면 우리 말고도 다른 생존자가 있을지도 몰랐기 때문에 모두 내 제안을 승낙했다. 혹시나 비에 오염 물질이나 사람에게 유해한 성분이 섞여 있을지 몰라 철저히 무장도 했다. 무장 도구는 손재주가 좋은 한솔이 만들어 주었다.

거리의 풍경은 대체로 변한 게 없으나 묘하게 세월이 쌓인 느낌이 들었다. 우리는 삼거리까지 함께 이동했다. 그 뒤로는 각자 길을 정해 정찰을 시작했다. 개인 행동을 하는 건 오랜만이었기에 조금 긴장이 되었다. 인간이 UFO에게 납치되었던 첫날이 떠올랐다. 어디로 가야 할지 알 수 없어 두려움과 함께 멈춰 있던 내가 떠올랐다. 하지만 이제는 변했다. 새로운 길을 가는 건 항상 긴장되는 일이지만 저번처럼 멈추지는 않았다. 나는 망설임 없이 내가 가야 할 길을 걸었다. 길에는 널브러진 쓰레기와 어디서 풍기는지 모를 악취가 났다. 며칠 사이에 자란 이끼들이 건물 외벽 아래에 붙어 있었다. 절반이 사라진 건물과, 뿌리째 뽑혀 구멍만 남은 나무의 흔적들이 보였다. 남겨진 것들 사이로 남겨진 내가 걷는다. 사람도, 새도, 개도, 고양이도, 개미도 하나 없는 거리에 오직 내 발자국만이 생명의 흔적을 남긴다.

길을 걸으며 생각했다. 오직 공부만이 내 가치를 증명하는 방법이었을까. 사람이 없어도, 내가 죽어도, 아니 이 세상의 모든 생명이 죽어도 지구는 계속 살아 있을 것이다. 그리고 지구는 시간이 지나 또 다른 생명을 만들어 낼 것이다. 나는 몇십억 년의 세월을 품은 지구에서 길어야 백 년 살다가 죽을 것이다. 어쩌면 지구에게 모든 생명들은 비슷한 가치로 매겨질지도 모르겠다. 모든 것들은 아주 작은 존재였다. 그런 나도 아주 작은 존재이다. 어쩐지 마음이 조금 가벼워졌다.

길을 걷는데 낯선 골목길을 발견했다. 옛날이었다면 낯선 골목길에 들어가지 않을 테지만, 지금은 달랐다. 긴장감과 무언가 있을 기대를 갖고 발을 내디뎠다. 골목길은 바깥보다 온도가 조금 낮았다. 서늘한 기운에 어깨가 살짝 떨렸다. 골목길 모퉁이에 빛이 새어 나왔다. 빛을 따라 더 안쪽으로 들어갔다. 골목길에 균열이 나서 곧 쓰러질 것 같은 담장이 보였다. 그 균열 속에서 빛이 흘러나왔다. 주변에 떨어진 나뭇가지를 찾아 균열 틈새를 찔러 보았다. 그러자 담장이 무너지고 텅 빈 공간이 생겼다. 그런데 뭔가 보이는 게 아니라 아무것도 보이지 않았다. 반타블랙 색상처럼 완전한 검은색 공간이 보였다. 들고 있던 나뭇가지를 공간에 던져 보았다. 떨어지는 소리가 들리지 않았다. 이후로도 바닥에 있던 작은 돌을 넣어 보기도 했다. 그것들은 마치 다른 세상으로 사라진 듯 보이지도 않았고, 던졌을 때 어딘가 부딪치는 소리 같은 것도 들리지 않았다. 나는 이게 어쩌면 다른 차원으로 가는 문일지도 모른다고 생각했다. UFO가 인간들을 빨아들인 것처럼 말이다. 그것이 나타난 후로 이런 기현상이 생긴 것이라면, 납치된 사람들도 이것을 지나며 만날 수 있지 않을까,라는 생각이 들었다. 나는 얼른 가서 애들에게 알려야겠다고 생각했다. 빗방울도 조금씩 거세져 학교로 빠르게 돌아갔다.

우리는 교실에서 각자 본 것을 이야기했다. 한솔과 소빈은 별다를 게 없었다고 말했다. 사람도 동물도 보이지 않았다고. 나는 아까 본 것을 이야기하려다 입을 닫았다. 이제야 이 삶에 적응했는데 사람들이 있는 곳으로 돌아간다면, 이전과 같은 삶을 사는 건 아닌지 걱정이 되었다. 그리고 소빈과 한솔의 이야기를 들어 보면 말을 안 하는 것이 둘에게도 좋아 보였다. 만약 우리가 다른 차원으로 넘어갔는데, 다시 멸망 이전의 삶을 살아야 한다면 나는 아마 견디지 못할 것이다. 그날 밤 잠에 들기 전 한솔과 소빈에게 물었다.

"너네 가족들 보고 싶어?"

내 물음에 한솔과 소빈이 그렇다고 대답했다. 그 둘의 말에 엄마를 떠올렸다. 엄마는 나를 사랑했다. 내가 혼자 청소와 요리, 씻기, 신발 끈도 묶지 못하게 할 정도로 공부만 하라 하긴 했지만, 엄마가 싫은 건 아니었다. 엄마가 납치되었을 때 엄마를 잃어 슬프기보다는 이제 뭘 해야 할지 몰라 당황했었다. 나도 무의식적으로 알았던 걸지도 모른다. 엄마가 사라진 나는 아무것도 못 하기 때문에 멸망한 세계에서 살아남지 못할 수도 있다는 걸 말이다. 나도 모르게 생존에 위기를 느꼈던 것이 아닐까? 그래서 내가 죽을지도 모른다는 두려움에 슬픔을 뒤로 미룬 걸지도 모른다. 이제 혼자서도 살아가는 법을 배운 나는 엄마가 보고 싶었다. 뒤늦게 밀려오는 그리움과 슬픔에 억지로 눈을 감았다.

다음 날 아침, 한솔과 소빈에게 검은 구멍에 대해 이야기를 꺼냈다. 둘을 안내해 어제 갔던 골목길로 들어섰다. 둘은 구멍을 보고 눈이 커졌다. 어떻게 이런 게 지구에 있냐부터, 외계 생물의 함정일지도 모른다는 등, 구멍에 대한 토론이 이어졌다. 한솔이 저기 들어가면 죽는 거 아니냐고 꺼림칙하다고 말했다. 소빈은 새로운 차원의 문 같다며 당장 들어가 보자고 말했다. 열심히 토론하는 둘을 내버려두고 구멍을 다시 한번 관찰해 보았다. 유심히 살펴보니 어제보다 구멍이 더 커졌다는 걸 깨달았다. 열심히 토론해도 답이 안 나와서 일단 학교로 돌아갔다. 교실로 돌아온 뒤, 우리는 천천히 생각해 보자며 개인 시간을 보냈다. 나는 이제 공부를 하지 않았다. 공부 말고 다른 걸 찾았다. 전에 소빈이 기타 연주를 하던 걸 구경하다가 "너도 쳐 볼래?"라는 소리를 듣고 기타를 배우기 시작했다. 소빈은 가장 간단한 코드 4개만으로 연주를 끝낼 수 있는 곡을 알려 주었다. 외우기 쉽다고 생각했는데 막상 악보를 보면 무슨 코드인지 기억이 안 났다. 손가락으로 위치를 빠르게 바꾸기도 어려워서 연주가 자주 끊겼다. 그래도 계속 연습해서 코드 하나만 외우면 되었다. 노래는 올드팝 느낌이 나는 음악이었다. 무슨 노래인지는 잘 모르겠다. 소빈은 자주 옛날에 유행했을 거 같은 노래들을 쳤는데 다 할머니가 좋아하는 노래들이라 했다.

우리가 기타를 치는 동안 한솔은 1층에 있는 도서관에서 책을 가져와 읽었다. 다 읽은 책들을 옆에 두고 책 속에 나오는 세계를 상상해 그렸다. 그래서인지 유독 SF 소설들을 많이 읽었다. 한솔이 그린 그림을 볼 때면 항상 미래 배경이었다. 이번에 읽고 있는 책은 우리처럼 지구가 멸망한 곳에서 살아가는 사람들을 그린 책이라고 말했다. 한솔은 여기는 그래도 등장인물이 여섯 명이나 된다고 부럽다고 말했다. 그러면서 책을 보다 막 화를 내거나 울기까지 했다. 그런 한솔이 이해가 가지는 않았지만 구경하는 재미는 있었다.

그렇게 시간을 보낸 후 잠들기 전 책을 읽고 있던 한솔이 말했다.

"아마 그 구멍 너머에 가족들이 있겠지? 확신할 수는 없지만 그런 생각이 들어. 다들 거기서 뭘 하고 있을까. 우리가 그곳에 없다는 걸 알고 있겠지?"

우리는 잠들기 전 나란히 누워 구멍 이야기를 했다. 한솔은 잠이 오지 않는지 랜턴을 켜고 계속 책을 읽었다. 책장을 넘기는 소리가 교실에 울려 퍼졌다. 자습 시간에 울려 퍼지던 종이 넘기는 소리는 항상 문제집이었는데, 지금은 종이 넘기는 소리를 들으면 한솔이 보던 SF 소설책이 떠올랐다. 나는 저 소리가, 종이가 넘어가는 소리인지 지구가 무너지는 소리인지 알 수 없었다.

한솔은 결국 밤을 새웠고, SF 소설 한 권을 완독했다. 두꺼운 책이었는데 집념이 대단했다. 한솔은 책을 덮고 결의에 찬 표정으로 말했다. 구멍을 넘어가겠다고. 한솔의 독단적인 결정에 놀랐지만, 우리는 서로의 선택을 믿어 주기로 했다. 한솔도 우리에게 함께 넘어가자는 강요를 하지 않았다. 우리 셋은 함께 구멍으로 가기로 했다. 그전에 마지막으로 한솔과 식사를 했다. 소빈이 얼마 남지 않은 재료로 특식을 만들었고 나와 한솔도 거들었다. 어느 정도 칼질을 할 수 있게 되어 재료 손질을 도맡아 했다. 한솔은 지구에서의 마지막 식사라며 두 그릇씩이나 싹싹 비워 먹었다. 이제 정들었는데 마지막이라 생각하니 아쉬웠다.

식사를 마치고 우리는 구멍으로 향했다. 역시나 구멍은 전보다 더 커져 있었다. 소빈이 한솔을 보고 두 팔을 벌렸다. 한솔은 조금 붉어진 얼굴로 소빈을 껴안았다. 내가 가만히 둘을 보고 있자 한솔이 왜 안 오냐고 손짓했다. 어쩔 수 없이 나도 같이 껴안았다. 한동안 그러고 있다가 한솔은 결심한 듯 구멍을 향해 뛰어갔다. 한솔이 가지고 가겠다며 들고 온 SF 소설책과 함께 한솔이 사라졌다. 우리는 마지막 모습을 끝까지 지켜보았다.

학교로 돌아가는 길 우리는 한솔에 대한 이야기를 끊임없이 했다. 가끔 코를 골아서 시끄럽다거나, 한솔이 해 준 계란말이가 맛있었다거나. 우리는 이야기를 하며 길을 걸었다. 나는 나와 함께 지구에 남은 소빈을 바라보았다. 소빈의 탈색모를 비집고 검은 뿌리가 자라나고 있었다.

우리는 둘이서 바쁘게 하루를 보냈다. 한솔이 사라졌기에 한솔의 1인분까지 각자 나눠서 해야 했다. 정찰을 다녀온 날, 소빈에게 구멍이 점점 커지고 있다고 얘기했다. 그리고 네가 떠나도 원망하지 않겠다는 말을 덧붙였다. 그러자 소빈은 기타 연습이나 하자고 말했다. 우리는 평소와 같이 시간을 보냈지만, 그 끝이 얼마 남지 않았다는 사실을 알았다.

*

나는 이제 코드 4개를 완벽하게 외웠다. 곡도 이제 틀리지 않고 완벽하게 완곡해 낼 수 있었다. 내 연주를 들은 소빈이 자리에서 일어났다.

"나 구멍으로 갈 거야."

염색하지 못한 소빈의 검은 머리가 귀까지 자라나 있었다. 나는 말했다.

"그래. 가서 다른 곡도 알려 줘."

소빈이 내 말에 환하게 웃었다. 이제는 구멍이 너무 커져 학교에서도 구멍이 보였다. 자진해서 구멍에 들어가지 않으면 재가 되었기 때문에 건물들의 반이 재가 되어 사라졌다. 나는 기타를 들고 소빈은 가위와 고데기, 염색약을 챙겼다. 소빈이 구멍 앞에서 서서 말했다. 나한테 배우지 말고 가서 전문가한테 배우라고. 나도 공무원 공부 말고 미용 학원에 다닐 거라고 말했다. 나는 소빈에게 먼저 가라고 말했다. 소빈은 조금 의아해하면서도 이따 보자 말하고 구멍으로 들어갔다. 소빈의 발걸음에는 망설임이 없었다.

나는 검은 구멍을 바라보았다. 아직까지 저 너머에 사람들이 있을지 이게 뭔지 확신할 수 없었다. 그래서 나는 구멍에 들어가길 선택했다. 인간은 미래를 볼 수 없다. 어떤 길이 옳은지는 항상 가 보고야 알게 된다. 그러니 누군가에게 행복할 길이 나에게도 행복할 수 있다고 장담할 수 없다. 나는 항상 엄마가 만들어 준 길만 걸었다. 이제는 보이지 않는, 새로운 길을 걸을 차례였다. 스스로 선택한 길을 혼자서 걸어 보고 싶었다. 나는 마지막으로 주위를 둘러보다 발걸음을 내디뎠다. 기타와 함께 구멍으로 들어갔다.

아직은

고양예술고등학교 2
배예빈

연주는 떨리는 손으로 합격자 명단 파일을 열었다. 수많은 이름과 배정 부서가 길게 나열되어 있었다. 천천히 스크롤을 내리며 마지막까지 읽었지만 어디에도 '서연주'는 없었다. 컨트롤과 에프 키를 눌러 검색해 봐도 마찬가지였다. 연주는 고개를 푹 숙였다. 이걸로 다섯 번째 면접에서 떨어졌다. 이제는 포기할 때가 된 걸까. 어느 정도 예상한 결과였는데도 허탈한 마음이 들었다.

대학교를 졸업한 이후 연주는 이름에 천문과 우주가 들어간 모든 연구소의 면접을 준비했다. 서류에서부터 탈락한 곳도 있었고 2차 면접까지 간 적도 있었지만 전부 채용되지 못하고 떨어졌다. 그중 한국천문연구원에 면접을 보러 간 것은 다섯 번째였는데, 역시나 결과는 같았다. 대학 시절 교수에게 찾아가 자문을 구해 보기도 했다. 누구보다도 열심히 학교 생활을 했던 연주는 졸업할 때쯤 교수에게서 언제든 연락해도 괜찮다는 말을 들었다. 아직 연주가 대학원에 진학하지 않은 것을 아쉬워하는 눈치였다. 연주는 그때마다 애매하게 고개를 끄덕였다. 하하, 네. 죄송해요. 사실 그 앞에서 소리치고 싶었다. 저도 그러고 싶어요, 교수님. 그렇게 말할 수는 없었으므로 돌아오는 길에 맥주 한 캔을 사 와서 마시는 게 전부였다. 더 공부할 수 있었다면 진작 그렇게 했을 터다. 하지만 연주에게는 돈이 없었고 시간이 없었다. 졸업 직전은 연주에게 가장 바쁘고 힘든 시절이었다. 무엇보다도 배움을 더 이어 갈 수 없다는 사실이 그랬다. 물리천문학은 문이 좁은 곳이었다. 가르치는 사람도 많지 않았다. 그런데도 좋아한 것을 후회한 적은 없었다.

초등학생 시절부터 연주의 꿈은 달에 가는 것이었다. 달에 외계인이 살고 있을지도 모른다던 다큐멘터리를 봤을 때부터 생각했다. 외계인이 있다면 꼭 만나 보고 싶다고. 미지의 존재와 대화해 보고 싶었다. 모두가 한 번쯤 하는 생각이지만 연주에게 그것은 길게 이어지는 목표였다. 그날부터 연주의 장래 희망 계획서에는 항상 '우주비행사'가 적혀 있었다. 물리천문학과로 유명한 대학 합격자 명단에 자신의 이름이 떡하니 있는 것을 보았을 때는 이제 우주로 갈 날만 남았다고 생각했다. 그것이 잘못된 생각이었다는 사실을 깨닫는 데는 그리 오랜 시간이 걸리지 않았다. 연주는 컴퓨터를 끄고 매트리스에 누웠다. 바깥은 이미 어두웠다. 대학을 나온 지도 벌써 2년이 다 되어 갔다. 연주는 내년이면 스물일곱이었고, 주변에선 어느 큰 연구소에 들어갔다느니 석사 과정을 준비하고 있다느니 하는 소식이 들려왔다. 다들 지구를 떠나 먼 우주로 나아갈 준비를 하는데 연주 혼자서만 7평짜리 방 하나에 갇힌 것 같았다.

연주가 합격한 대학은 본가와 지역부터가 달랐다. 집을 구할 때 중요하게 생각했던 것은 학교와의 거리였는데, 가까워도 안 됐고 멀어도 안 됐다. 그런 점에서 학교에서 걸어 20분 거리에 있는 우미 빌라는 조건에 들어맞았다. 빌라촌 한가운데에 위치한 데다 옆에 새로 지어진 주상복합 아파트 단지가 있어 편의 시설도 많았다. 연주의 부모님은 연주가 우주를 향해 나아가는 것을 탐탁잖게 여겼다. 아무리 설득하고 의견을 피력해 봐도 고집을 꺾지 않았다. 꼭 말이 통하지 않는 외계인 같기도 했다. 연주가 떠날 때 어떠한 도움도 주지 않은 것도 그런 이유에서였다. 배에서 꼬르륵대는 소리를 듣고 연주는 몸을 일으켰다. 점심때부터 아무것도 먹지 못했다. 근무하고 있는 편의점 사장은 깐깐한 편이었다. 폐기를 가져갈 수도 없었고 근무 시간 중 밥을 먹을 수도 없었다. 집으로 돌아오면 11시가 넘어가니 반나절을 굶는 셈이었다. 라면이라도 끓여 먹을 요량으로 냄비에 물을 붓고 가스레인지의 불을 켜는데 문 바깥에서 큰 소리가 들렸다. 연주가 한숨을 내쉬었다. 또다. 분명 203호의 짓일 터였다.

　203호는 연주가 이사 온 지 2주 만에 입주했다. 처음에는 연주도 관심을 두지 않았다. 이웃과 살가운 대화를 나누기엔 모두가 바빴다. 그러나 203호가 한밤중 술에 취해 복도에서 고함을 질렀던 날부터는 2층의 모두가 203호를 주시하는 것 같았다. 문 앞에 포스트잇이 붙어 있는 날도 많았고, 누군가 그를 불러내 한바탕 잔소리를 하는 날도 꽤 있었다. 연주는 문을 열어 그의 얼굴을 확인하고 불평을 토로하는 대신 끓는 물에 면과 스프를 넣었다. 2층 주민들은 초반 매일같이 203호에게 찾아갔지만, 전혀 변하지 않자 하나둘 포기하기에 이르렀다. 203호도 말이 통하지 않는 것 같았다. 연주도 밤에 잘 때는 이어폰을 끼고 자는 습관이 생겼다. 라면이 전부 끓었을 때 203호는 세 번째 비밀번호를 틀렸다. 연주는 책상에 냄비 받침을 깔고 라면을 가져와 올렸다. 책상 앞에 앉아 휴대폰을 켰다. 집에 티브이를 둘 수 없었기 때문에 연주는 이 시간쯤 퇴근해 인터넷으로 뉴스를 보는 것이 일상이 되었다. 상단에 띄워진 헤드라인을 눈으로 훑던 연주는 젓가락질을 멈추고 한 기사를 클릭했다.

―23일, 최고의 슈퍼문 뜬다……

―오는 8월 23일, 역대급 크기의 슈퍼문이 나타날 것으로 전망되어 많은 사람들의 이목을 집중시켰다. 전문가들은 "여태껏 지구에서 관측된 슈퍼문 중에서도 손에 꼽을 정도의 크기"라고 이야기했다. 이번 슈퍼문은 부산에서 가장 선명하게 보일 것으로 예상되며…….

연주는 검색창에 '23일 슈퍼문'을 입력했다. 벌써 부산 달맞이 관광 명소 같은 게시글이 여럿 올라와 있었다. 슈퍼문, 부산……. 본가에 내려가지 않은 것도 벌써 6년째였다. 엄마는 연주에게 한 번도 연락하지 않았다. 내려가 볼까. 집에 가는 게 아니라 달을 보러. 연주가 휴대폰을 내려놓고 젓가락을 움직였다. 당장 닷새 뒤에 교수와 만나기로 약속을 잡아 둔 상태였다. 다섯 번째 면접을 준비할 때 교수는 이번엔 절대 떨어질 리 없다고 말했다. 후에 만나서 결과를 알려 주기로 했으니 아직도 그렇게 생각하고 있을지 모를 일이다. 어쨌든 이야기를 해 봐야 했다. 떠나기엔 일렀다. 연주는 빈 냄비를 들고 일어서서 부엌으로 향했다. 내일도 아침 일찍 카페 아르바이트가 있으므로 일찍 자고 싶었다. 연주가 설거지를 끝내고 샤워를 한 뒤에도 203호는 복도에서 소리를 지르고 있었다. 여전히 문이 열리지 않는 것 같았다. 연주는 양 귀에 이어폰을 꽂고 자주 듣는 '우주 백색소음 플레이리스트'를 재생했다. 실제 우주정거장에서 나는 소리를 가져다 만들었다고 했다. 진위 여부는 알 수 없지만, 아무튼 그 고요한 울림을 듣고 있으면 꼭 우주에 있는 듯한 기분이 들었다. 집을 가득 채우던 소음이 한순간 멀게 들렸다. 합격을 기대하지 않았다면 거짓말이다. 떨어질 것 같다고 생각하면서도 연구원에 취직한 자신의 모습을 상상했었다. 연주는 옆으로 돌아눕고 눈을 감았다. 그 뒤로도 오래도록 잠들 수 없었다.

시끄러운 알람 소리가 들렸다. 연주는 얼굴을 찌푸리며 일어났다. 자신이 설정한 벨소리가 아니었다. 휴대폰을 켜니 이제 겨우 오전 5시 20분을 지나고 있었다. 또 203호였다. 무슨 일을 하는 건지 매일 아침 일찍 엄청난 음량으로 알람을 맞추는데, 제대로 일어난 적이 한 번도 없어 줄창 울려 대기 일쑤였다. 연주의 기상 시간은 7시였으므로 한 시간 이상을 손해 본 셈이다. 연주는 신경 질적으로 이불을 뒤집어 이어폰 한쪽을 찾아 꼈다. 밤새 멈춘 플레이리스트를 재생하고 눈을 감았지만 노랫소리 너머로 어렴풋하게 기본 벨소리로 설정된 알람 소리가 들렸다. 지긋지긋해. 연주가 생각했다.

생각해 보면 아침부터 운이 없는 날이었다. 203호의 알람 소리로도 모자라 연주는 오늘 아르바이트에서 잘렸다. 오전에 하던 카페 아르바이트였다. 동네에 위치한 개인 카페라 오전엔 보통 손님이 많지 않았다. 사장의 배려 덕에 연주는 일이 없을 때 책을 읽거나 휴대폰을 할 수도 있었다. 그렇게 좋은 곳이었는데. 큰 곳으로 이전을 하게 되었다고 했다. 그 위치가 우미 빌라와는 정반대였다. 연주는 출근 시간이 길어져도 좋으니 계속 일하고 싶다고 말했지만 사장은 완고했다. 언니 딸이 일할 곳이 없대서 그 애랑 일할 것 같아. 사장은 연신 미안해했다. 그래서 연주는 더 따지거나 몰아붙일 수 없었다. 연주는 사장이 사장의 동생과 통화하는 것을 들은 적이 있었다. 이 건물을 마련해 준 것도 언니라고 했다. 내일까지만 일해 달라는 사장의 말에도 알겠다고 대답할 수밖에 없었다.

이제부터는 어떻게 해야 할까. 연주는 편의점 카운터 앞에 서서 생각했다. 카페가 끝나면 바로 편의점으로 달려오는 게 하루의 일과였는데, 늦게 일어날 수 있게 될 것 같았다. 하지만 편의점에서 버는 돈만으로는 살아갈 수 없었다. 모아 둔 돈도 많지 않았다. 그 사이에 새 일자리를 구해야 했다. 바코드를 찍는 시간이 더 더뎌지자 계산을 기다리던 손님이 짜증스럽게 뭘 하냐고 물었다. 연주는 죄송합니다, 사과한 다음 계산을 마쳤다. 손님이 무언가 중얼대며 나감과 동시에 편의점 사장이 들어와 연주 앞에 섰다. 연주는 자신이 무언가 잘못한 게 있는지 생각했다. 휴대폰을 보지도 않았고 무언가를 먹지도 않았다. 사장은 주변을 잠깐 둘러보더니 말했다. 내일부터 일주일 동안 편의점 쉬니까 나오지 마. 연주가 숙였던 고개를 들어 사장을 바라봤다. 사장은 더 가타부타 말을 얹지 않았기 때문에, 연주는 결국 직접 물어봐야 했다.

"무슨 일 있으세요?"

"금요일에 슈퍼문인지 뭔지 뜬다고 딸내미가 같이 부산 가잔다. 달이 다 거기서 거기지…… 쯧, 아무튼. 야간 애한테도 네가 얘기해."

그리고 이거. 연주는 사장이 가져온 도시락을 계산했다. 연주는 사장이 고등학생 된 딸과 친해지고 싶어 한다는 사실을 알고 있었다. 그 또래 아이들은 무엇을 좋아하냐고 물은 적이 있기 때문이다. 그는 딸의 말이라면 무엇이든 들어주고 싶어 했다. 아마 사장의 여행은 온 가족이 함께하게 될 것이다. 그렇게 생각하자 연주는 억울해졌다. 한편으로는 다 같이 달을 구경하는 사장의 가족을 생각했다. 속이 울렁거리는 것 같았다. 그 사이에 자신이 끼어 있는 상상을 하다가 고개를 내저었다. 사장도 사장의 가족도 가는데 내가 못 갈 게 뭐야. 나는 혼자 가면 돼. 연주는 집에 가자마자 부산행 열차를 끊어야겠다고 다짐했다. 마침 아르바이트에서도 잘렸으니까. 그래서 그런 거야. 그렇게 중얼거리면서.

*

열차에서 내리자 가장 먼저 크게 쓰인 부산역이라는 글씨가 눈에 들어왔다. 세 시간을 딱딱한 의자에 앉아 있었던 덕에 허리와 엉덩이가 쑤셨다. 연주는 집으로 가는 방향의 버스를 탔다. 검색해 보지 않아도 전부 기억에 남아 있었다. 연주뿐 아니라 열차에서 내린 많은 사람들이 같은 버스를 탔다. 대부분이 가족이나 연인과 함께였다. 연주는 듣고 있던 노래의 볼륨을 높였다. 역과 집은 그리 가깝지 않았다. 사람들이 하나둘 내리고 버스에 남은 사람이 손에 꼽을 때쯤엔 10시가 다 되어 가고 있었다. 연주는 집보다 두 정거장 이른 곳에서 내렸다. 도로 양옆으로 줄지은 건물 너머 어두운 색의 바다가 보였다. 하지만 감상할 여유는 없었다. 여름의 바다는 후덥지근했다. 어디로든 들어가고 싶었다.
　미리 알아본 모텔에는 빈 방이 없었다. 근처의 다른 곳도 사정은 마찬가지였다. 그냥 동네 한구석에 있는 곳이라 찾는 사람은 없을 줄 알았는데. 전부 인파가 몰리지 않은 곳을 찾는 모양이었다. 연주는 어쩔 수 없이 집 쪽으로 천천히 걸었다. 건물들이 점점 낮아졌다. 15분쯤 걸었을 때는 건물 사이를 비집지 않아도 바다가 보일 정도였다. 차 한 대도 지나가지 않는 동네는 고요했다.

연주의 엄마는 소란스러운 곳을 싫어했다. 연주가 중학교에 입학할 때쯤 아빠와 이혼하면서 사람들이 잘 찾지도 않는 동네를, 그 안에서도 구석진 곳의 작은 주택을 샀다. 덕분에 연주는 편의점에 가려면 10분 남짓을 걸어야 했다. 연주는 그 편의점 옆에 3층짜리 낡은 모텔이 하나 있었던 것을 기억해 냈다. 무사히 묵을 곳을 구한 연주는 가장 먼저 창문을 살폈다. 가로로 긴 직사각형 모양의 창은 먼지가 껴 탁했다. 오래 움직이지 않은 듯 삐걱이는 창문을 열고 집 방향을 응시했다. 낮은 건물들 사이 익숙한 지붕이 눈에 띄었다. 엄마의 모습은 보이지 않았다. 연주는 오래도록 그 집을 바라봤다.

연주는 알람 소리 없이 개운하게 눈을 떴다. 얇은 창 바깥으로 새소리가 들렸다. 그제야 자신이 이어폰을 끼지 않고 잠들었다는 사실을 깨달았다. 아침에 시끄러운 203호나 자신의 알람 소리를 듣지 않고 일어난 것은 오랜만이었다. 머리맡에 올려 둔 휴대폰을 켜 시간을 확인했다. 오전 11시 37분. 오후에 일어날 줄 알았는데. 연주는 아르바이트를 두 개씩 하면서 다섯 시간 이상 자 본 적이 별로 없었다. 간만에 푹 잠들어 그런지 뻐근했던 어깨나 다리도 전혀 아프지 않았다. 어쩐지 기분이 좋았다. 침대에서 일어나 어제 아무렇게나 내팽개쳐 두었던 옷을 정리했다. 원래 목적지였던 바닷가는 여기서 집 방향으로 30분만 더 걸으면 되었다. 그다음 계획은 없었으나 일단 나가야겠다고 생각했다.

모텔을 나오자마자 정면에 편의점이 보였다. 오랜만에 와서 그런지 브랜드가 바뀌어 있었다. 연주는 홀린 듯이 문을 열고 들어섰다. 반쯤 졸고 있던 알바생이 어서 오세요, 하고 인사했다. 제 또래로 보이는 남자였다. 점심을 편의점 삼각김밥이나 라면으로 때우고 싶진 않았지만, 그냥 나가기에도 뭣해 눈에 보이는 음료수 하나를 집어 계산대로 가져갔다. 알바생은 계산이 더디지 않았다. 편의점을 나서자 뜨거운 공기가 훅 끼쳤다. 연주는 다시 편의점으로 들어가는 대신 오렌지주스를 뜯었다. 얼떨결에 산 주스는 너무 달았다. 특별히 목적지를 정하지 않고 걷던 연주는 자신이 집을 향해 가고 있다는 사실을 깨달았다. 엄마는 이 시간에 일하고 있겠지. 연주의 엄마는 이혼한 뒤 분식집에서 일했다. 엄마의 친구가 사장으로 있는 곳이었는데, 거리가 멀어 밤늦게 들어오는 엄마의 얼굴 한번 보지 못하고 자는 경우가 태반이었다. 그렇지만 집에 들어가고 싶은 마음은 들지 않았다. 연주는 집을 빠른 걸음으로 지나쳤다.

조금 더 걷자 익숙한 카페와 식당이 몇 곳 보였다. 연주는 고민하다 자주 들렀던 허름한 국밥집 문을 열었다. 연주는 편식이 심했다. 대부분의 음식을 먹지 않는다고 봐도 좋았다. 그중, 가장 싫어하는 것이 돼지국밥이었는데, 엄마는 그런 연주를 이해하지 못해 자주 국밥집에 데려가곤 했다. 그러면 연주는 내용물을 전부 빼놓고 밥에 국만 말아서 먹다 엄마에게 혼나기 일쑤였다. 그러나 친구들과 밥을 먹는 일이 늘어나면서 무슨 음식이든 적당히 넘길 수 있게 되었다. 안녕하세요, 인사한 연주가 고개를 들어 앉을 곳을 찾는데 바로 앞자리에서 밥을 먹던 사람과 눈이 마주쳤다. 연주는 눈을 동그랗게 떴다. 엄마였다. 이 시간에 일하지 않고 있다는 사실보다 지금 엄마와 만났다는 사실이 더 놀라웠다. 엄마 역시 손을 멈추고 연주를 가만히 바라보고 있었다. 연주는 엄마의 앞에 앉는 대신 가게 안으로 들어가 조금 떨어진 곳에 자리를 잡았다. 돼지국밥 하나 주세요. 엄마는 뒤를 돌아보지 않았다. 연주도 엄마에게 말을 걸지 않았다. 엄마는 연주보다 먼저 식사를 마쳤다. 연주는 천천히 밥을 먹었다. 국물까지 전부 비운 뒤에야 계산을 하고 가게를 나왔다. 엄마는 어디에도 없었다.

연주는 아직 밝은 해를 한번 쳐다보고 시간을 확인했다. 아직도 1시를 겨우 넘긴 채였다. 달이 뜨려면 아직도 반나절은 더 있어야 했다. 이제 뭘 한담. 연주는 이곳에서 자주 시간을 보냈지만, 그것도 몇 시간의 문제였다. 카페 몇 개와 식당 정도가 전부인 곳에서 시간을 때우는 방법은 몰랐다. 자유 시간이 주어진 것부터 낯설었다. 횡단보도의 신호가 세 번 바뀔 때까지 제자리에 붙박인 듯 서 있던 연주는 길을 건너 카페에서 아메리카노를 시켰다. 바깥으로 나오니 더운 공기와는 대조적으로 손에 든 커피만 차가웠다. 주위를 살피다 바다로 내려가는 계단 바로 옆에 오래된 정자가 보여 그곳으로 향했다. 한가운데에는 나뭇잎이나 벌레가 있어 가장자리에 등을 기대고 앉았다. 불어오는 바람은 시원했다. 연주는 그곳에서 시간을 보냈다. 바다를 한가롭게 바라보는 것은 생각보다 지루하지 않았다. 어쩌면 그럴 기회가 없었기 때문에 몰랐던 것 같기도 했다.

여름의 해는 길었다. 6시가 지나자 차들이 하나둘 공용 주차장으로 들어오기 시작했다. 큰 횟집이나 술집에도 사람들이 자리를 잡았다. 연주는 정자에서 바다를 바라보다가 우스운 영상을 보거나 뉴스를 찾아봤다. 슈퍼문에 대한 기사는 여전히 많았다. 해가 완전히 지기 직전 연주는 망원경이 있는 곳으로 자리를 옮겼다. 어딜 가도 사람들이 한 자리씩 차지하고 앉아 있었다. 망원경 옆에는 벤치가 죽 놓여 있었는데, 그중 하나에 익숙한 실루엣이 보였다. 엄마는 망원경과 제일 가까운 벤치에서 연주를 바라보고 있었다. 그림자가 진 탓에 엄마의 얼굴이 잘 보이지 않았다. 연주는 말을 거는 대신 한 발 떨어진 곳에 멈췄다. 먼저 입을 연 것은 엄마였다.

"여기로 올 것 같더라."

"일은?"

"관둔 지 좀 됐어. 거기 망했다."

연주는 자신이 떠난 뒤로 지난 시간들을 생각했다. 그럼 요즘은 뭘로 먹고살아? 그렇게 묻는 대신 바로 옆 벤치 끄트머리에 앉았다. 두 사람 사이에 벤치 두 개 분만큼의 공백이 생겼다. 엄마는 빈 옆자리를 물끄러미 바라보다 말했다. 왜 왔는데 얘기도 안 했니? 잠은 어디서 잤어? 엄마의 목소리는 꼭 서운한 것처럼 들렸다. 연주는 뭐라고 대답해야 할지 알 수 없었다. 엄마는 연주가 대답하지 않아도 계속 말을 이어 갔다.

"아예 내려온 거야? 잘 됐네. 그냥 여기서 알바라도 해. 그러게, 차라리 여기서 엄마 말대로 선생님 됐으면 됐잖아."

"엄마."

엄마는 연주를 바라봤다. 뭐 할 말 있냐는 표정이었다.

"나 아직 포기 안 했어."

나 내일 올라갈 거야. 표 끊어 놨어. 엄마의 얼굴이 구겨졌다. 하늘이 점점 어두워지고 있었다. 이제 곧 달을 봐야 하는데. 엄마는 돌아갈 생각도 없어 보였다. 내내 답이 없던 엄마가 다시 말했다.

"그게 너 밥 먹여 주니? 어차피 넌 못 가. 저런 덴 돈 많고 여유로운 애들이나 가는 거야. 너는 지금 너 한 몸 건사하기도 힘든데 왜 자꾸 고집을 부려? 그럼 엄마는 뭐가 돼?"

아빠와 싸우고 이혼한 엄마는 연주를 데리고 살겠다고 고집을 부렸다. 연주가 잘 커서 이혼한 아빠에게 크게 한 방 먹이고 싶다는 게 이유였다. 연주는 엄한 엄마보다 아빠와 살고 싶었지만, 선택지는 없었다. 아빠와는 간혹 만남을 이어 갔으나 그것도 고등학생이 될 때쯤엔 거의 끊겼다. 엄마는 연주가 아주 멋들어진 선생님이 됐으면 좋겠다고 말했다. 그래서 갑자기 천문학과에 가겠다고 말했을 때 연주와 엄마는 아주 크게 싸웠다. 연주는 엄마가 그렇게 소리를 지르는 것을 중학교 이후로 처음 보았다. 연주에게는 아주 오래 고민한 결과였지만, 엄마에게는 날벼락과도 같은 일이었기 때문인지도 몰랐다. 그러나 연주는 고집을 꺾지 않았다. 결국 대학에 합격했고, 집을 떠났다. 이루어진 건 아무것도 없지만…… 어느새 해가 완전히 졌다. 연주는 자리에서 일어나 망원경 앞으로 갔다. 하늘을 올려다보자 평소보다 유난히 큰 듯한 달이 눈에 들어왔다. 연주는 망원경에 눈을 대고 이리저리 각도를 맞춰 달을 렌즈에 비치게 했다. 낡은 망원경은 흐릿했지만, 맨눈으로 관찰하는 것보다 훨씬 잘 보였다. 그러나 망원경으로 보아도 달은 여전히 멀었다. 평생 닿을 수 있을지조차 확신할 수 없는 곳이었다. 엄마는 연주가 계속해서 달을 구경하는 내내 아무것도 하지 않았다. 하늘을 바라보지도 않았고 연주에게 말을 걸지도 않았다. 몇 분이 지나고 연주는 망원경에서 눈을 뗐다. 엄마는 그제야 말했다.

"다시 생각해 봐. 오늘은 집에 와서 자고. 아직 안 늦었어. 지금부터 준비해도 충분히 선생님 할 수 있다더라. 연주 넌 똑똑하니까 금방 다시 배울 거야."

연주는 엄마에게 뭐라고 말해야 할지 생각했다. 내가 엄마랑 무슨 상관이야? 하지만 엄마가 연주를 혼자 키워 왔음은 연주도 잘 알고 있었다. 어떤 말을 해도 통하지 않을 것 같았다. 엄마와의 대화는 늘 그런 식이었다. 연주의 의견은 중요하지 않은 것처럼 엄마가 하고 싶은 말만 했다. 그러면 연주가 따라 줄 거라고 믿는 것 같았다. 가끔 연주는 엄마가 정말 사람이 맞는지 의심스러웠다. 사실 외계인인 게 아닐까. 그래서 이렇게까지 말이 통하지 않는 게 아닐까. 외계인이 지구에서 사용하는 말을, 그것도 한국어를 할 리는 없으니까……. 연주가 아무 말도 하지 않자 엄마가 한숨을 푹 쉬었다. 그리고 먼저 자리를 떠났다. 연주는 멀어지는 엄마를 바라보다 하늘로 시선을 돌렸다. 망원경 바깥에서 보니 달은 더 작아 보였다. 아무리 가까워져도 이 정도 거리였다.

연주는 어제 묵었던 모텔로 다시 돌아가 하룻밤을 더 잤다. 침대에 누워서 휴대폰으로 찍었던 달 사진을 계속 돌려 봤다. 외계인이 있다는 말을 믿을 나이가 지났다는 것쯤은 알았다. 이미 달에 도달한 사람은 많았다. 인터넷에는 달에서 찍은 달 표면 사진이 아무렇게나 돌아다녔고, 달을 넘어 화성으로 가고자 하는 사람도 나오고 있었다. 연주는 아직 늦지 않았다고 말하는 엄마를 떠올렸다. 아직 안 늦었어. 뭐가? 연주가 마음속으로 되물었다. 선생님이 되는 것도 아직 늦지 않았다면, 달에 가는 것도 아직 괜찮지 않을까? 연주가 집으로 돌아가는 열차를 예매한 뒤 폰을 껐다.

아직 갈 길은 멀지만, 완전히 도달할 수 없는 곳이라고는 생각하지 않았다. 아직 늦지 않았어. 엄마는 바라지 않은 바이겠지만, 이상하게도 그 말이 위로가 되었다. 연주는 올라가서 203호에게 말을 걸어 보기로 결심했다. 달에 갈 수는 없어도 외계인과 이야기해 볼 수는 있다. 그렇게 계속 나아가다 보면, 언젠가는 엄마와도 말할 수 있을지도 모른다. 연주가 눈을 감았다. 아직은 늦지 않았다. 이어폰을 꽂지 않았는데도 꼭 우주에 있는 것 같은 기분이 들었다.

53 95 16 8 R R 39

두루중학교 3
배윤희

지난 며칠간의 노력이 무색하게 오늘도 꿈을 꿨다. 너무나도 생생한 H에 대한 꿈을. 무슨 내용이었냐면…… 아니다, 생각하지 말자. 일부러 이불 속에서 다른 생각을 하다 시간을 확인하곤 벌떡 일어나 집을 나섰다.

벌써 3월 마지막 주에 들어섰다. 며칠 내내 내리던 봄비와 길마다 고여 있던 물웅덩이들은 거짓말처럼 사라지고, 햇볕이 따사로운 날씨였다. 반면 바람은 아직도 차갑게 불어왔다. 얼굴에 맺힌 땀이 바로 차가워져 감기 걸리기 딱 좋아 보였다. 여전히 10월에 머물러 있는 내 마음의 형상화 같기도 했다. 다시 생각이 뭉게뭉게 떠오르기 시작해서 나는 이어폰을 꽂고 방학 동안 찾아 놓은 노래 중 아무거나 골라 재생했다. 3분이라는 짧은 시간 안에 이야기를 무리하게 쑤셔 넣은 노래였다. 정신없는 음악에 휩쓸리다 보면 어느새 학교에 도착할 수 있었다.

학교는 재미가 없었다. 나는 아직 H가 없는 학교에 적응하지 못하고 있었다. 물론 지난주까지도 친구를 사귈 기회는 많았다.

다 내가 걷어찬 것이었다. H를 만나기 전에는 그래도 사회성이라
는 게 있었던 것 같은데, 괴짜를 친구로 둬 본 사람이라면 다들 알
것이다, 그런 특이한 성격과 특징들은 전염성을 띠어서 알게 모르
게 닮아 가게 된다는 것을. 하지만 나 같은 평범한 사람이 전염된
다면, 천재성 말고 이상한 점만 닮게 되어 그냥 일상에 지장이 있
는 사람이 된다는 것을. 나는 한숨을 내쉬며 조심스럽게 노트 사
이에 끼워 둔 메모를 꺼냈다. H가 이사하기 전에, 마지막으로 주
고 간 암호였다. 내용은 이렇다.

53 95 16 8 R R 39

나는 수업에 집중하지 못하고 쪽지를 계속 만지작거렸다. 내가
좋아하는 역사 시간이었지만, 오늘은 듣고 싶지 않았다. H는 과학
을 좋아했는데.

H는 과학, 그중에서도 화학에 관심이 많은 전형적인 창작물 속
과학자의 이미지였다. 괴짜라 부르기에 전혀 부족함이 없다. H는
감정을 표현하는 일도 거의 없었다. 드물게 말을 꺼낼 때면 구름
의 모양에 관한 이야기, 혹은 나무에 앉은 저 새의 이름과 특성,
이런 뜬금없는 이야기만 했다. 그러니 당연히 주변에서는 좋게 봐
주지 않고 반쯤 정신병자 취급을 받았다. 나랑 알게 된 계기도 정
말 이상했다. 작년 학기 초, 딱 지금 같은 변덕스러운 날씨이던 때
에 과학 시간에는 원소에 대해 배웠다. 나는 통 이해가 가지 않아
서 수업 시간마다 엉뚱한 질문을 했는데, 그걸 보다 못한 H가 종
이 치자마자 거의 화를 내듯이 나에게 다가와 점심시간 내내 열강
을 펼쳤다.

나도 그러는 그 애를 절대 좋게 생각할 수가 없었다. 심지어, 저 한 번으로 끝낸 것이 아니라 그 뒤로도 내가 제대로 이해했는지 확인하러 계속 찾아왔다. 당연하게도 나는 전에 흘려들은 이야기도 이해하지 못한 상태였고, 똑같은 얘기를 다시 들어야만 했다. 결국, 그 짓을 4일간 지속하던 나는 노력을 포기하기로 했다. 계속 쫓아다니는 H를 떼어 내기 위해서라도 어쩔 수 없었다. 강하게 관심이 없고, 앞으로도 없을 것이라는 의사를 내비치면 쟤도 기운이 빠져 그만두겠지 하는 생각이었다. 그렇게 그날, 평소와 같이 나에게 말을 거는 H에게 너무 어려워서 더는 알기 싫다, 어차피 계속 생각해 봐도 모르겠는데 더 노력하는 건 의미 없어 보인다, 그러니 더 가르치려 들지 말라, 정도로 세게 말을 했다. 그러나 내가 예상한 반응과는 한참 동떨어진 답변이 돌아왔다.

"네 말은 지금, 이해하려고 노력하고 있는 상태랑 포기한 상태가 같다는 거야? 그럴 리가. 네가 느끼지 못할 뿐이지 분명 감을 잡고 있을 거야. 내가 봤을 때 넌 머리가 나쁜 편도 아닌 것 같은데. 그러니까 헛소리 말고 계속 이해하려고 노력해."

그 뒤로 H에게 조금씩 호기심이 생겼다. 신기하게도 알면 알수록 나와는 너무 다른 사람이었다. 거의 모든 부분에서 차이가 있었는데, 예컨대, 나는 머리를 쓰는 복잡한 게임은 안 좋아한다. 쉬는 게 쉬는 것 같지가 않으니까. 하지만 H는 쉬는 시간이면 스도쿠 책을 꺼내 풀 정도로 그런 것들을 즐겼다.

어느 날, 나는 점심시간에 늘 앉던 자리에서 일어나 H의 앞에 앉았다. 새 학기가 되고, 같이 밥 먹을 친구가 없는 것이 두려워 억지로 친한 척하는 아이들끼리 모인 자리였다. 벗어나니 기분이 한결 가벼워졌다. H는 자기 앞에 식판을 내려놓은 나를 한번 보더니 별말은 하지 않고 다시 밥을 먹었다. "뭐해?" 내가 괜히 먼저 말을 걸었다. "밥 먹어." H는 무심하게 대답했다. 얘는 정말 과학 말고는 아무 관심이 없구나. 아까보다 분위기가 한층 더 어색해졌다. 나는 무안함에 손댈 마음이 없던 반찬을 이리저리 헤집다가 다시 입을 열었다. "나 심심해." 이번에는 좀 더 대화가 이어지길 바라는 마음이 담긴 말이었다. 이번에는 슬쩍 고개를 들어 나를 보는가 싶더니, 돌아온 대답은 또 "밥 먹어."였다. 그렇게 한참을 말없이 어색한 식사를 하고 있는데, 불쑥 내 앞으로 냅킨 한 장이 내밀어졌다. H의 손이었다. 간단한 암호를 냈으니 심심하면 풀어 보라고 했다. 얼떨떨하게 그걸 받아 들자마자 H는 자리에서 일어나 나가 버렸다.

냅킨에는 이렇게 적혀 있었다.

19 5 15 25 21 14

이건 또 무슨 말이야? 나는 이렇게 창의력이나 틀에 박히지 않은 사고를 필요로 하는 것들에는 정말 재능이 없었고 결국 그 휴지 조각을 하루 종일 들여다봤는데도 답을 찾지 못했다. 한 번도 해 본 적이 없는 것이라 어디서부터 손을 대야 할지 감이 오지 않기도 했고. 그래도, 나름대로 풀어 보려는 시도는 했다. 가능한 사칙연산은 다 해 보고, 저 날짜들에 무언가 있는 건가 해서 달력을 들여다보기도 하고, 시계 분침은 아닐까 하고 직접 시계를 그려서 풀어 보기까지 했다. 하지만 이런 식으로 도출해 낸 결론들은 또 다른 배열의 숫자일 뿐, 속에 의미가 담겨 있는 무언가가 나오지 않았다.

결국, 다음 날 H에게 정답을 물어보았다. 좀 더 생각해 보라는 답이 돌아오긴 했지만, 이때쯤부터 나는 대처하는 법을 깨달았다. 답이 궁금해서 과학 수업도 제대로 못 듣겠으니 제발 그냥 말해 달라고 하자, H는 그건 곤란하다는 표정으로 2초 정도 갈등하더니 어쩔 수 없지, 하고 바로 답을 알려 줬다.

답은 의외로 간단했다. 각 숫자에 대응하는 알파벳을 넣으면 되는 것이었다. 1은 A, 2는 B, 3은 C…… 이런 식으로. 그렇게 하면 내 이름이 나왔다. SEOYUN. 고민하는 과정은 머리 아프긴 했지만, 정답이 퍼즐처럼 맞춰지는 것이 생각보다 재밌었다. 무엇보다 놀라운 것은 H가 내 이름을 알고 있다는 사실이었다. 과학 말고는 아무 관심이 없는 그 H가. 그 뒤로 나는 H와 어울려 다니며 종종 그 애에게 암호를 받아 풀었다.

하지만 H는 친해지고 나서도 사담이라 부를 법한 걸 잘 하지 않았다. 과학 얘기, 학교 일정을 묻는 말, 암호를 내 주는 것. 그 정도가 먼저 꺼내는 말 전부였다. 내가 먼저 물으면 그제야 조금씩 말을 해 줬고, 그마저도 대부분 시큰둥해 보였다. 이런 행동의 이유에 관해 물으니 답은 간결하고 확실했지만 납득은 어려웠다. H는 그냥 사적인 얘기는 중요하지 않은 것 같아 자신이 하는 것도, 남이 하는 것을 듣는 것도 안 좋아한다고 했다. 나는 덤덤하게 그런 이야기를 하는 H를 보며 목덜미에 열이 오르는 것을 느꼈다. 그럼, 친구끼리는 중요한 말만 해야 한다는 건가? 오히려 실없는 소리를 주고받고, 사소한 걸 공유해야 친구인 거 아닌가?

본인이 싫다니 어쩔 수 없는 것은 알지만, 서운하긴 했다. 공유까지는 아니더라도 H가 자기 얘기를 해 줬으면 했다. 나는 H를 더 잘 알고 싶어 틈이 나면 H를 관찰했다. 그 애가 자기 이야기를 들려주지 않으니 이럴 수밖에 없었다. 그러던 어느 날 나는 H에게 좌우 강박이 있다는 사실을 발견했다. 양손잡이도 아니면서 늘 물건을 오랫동안 한 손에 들고 있지 않고 주기적으로 번갈아 가며 들었고, 실수로 벽을 치고 지나갔다면 다시 돌아가 반대 손으로 치고 오는 것이었다. 펜을 눌러서 펜촉을 나오게 할 때는 양손 엄지를 같이 쓰거나, 누르는 부분을 책상에 내리쳐서 해결했다. 이런 식으로, 관찰하며 작은 버릇 같은 것들을 하나씩 발견해 갔다. 하지만 그러고 있다 보면 뭔가 잘못을 저지르는 것 같아서, 기왕이면 이런 것쯤 내게 직접 말해 주면 안 되나? 우리가 그만큼 친한 게 아닌가? 하는 생각이 들었다.

그러는 중에도 시간은 흐르고 5월 초, 중간고사 성적표가 나왔다. 나는 나름 만족했다. 그 사이에서 과학 성적만 2배 가까이 올라 있었기 때문이다. 역사를 비롯한 다른 과목들은 조금씩 떨어지긴 했지만, 상관없었다. 그렇게 많은 차이가 나는 것도 아니고, 과학 성적 칸에 살면서 처음 받아 보는 숫자가 찍혀 있으니 전체적으로 괜찮은 결과라 생각했다. 하지만 불행히도 내 생각이 어쨌든, 엄마는 그렇지 않았나 보다. 엄마에게 학교에서 나눠 준 봉투를 건네고 놀라기를 기다렸는데, 놀라게 되는 건 나였다. 예상한 것과는 다르게 화를 내기 시작한 것이다. 당황해서 가만히 듣다가, 듣다 보니 억울해서 반박하기 시작했고, 그러면 또 다른 호통이 돌아왔다. 그런 식으로 몇 번 반복하다 보니 어느새 방에 있던 동생과 아빠까지 나와서 나를 탓하고 있었고, 그대로 며칠간 냉전 상태에 빠졌다.

그 며칠 동안 나는 학교에서도 기분이 좋지 않은 것을 잔뜩 티내고 다녔다. 밥도 먹으러 가지 않았고, 수업도 듣는 둥 마는 둥 하고, 남는 시간에는 잠이 안 와도 일단 엎드려 있었다. H는 이틀 정도는 그냥 지켜만 보더니, 사흘째가 되자 먼저 말을 걸어오긴 했다. 왜 밥 안 먹어? H가 물었다. 그냥 요즘 피곤하다고 힘없이 대답하는데, H는 더 묻지 않고 고개를 끄덕이더니 급식실로 향했다. 그러다가 교실 문을 나서며 덧붙였다. "적절한 탄수화물을 섭취하지 않으면 두뇌 활동이 떨어져." 배가 고픈 와중에도 화가 치밀어 몸을 일으켰으나 H는 이미 사라진 뒤였다.

학교에서 그러는 동안 집안 문제는 서서히 나아지고 있었다. 하지만 난 어째서인지 학교에서의 태도를 고치고 싶은 생각이 들지 않았다. 쓸데없는 오기가 생긴 것이었다. 기분이 좋지 않냐는 질문과 관심을 받겠다는 고집이. 지금 돌이켜 보면 대체 뭘 기대하고 이런 건지 모르겠지만 어쨌든, 당시의 나는 학교에만 가면 괜히 한숨도 쉬어 보고, 표정을 일부러 구겨 가며 매일매일 원하는 질문이 나올 때까지 기다려 보기로 했다. 또 삼 일이 지나자 마침내, H가 다시 내 앞에 왔다. 그리고 질문 조의 말을 꺼냈다. 오늘이 수학 수행평가가 있는 날이었냐고.

순간 짜증이 솟구쳤다. 친구 상태가 며칠째 이런데 한두 번 물어보고 끝내고, 누가 봐도 진심으로 답한 게 아니었던 말을 그대로 믿는다고? 자기는 내가 몇 번씩 같은 질문을 해도 알려 주기 싫다거나 대충 답해서 넘긴 적이 수도 없이 많으면서 내가 한 번 튕기는 건 이렇게 대한다고? 나는 그것 때문에 스스로 더 노력해서 이해하고 알아 가려 하는 데 힘썼는데? 평소에 쌓여 있던 불만들이 한꺼번에 터져 나왔다. 수많은 과학 공식, H가 주는 복잡한 수수께끼들보다 지금 내게는 H라는 한 사람이 더 이해하기 어려웠다. 결국, 이 생각들은 전부 내 머리를 스치는 동시에 말이 되어서 입 밖으로 나왔고, 지금껏 본 H의 표정 중 가장 감정이 잘 드러나는 표정을 볼 수 있었다. 그리고 그게 아마 서로를 제대로 마주 봤던 마지막 순간일 것이다.

혼자서 지내는 학교생활은 별로였다. 전처럼 나와 같은 사람들과 어울리는 게 쉽지 않았고, 과학 성적은 급격한 하향 곡선을 그리며 원상 복구되었다. 다른 과목 성적은 복구되지 않았는데, 억울했다.

H는 그날 이후로 어느 때보다 자주 내 주변에 서성거렸지만, 말은 걸지 못했다. 내 표정을 살피고 이내 시야에서 사라지는 것이 전부였다. 나는 그걸 의식하며 마음이 좀 흔들리다가도, 아직도 내가 왜 화가 났는지는 전혀 모를 거라는 생각을 다시 하면 금세 생각이 돌아왔다. 당연히 연락도 없었다. 그래도 직접 말하는 것보단 부담이 덜 해서 한 번은 오지 않을까 싶었는데, 그러지 않으니 또 복잡한 감정이 들었다. 이유를 나름대로 추론해 보니 그것도 쉽지 않은 듯했다. 대화창에 들어가면 마지막으로 나눴던 대화 내용이 보이며 무슨 말을 하려 했는지 모두 잊히고, 그 밑으로 어색한 대화가 오고 가는 것을 보고 싶지 않은 마음이었던 것 아닐까? 일단 나는 그랬는데.

언제까지 삐져 있을 수는 없으니까. 그리고, 자연스럽게 부정적인 감정이 다 사라지고 돌아가고 싶다는 생각이 들기 시작했으니까. 나는 일이 얼마나 심각해졌는지를 뒤늦게 깨닫고 몇 주나 방치되어 온 H와의 관계를 회복해 보려 노력했다. 사실 노력이라 하기엔 실행한 게 없으니 좀 부적절하고…… 그냥 생각했다. 말을 걸려고 해도, 연락을 해 보려고 해도 아까 말한 이유로 인해 좀처럼 계획한 대로 실행할 수가 없었다. 그렇게 우리는 서로 모르는 체를 하며 시간을 흘려보냈다.

그러다 1학기가 끝날 무렵의 어느 조회 시간에 H는 교탁 앞에 서더니 오늘을 마지막으로 전학을 할 것이라 발표를 했다. 나는 차라리 잘됐다고 못된 마음을 가져 보려 했고, 성공했으며, 마지막 교시까지 잘 유지했다. 하지만 가방을 싸고 집으로 가려던 내 앞을 H가 막아서더니, 작은 종잇조각 하나를 주고 도망쳐 버렸다. 마치 우리가 처음 친해졌을 때처럼 나는 멀어져 가는 H의 뒷모습을 한참 동안 지켜봤다. 그게 지금 만지작거리고 있는 이 쪽지다.

아까도 말했지만 나는 암호 같은 걸 푸는 데에는 재주가 없다. 그나마 지금까지 해 봤던 모든 방법을 동원해 알파벳, 한글, 모스부호, 기타 등등을 시도해 봤지만, 어느 것도 맞지 않았다. 결국, 이렇게 만지작거리기만 반년째다. 이쯤이면 포기할 법도 했지만, 차마 미련을 버릴 수가 없었다. 뭔가, 저 속에 숨겨진 말을 찾아낸다면 우리 사이가 나아질 것 같다는 근거 없는 확신이 들었다. 저 걸 풀어내면 그대로 연락을 하고, 서로 사과하고, 다시 예전처럼 지낼 수 있을 것 같다는 생각이 들었다. 그렇게만 된다면 다시 재밌게 지낼 수 있을 것이고, 또…….

"서윤아? 뭐 보는 거니?"

나는 놀라서 거의 발작을 일으켰다. 그렇게 내 손에서 벗어나 팔랑이며 떨어지던 종이는 날 부른 역사 선생님의 손에 낚아채졌다. 이게 대체 뭐야, 하고 중얼거리던 선생님은 이내 입가에 미소를 띠더니 그 작은 종이로 어떻게든 종이비행기를 접기 시작했다. 나는 너무 놀라 굳어 버려서 아무것도 할 수가 없었다. 비행기라 하기도 어려운 무언가가 된 그 쪽지를 가지고 선생님은 창가로 다가가, 아직도 매서운 3월의 바람에 그걸 날려 버렸다. 나는 조금 이르게 핀 벚꽃잎 사이에 섞여 힘없이 추락하는 내 암호와 아무 일도 없었다는 듯 능청스럽게 신석기시대의 사료들에 관해 설명하는 선생님을 번갈아 보았다.

나머지 수업 시간이 어떻게 지나갔는지도 모르겠다. 나는 계속해서 시계 쪽을 돌아보다가 한 번 더 이름이 불려서 발작을 일으켰다. 결국, 고개를 떨구고 책상만 쳐다보다가, 종이 울리는 소리가 들리자마자 밖으로 뛰쳐나가 종이가 떨어졌을 만한 곳을 살살이 뒤졌다. 수풀을 한 번 털 때마다 물방울이 후드득 떨어졌다. 빠르게 찾아야 할 텐데.

마음이 급해서 그런지 오히려 잡생각이 많아지기 시작했다. 지금까지 몰랐던 사실인데, 화단에는 쓰레기가 정말 많았다. 대체 어쩌다 이곳에 도착하게 된 건지 모르겠는 슬리퍼들과 캔, 페트병, 그리고 쪽지와 비슷하게 생긴 종잇조각들. 그 사이에 손을 휘젓고 있는 나. 이것들은 다 누군가에게 버려져서 여기에 도착한 거겠지? 그 더러운 곳을 헤집는 동안 나는 조금 서글퍼졌다. H도 나를 이 학교에 버려 두고 혼자 떠나 버렸는데.

이런 고민은 수업 종이 치는 것과 동시에 흩어져 버렸다. 그리고, 나는 내 쪽지로 추정되는 것을 발견했다. 약간 바랜 색의 종이에, 남아 있는 연필 자국, 젖은 부분이 얼마 안 되는 것이 멀리서 봐도 내 것이라는 느낌이 왔다. 나는 서둘러서 쪽지를 주운 뒤 다시 교실로 돌아갔다.

숨을 헐떡이며 의자에 앉아 종이를 펼쳐 상태를 확인한 나는 힘이 쭉 빠졌다. 하필이면 물기가 딱 글자가 쓰여 있던 곳에만 묻어 펜 잉크가 형태를 알아볼 수 없게 다 번졌기 때문이다. 나는 급하게 다른 종이를 꺼내 그나마 추론할 수 있는 부분과 기억이 나는 부분을 옮겨 적어 봤지만 딱 봐도 몇 글자가 부족해 보였다. 그걸 생각해 내려고 계속 흐릿한 글씨를 들여다보고 있으니 떠오르기는커녕 확실하게 알고 있던 것까지 헷갈리기 시작했다. R이 두 개였나? 숫자가 두 개였던가? 아니면 둘 다였나? 5개월 동안 지겹게 들여다봤는데 이렇게 쉽게 잊히다니, 허무하고 슬퍼서 나는 그대로 책상 위로 엎어졌다.

이 기분으로는 다시 일어나서 제대로 수업에 참여하는 척을 할 자신이 없었다. 가능하다면 오늘은 이대로 쭉 책상만 보고 있어야 할 것 같았다. 하지만 이건 내 사정이고, 별다른 설명 없이 선생님들이 알아줄 리는 없었다. 나는 최대한 무시하며 엎드려 있으려 했지만, 점점 화가 나는 것이 느껴지는 나를 부르는 목소리와 흔드는 손에 마지못해 몸을 일으켰다. 그대로 정신없이 앉아 있었더니 의외로 금방 종이 쳤다. 그와 동시에 다른 아이들은 교과서와 필통을 챙겨 어수선하게 밖으로 나가기 시작했다. 칠판으로 고개를 틀어 보니 오른쪽 모서리에 이렇게 적혀 있었다. 6교시, 과학실 1로 이동.

느릿느릿 과학실로 이동해 문을 열어 보니 역시나 두 개씩 모여 있는 2인용 책상과 친구들끼리 자리를 잡아 떠들고 있는 아이들의 모습이 보였다. 그대로 다시 문을 닫고 나와 밖을 서성이다 종이 치고 좀 지나고 나서야 들어가 남은 자리에 앉았다. 아직 이름도 못 외운 아이들은 나를 힐끔 보더니 바로 하던 대화를 마저 했다. 나는 수업을 제대로 들어 보려 했지만, 하필 맨 뒷자리라 잘 보이지도 않고, 그렇게 열중해서 겨우 보고 들은 내용도 이해가 되지 않아 확 짜증이 났다. 그렇게 10분도 안 되어서 포기를 하고 괜히 교과서를 뒤적이거나 낙서를 하다가 문득 기지개를 켜는데, 교실 오른쪽, 그러니까 나에게는 바로 정면으로 보이는 창문에 무언가가 잔뜩 적혀 있는 것을 보았다. 과학과 관련된 일화들과 수업 시간에 배우는 공식 등, 과학 관련된 잡다한 지식이 몇 개 프린트되어 창문과 일체로 딱 붙어 있었다.

저것도 재미는 없겠지만 교과서보다는 나아 보여 차례로 쭉 읽어 보았다. 사진이 없던 시절 사람이라 초상화, 또는 당시에 만들어진 얼굴 조각상 사진 옆에 설명이 쓰인 과학자들부터 컬러 사진이 있는 1960년대생 대학교수의 이야기까지 다 읽으니 작년에 배운 속력 공식, 올해 배운다는 에너지 공식 등의 계산식들이 나왔고 마지막으로 가장 구석에 주기율표가 있었다.

작년 시험엔 20번까지만 나온다 해서 볼 일이 전혀 없던 뒷부분을 읽으니 신기하고 새로웠다. 사실 20번 앞에도 처음 보는 듯한 건 있었지만, 아무튼, 나는 계속해서 읽어 나갔다. 그러다 나는 95번에서 멈칫했다. Am? 영어 단어 같이 생겼네. 앞쪽에 I도 있었는데, 그래, 53번. 이걸로 문장을 만들 수도 있지 않을까…….

53 95? I Am? 머릿속에 무언가 떠오르는 게 있었다. 나는 아까 썼던 노트를 꺼내 잊어버린 쪽지의 내용이 뭐였는지 추리해 보려 했던 흔적들을 따라갔다. 자신 있게 처음에 써 두었다가 뒤늦게

줄을 긋고 물음표 표시를 해 둔 53과 95가 있었다. I, Am, 그리고 R 두 개……. 나는 표와 종이를 번갈아 보며 문장을 완성했다.

53 95 16 8 R R 39
I Am SORRY

학교에서 남은 시간은 H에게 어떻게 연락할까에 대한 고민을 하는 데에 썼다. 전화는 둘 다 좋아하지 않아서 문자로 보내야 할 텐데, 이제는 이게 가장 큰 문제였다. 대뜸 반년 만에 연락할 때는 뭐라고 보내야 할지 알 길이 없었다. 뭘 보내도 어색함을 피할 수는 없어 보였다. 아무 일도 없었다는 듯 예전 같은 말투로 근황을 묻는 말을 보내는 것도 이상하고, 그렇다고 장문의 편지를 보내는 건 더 별로일 것 같았다. 그렇게 고민만 하다가 집에 갈 시간이 되어 일단 집으로 돌아갔다. 햇빛은 구름에 살짝 가려 아침보다 덜했고, 바람도 잠잠해져 적당하게 뒤에서부터 불어왔다. 노래는 듣지 않았다.

방에 돌아와 책상에 앉았다. 쪽지를 잃어버린 후부터 급격히 일을 많이 한 노트와 평소 잘 안 쓰는 알록달록한 색깔 펜들을 꺼내 고심 끝에 몇 가지 후보들을 정리해서 적어 봤다. 그러나 적어 둔 것을 한 번 읽어 보려 하니 차마 끝까지 볼 수가 없었다. 너무 구구절절해 보이고, 뜬금없고, 또……. 그냥 창피했다. 진솔하게 구는 게 이렇게 어려운 줄은 몰랐는데. 이기적이고 터무니없는 바람이라는 걸 알긴 하지만, 내가 아무 말 없이 가만히 있어도 내 뜻을 알아차려 주면 좋겠다는 생각이 들었다.

하지만 얼마 뒤, 이 문제도 의외로 쉽게 풀렸다. 노트를 의미 없이 앞뒤로 뒤적거리다가 내가 받았던 암호를 풀어 놓은 페이지가 눈에 들어오자 문득 이런 생각이 스쳤다. H도 어쩌면 이런 마음이어서 하고픈 말을 암호로밖에 표현하지 못했던 것 아닐까? 그렇다면 나도 그렇게 하면 되겠네. 물론 내 방식을 찾아서. 나는 책상 구석에서 작년 교과서들을 꺼내 오랜 고민 끝에 적절한 문장들을 골라냈고, 또 내 말로 바꾸거나 여럿을 하나로 합치는 등의 정제하는 과정을 거쳤다. 그렇게 모아 두면 두 단락은 되었을 것을 의미만 간결하게 담아 두 문장으로 압축시키는 데에 성공했다. 그리고 용기를 내 어느새 저 밑으로 내려가 버린 H와의 대화창을 찾아내 암호를 보냈다. 곧장 1 표시가 사라졌다.

가위 반납 여정

두루중학교 3
배윤희

주머니 속에 가득 찬 물건들이 버스가 덜컹거릴 때마다 부딪히며 소리를 냈다. 오른쪽 주머니에는 스마트폰, 무선 이어폰, 내릴 때 바로 찍기 위해 미리 꺼내 둔 교통 카드가 들어 있었고, 왼쪽에는 지갑과 립밤, 그리고 문제의 가위가 있었다.

어제, 그러니까 금요일에, 학교에서 종이로 뒤 칠판에 붙일 장식을 만들었다. 곧 있을 축제를 위해서였다. 역할을 분배할 때, 나는 가위질을 잘하니 완성된 그림을 자르라는 지시를 받았다. 하지만 나에겐 가위가 없었고, 나한테 역할을 정해 준 반장 역시도 그랬다. 다른 아이들 몇몇에게도 물어봤지만 다들 없는 눈치였다. 그래서 미술실에 올라가 가져오려고 문을 열었는데, 누군가가 뒤에서 날 붙잡았다. 민서였다. 민서는 나한테 자기 가위를 들이밀며 이거 써, 라고 말한 뒤 자기 자리로 돌아가 색연필을 집었다. 거의 두 달 만에 먼저 말을 건 것이라 놀란 나는 잠시 멍하니 있다가, 반장이 받았으면 빨리 시작하라고 짜증 내는 소리에 정신이 들어 돌아갔다.

그날은 하루 종일 준비를 하다 종례 시간이 되어서야 모두들

급하게 뒷정리를 한 뒤에 집에 돌아갔다. 그래서 나는 빨리 집에 가기 위해, 아무 생각 없이 가위를 내 필통에 넣고 집으로 와 버렸다. 그 사실을 까맣게 잊은 채 남은 하루를 보냈다. 그리고 오늘 아침, 민서에게 온 연락을 보고 기억났다. 문자는 한 세 달 만에 하는 것이었다. 내용은 간결했다. '내 가위 돌려줘.'라고 와 있었다. 난 필통에서 가위를 꺼내 확인하며 뭐라고 답할지 고민했다. 돌려주기 귀찮았기 때문이다. 민서 집은 내가 기억하기로는 꽤 멀다. 그렇다고 걔가 우리 집까지 받으러 올지도 모르겠고, 또 그건 그거대로 싫었다. 난 잠시 생각을 더 하다가 '미안, 월요일에 주면 안 될까?'라고 보냈다. 그리고 그 사실을 다시 잊은 채 침대에 누워 더 잤다.

일어나 보니 11시쯤이었다. 문자가 여러 개 와 있었다. 통신사 안내, 친구들이 보낸 잡담, 택배 배송 예정 문자……, 그 사이에 민서가 보낸 답장이 끼어 있었다. 별생각 없이 그걸 확인한 나는 어이가 없어 잠시 멈춰 있었다.

'우리 집에 가위 그거 하나밖에 없어. 오늘 중으로 돌려줘. 내가 제일 좋아하는 동물 앞으로 와.'

이게 무슨 소리야? 헛웃음이 절로 나왔다. 하지만 이내 납득했다. 그래, 원래 이런 애였지. 몇 달 전까지만 해도 이런 일이 일상이었다. 말도 안 되는 걸 구실로 만나는 것. 이게 그 애가 당일 약속을 만드는 방법이었다. 나는 일어나서 나갈 준비를 했다.

민서는 좋아하는 동물을 물었을 때마다 딱히 없다고 답했다. 하지만 다른 아이가 수학 수행평가로 통계를 내는 거라 아무거나 답하라 했을 때 대답하는 걸 옆에서 들은 적이 있었다. 한참을 고민하다 나온 답은 예상 못 한, 특이한 동물이었다. 그냥 강아지나고양이 중 답할 것이라고 생각하던 나는 의외의 답변에 놀랐었다. 그런데 문제는, 그게 무엇이었는지 정확히 기억이 나지 않는다. 그저 그 동물이 특이했다는 점만 기억났다.

거의 30분을 고민했다. 그게 뭐였을까? 그 동물 앞에서 기다리 겠다는 건 어떻게든 볼 수는 있는 것일 텐데. 그러면서 보통 좋아 하는 동물을 물었을 때 나올 법한 것이 아니어야 한다. 쉽게 생각 이 나지 않아 답답했고, 의문이 커져 갈수록 괜히 더 궁금해졌다.

결국 그 동물이 무엇이었는지 떠올리지 못했다. 하지만 대신, 나름의 추리로 장소를 알아내는 것에 성공했다. 버스로 한 시간 거리인 놀이공원이었다. 그 안에 작게 동물원이 있다. 특이하지만 실제로 볼 수 있는 동물은 아마 거기 말곤 없을 것이다. 나는 오른 쪽 주머니에서 교통 카드를 꺼냈다. 그리고 하차 벨을 누른 뒤 카 드를 찍고 버스에서 내렸다. 도착했다.

날이 꽤 추워져서인지 사람은 많지 않았다. 이런 날씨에도 동 물들이 밖에 있나? 설마 다른 곳을 말한 건 아니었겠지? 걱정을 하며 안으로 들어갔다.

막상 안에 들어와 보니 동물들은 다 나와 있는 것 같았다. 나는 동물 한 번, 사람 한 번 번갈아 훑어보며 민서를 찾았다. 하지만 바깥쪽 울타리 한 바퀴를 다 돌아도 찾을 수 없었다. 그럼 저기에 있는 건가? 아직 안 가 본 곳은 사람들이 잔뜩 몰려 있는, 터널처 럼 되어 있는 공간밖에 없었다. 발걸음을 그쪽으로 옮겼다.

터널 안쪽에는 유리 벽 하나를 사이에 두고 동물들이 있었다. 나는 사람들 틈을 비집고 들어갔다. 그러다, 민서와 눈이 마주쳤 다. 아예 유리 너머의 동물에는 관심도 없이 눈으로 나를 쫓고 있 었던 것 같다. 서둘러 그쪽으로 갔다. 왼쪽 주머니에서 가위를 꺼냈다.

"왜 이렇게 늦었어? 벌써 거의 5시야. 여기서 몇 시간 기다렸는지 알아?"

민서가 뻔뻔하게 대답했다. 그럴 시간하고 여기 올 돈이 있으면 그냥 가위를 더 사지 그랬어, 라고 대답하며 가위를 건네줬다. 그리고 옆을 봤다. 캥거루가 있었다.

"너는 대체 왜 캥거루가 좋다는 거야?"

"음, 그냥. 따뜻해 보이잖아."

"저게 따뜻해 보인다고? 털이 복실하거나 그러지 않는데?"

"아니, 새끼를 늘 데리고 다니는 게, 마음이 따뜻해진다는 소리지."

그렇구나. 그렇게 말하면서 우리는 어느새 같이 걷고 있었다. 바깥쪽 울타리를 세 번도 넘게 돌았다. 민서가 하는 실없는 소리를 들으면서. 그리고 해가 질 때가 되어서야 동물원에서 나왔다. 나오면서 민서가 말했다.

"오늘이 동물원 개장 마지막이래. 날씨가 추워져서 내일부터 한동안 쉰다더라. 아, 그리고 불꽃놀이도 곧 할 건데. 보고 갈 거지?"

"그냥 나랑 오늘 오고 싶었던 거야?"

"당연하지. 가위 까먹어 줘서 고마워."

우리가 광장 쪽으로 가자 바로 첫 번째 불꽃이 터졌다. 나는 하늘과 내 옆을 번갈아 쳐다보았다.

피어테러

솔뫼중학교 2
류선율

　문득 그런 생각이 들었다. 시간이 좀 멈춰라, 하는. 창피한 일을 저질렀거나 시간이 부족하다거나 이 순간에 계속 머무르고 싶거나 한 것은 아니었다. 그저 내게 주어진 이 24시간이 조금 벅찼달까.

*

　딱히 계기가 있었던 것은 아니야. 그저 그날은 평소처럼 흘러간 어느 한 하루에 불과했어. 해야 할 일을 조금 남겼지만 피곤함을 이기지 못한 채, 찝찝한 상태로 침대에 누운, 그저 평범한 밤이었지. 누워서 이런저런 생각을 하다가 문득 두려움이 몰려오는 그런 밤 있잖아, 그날도 그랬어. 그런데 갑자기 알 수 없는 감정이 몰려드는 거야. 한순간 만에 그 감정에 붙잡혀 아무것도 하지 못한 채 묶여 버린 기분이었달까. 사실 두려움이랑은 조금 다른 감정이었는데, 이 감정을 표현할 수 있는 단어가 아직 세상에 없다고 느껴지더라.

그래서 내가 만들었어. 피어테러(Fear Terror). 줄여서 피러 (Ferror).

피러는 그냥 두려움과 달라. 두려움으로 시작해서 모든 감정을 거치거든. 그 감정은 끝까지 내 발목을 잡고 늘어지다가, 내가 방심한 한순간에 내 몸을 묶어 버려. 단순한 감정이 아니야. 얘는 살아 움직이거든. 피러에 감싸이면 어떤 기분이 드는지 아니? 괴로울 정도로 이 인생이 두렵다가, 갑자기 그런 생각이 들어. 시간이 멈추면 좋겠다, 하고. 아니아니, 들어 봐. 나도 알아, 나도 평소에 시간이 멈추면 좋겠다는 생각을 종종 하곤 했는걸. 그런데, 이건 좀 다르거든. 지금 순간에서 벗어나고 싶다거나 머물고 싶다거나, 시간이 부족하거나 두려운 그날이 빨리 오지 않길 바라는 그런 마음과 달라. 그냥, 좀 버겁다는 생각이 들거든. 이 24시간이, 7일이, 365일이. 아마 느껴 보지 않은 너희들은 모르겠지. 다시 어느 평범한 밤에, 나를 다시 찾아올 피러들을 두려워하며 밤이 오지 않길 바라는 나와는 다르게 말이야. 그래도 만약 네가 여기까지 읽었다면, 하나 경고해 주고 싶어. 지금 네 뒤에 보이지 않는 피러들이 있을지도 모르고, 오늘 밤 네가 침대에 누웠을 때 그들에게 당할지도 모른다고. 네가 믿지 않는다면 어쩔 수 없지. 하지만 만약에 너네도 만난다면 말이야, 방법은 하나뿐이야. 시간을 멈춰. 방법은 나도 아직 찾지 못했지만, 너네가 찾을 수 있길 바라.

오래전에 유명했던 인터넷 글이다. 아마 내가 초등학생일 때였는데, 당시 아이들에게 피러, 라는 단어가 유행처럼 번졌었다. 감정을 의미하기보다는 괴물이나 귀신이 나오는 괴담으로 각색되어 겁이 많은 친구들을 놀리는 용도로 사용되곤 했다. 그러나 모든 유행이 그렇듯, 이 단어도 순식간에 사라졌고 요즘은 가끔 유튜브 쇼츠 영상에 이거 알면 ××년생 이상임, 이거 완전 추억이잖아, 와 같은 제목들로 접할 뿐이었다. 가끔 보이면, 아 맞아 이런 게 유행했었지, 하고 생각하다가 다음 영상을 보고 잊어버리는, 그런 단어일 뿐이었다.

피어테러 기억하는 사람 있어?
우연히 눈에 띈 인터넷 게시글은 모두가 과거의 추억으로 남겨 두었던, 피러의 존재를 다시 일깨워 주었다.

혹시 한때 유행했던 피어테러 기억하니? 난 중딩 즈음에 꽤 유행했던 단어였는데, 사실 주변 친구들 통해서 몇 번 접해 본 단어였지, 크게 관심은 없었거든. 그냥 유행하는 괴담이구나, 하는 정도? 그리고 잦아질 즈음에는 정말 잊고 살았어. 그런데 말야, 최근에 나도 느꼈어, 피어테러를.
사실 느꼈다, 는 단어가 좀 어색하긴 한데, 이를 대체할 단어가 없더라. 보았다, 들었다, 는 전혀 어울리지 않은 단어인걸. 소리도, 냄새도 없이 정말 한순간에 확 덮쳐 버리거든. 예전 그 글에서는 묶여 버린 듯한 느낌이라 했었잖아, 하지만 사실 내겐 조금 달랐어. 덮쳐지는 느낌이랄까. 처음엔 가위에 눌린 건가, 하는 생각도 해 봤는데 그거랑은 차이가 있더라고. 설명하긴 힘들지만, 그 순간 진짜 괴롭더라.
또 언젠가 다시 날 찾아올지 모른다는 게 너무 두려워. 내 인생에서 이만큼 두렵고 괴로웠던 적이 있었나, 싶어. 이런 감정은 느껴 본 적 없거든. 정말, 시간이 멈추면 좋겠어. 시간을 멈춘다면 해결된다는 것, 사실 믿지 않았었는데 이젠 믿고 싶네.

인간이 이토록 추억에 약한 존재였던가. 한때 온 바다를 거느리다 잠잠한 물속으로 가라앉은 배는 다시 수면 위로 떠올랐다.

추억 속에 잠겨 있다 물 위로 오른 이야기의 파급력은 생각 이상으로 컸다. 과거와 다르게 단순한 괴담이 아닌, 믿는 사람들이 많았다고나 할까. 사실인지 단지 관심을 바라는 거짓인지는 알 수 없으나, 다시 찾아온 피러의 유행 이후로 피러를 겪어 봤다는 사람들의 이야기가 자주 들렸다. 자주 겪었지만 이것이 피러인지 몰랐다든가, 그 글을 본 날 처음 겪었다든가, 아주 어릴 적에 한 번 겪은 적 있다든가, 하며 모두 다른 이야기를 가지고 있었으나 그들은 그것이 피러임을 확신했다. 유행이 너무 크게 퍼져 버린 탓일까, 짧은 시간 안에 피러는 내 알고리즘을 차지했고 피러에 대한 고통을 호소하는 사람들도 늘어났다. 이제 피러는 단순한 감정이나 괴담이 아닌 전염병이었다.

속보입니다, 최근 들어 '피러'라는 이름의 원인 모를 질병에 괴로워하는 사람들이 늘어나고 있습니다. 정신의학과 의사 장 교수는 이 피러는 단순 수면 부족과 피로에 의한 정신쇠약 증상이라 하였으나 피러로 인한 육체적 고통까지 호소하는 사람들이 많아지며…….

피러가 뉴스에까지 등장하자, 그것은 사람들 사이에 단순 유행을 넘는 이름을 남겼다. 뉴스에서 말하는 단순 정신쇠약이니 수면 부족이니 하는 것들은 원하는 것만 듣는 사람들에게 중요치 않았다. 그들에게 중요한 것은 오직 그것이 '유행'한다는 것뿐이었달까. 네가 겪으면 곧 나도 겪는, 피러는 어느새 전염병이 되어 있었다.

야, 내가 어제 겪었다니까. 진짜야. 아, 그래 안 겪어 본 네가 뭘 알겠니. 진짜로 끔찍했다니까. 가위 눌리는 거에 배 이상이었다고. 아, 진짜야. 응응, 그래 걔가 며칠 전에 겪었다고 그랬잖아. 나도 걔한테 옮은 것 같다니까. 아아, 또 언제 다시 오려나. 한번 겪었으니까 그만 오면 좋겠는데. 그래, 너도 이제 나한테 옮는 거 아니냐?

어여, 나야, 응 그래. 아니, 글쎄 나도 이번에 그 피러한 거 있지? 오우, 진짜 괴롭긴 하더라. 그으 시간을 멈추면 끝난다 그랬나, 그냥 하는 거짓말인 줄 알았는데 말이야. 응, 나도 그랬지. 시간을 어떻게 멈추는지, 참. 응응, 그래 너도 조심하라고. 생각보다 많이 힘들더라고, 그래도 밤에 잠깐인 게 얼마나 다행인지. 나 혹시 이러다 진짜 밤마다 잠 못 자는 건 아닐까 몰라. 이게 불면증으로 취급이 되려나아.

지나가는 사람들의 전화 소리에서조차 그것의 이야기는 빠지지 않았다. 그러나 그때까지만 해도 나는 무척 바쁜 재수생이었고 이에 관심이 없었다. 내 일만으로도 바쁜 나는 이야기에 빠진 사람들을 들어줄 정도의 여유가 없었다. 피러도 그때처럼, 다시 찬찬히 추억 속에 잠들, 그저 떠도는 이야기로만 여겼었다.

*

그날도 평범하디 평범한 하루였다. 오전 10시가 되어서야 눈을 뜬 주말 아침이었고 주말인 만큼 오랜만에 아침을 챙겨 먹었다. 아침을 먹는 중에 휴대전화로 재생한 라디오에서는 뉴스가 흘러나왔다.

피러에 옮아 고통받고 힘들어하는 사람들이 많아지자, 정부에서는 단순 정신쇠약 증상으로 분류했던 피러를 3급 감염병으로 분리했습니다. 심리치료 전문가 오 박사는 전염병으로 분리될 것이 아니라 정신적인 문제로 치료해야 한다고 의견을 표출하였으나 감염병 및 생물공학 연구원 심 박사는 곧 피러가 1~2급의 더 높은 등급 감염병으로 분리될 것이라고…….

아침 식사를 마친 후, 휴대전화 속 라디오를 끄고 1인용 소파 위로 앉았다. 홀로 앉아 있는 작은 원룸 자취방은 꽤 아늑했고 난 그대로 앉은 상태로 선반 위에 올려 둔 휴대전화를 들어 올렸다. 인스타에서 연락하지 않는 친구들의 잘난 인생을 구경하다 괜히 허무해져 유튜브 앱으로 들어갔고, 알고리즘 추천 영상을 스크롤하다가 우연히 한 영상이 눈에 띄었다.

시간을 멈추는 방법.

더도 말고 덜도 말고, 요즘 다른 영상들의 비하면 단순한 제목과 섬네일이었다. 관심을 유혹하기 위해 다채로운 색상을 사용한 섬네일이나 거추장스럽거나 호기심을 유발하는 제목의 다른 영상들 사이에서 대조되어 보였다 해야 할까. 아무것도 없는 까만 섬네일을 눌러 영상을 확인했고 생각보다 별거 없는 내용이었다는 것에 놀랐다. 이토록 간단하다면 피러 때문에 괴롭다 울부짖는 그 사람들은 왜 해결하지 못한 것인가. 난 휴대전화를 덮은 채 앉은 자리에서 일어났다.

늦게 일어난 탓인지 하루는 금방 저물었고 다음 날이 되어서야 나는 잠자리에 누웠다. 정말 평범한 하루였고 나는 그저 침대에 누웠을 뿐이었다. 침대에 눕자 항상 그렇듯이 온갖 생각이 꼬리를 물며 이어졌고 나는 빨리 잠들어야 한다는 생각으로 머릿속에 흐르는 이야기들을 지우려 했을 때였다. 어디선가 몰려온 이상한 감정들이 발끝부터 시작해 찬찬히 머리끝까지 옥죄여 왔다. 보이지도 들리지도 않는 주제에 그것의 존재감은 꽤 컸고 심장이 아려 오는 듯한 기분이 들었다. 죄책감과 불안감, 두려움과 비슷한 감정이 나를 덮치더니 내 몸을 감아 버렸다. 마치 둥그렇게 몸이 말려 커다란 포장지에 꽉꽉 눌려 묶여 버린 듯했다고나, 할까. 그것은 인간보다 인간의 감정을 잘 아는 듯했다. 인간이 괴로워하는 감정이 오묘하게 섞여졌다고 해야 하나, 그것은 꽤 많은 감정을 담고 있는 듯해서 한 단어로 정의 내리기 힘들었다. 그러다 깨달았다. 아, 이게 피러구나.

피러임을 깨닫자 그런 생각이 들었다. 아, 이게 꽤 괴롭구나 하는. 곧이어 많은 감정 중 두려움이 커지더니 내가 두려운 것들이 여러 차례 머릿속을 헤집어 놓고 지나갔다. 재수해서까지 그 대학에 떨어지면 정말 길이 없는 인생, 잘난 인생을 사는 오랜 친구, 더 이상 나를 믿지 못해 주는 가족, 안쓰럽게 보는 주위 사람들, 하나하나 머릿속을 가득 채우며 두렵고 괴롭게 하더니 마지막에는 나조차 믿지 못하는 내 자신이 마지막 남은 커다란 공간을 채워 버렸다.

아, 나구나. 내가 그토록 괴로워했던 것은 나였구나. 날 믿지 못했던 건 다른 사람이 아니라 바로 나였구나. 아, 괴롭다. 버겁다. 두려운 존재가 무엇인지 알았는데, 왜인지 더 두려운 기분이 들었다. 사실 난 이미 알고 있었을지도 몰랐다, 아니 그랬을 것이다. 단지 믿고 싶지 않아서 남 탓으로 돌리기만 했던 것이었나. 두려웠다. 진실을 외면하며 도망친 내가 미웠고, 결국 마주한 진실이 무서웠다.

시간이 좀 멈추면 좋겠어.

괴로움과 두려움에 짓눌리다가 이런 생각이 들었다. 너무나 믿을 수 없지만 그러고 싶었다. 동시에, 아침에 보았던 영상이 떠올랐다. 전혀 말이 되지 않음에도, 왜인지 믿고 싶어졌달까. 한숨에 휴식도 없이 흐르는 시간이 야속했고 내겐 이가 너무 버거웠다.

영상의 내용을 다시 떠올려 보았다. 영상 속 AI 목소리는 단 두 마디의 문장으로 10초마저 채우지 못하고 영상을 끝맺었었다.

가장 괴로운 순간에, 가장 행복했던 일을 떠올리세요. 그렇다면 그 순간 시간이 멈출 것입니다.

가장 괴로운 순간? 그게 지금인 것일까. 두려움에 몸이 찬찬히 옥죄여 오는 와중에, 나는 고민했다. 내가 가장 행복했던 일, 그런 게 있었나? 어릴 적에 개울가에서 놀았던 일? 아니, 그때는 결국 열감기에 걸려 무척 아프고 힘들었던걸. 그렇다면 초등학생 때 상을 받았던 일? 그날은 친한 친구는 상을 받지 못해 마음이 안 좋았는데. 이런저런 상황을 떠올려 보다가 깨달았다. 그동안 단 한 번도 내가 행복했던 순간에 대해 생각해 보지 않았구나, 하고. 더 괴로워졌다. 내가 너무나 밉고 꽤씸해 견딜 수가 없었다. 행복한 순간보다 괴로운 순간이 더 많았던 것처럼 느껴지는 게, 나 때문이었던 것만 같아서, 괴로웠다.

피어테러에 짓눌리며 고통스럽다가 떠올랐다. 행복했던 일. 아마 그때가 아닐까. 고등학교 1학년 첫 시험을 마치고 가족들과 함께 멀리 여행을 갔던 날, 항상 바쁘단 핑계로 함께하지 못했던 지난날들을 만회하듯이 그날 정말 많이 웃었었는데. 가족들은 날 믿어 주었고 친한 친구도 항상 곁에 있어 주었으며 주변 사람들도 그저 화목한 가족으로만 보았던, 무엇보다도 내가 나를 믿었던 그때가 그리워졌다. 무엇 때문에 이렇게 변한 것일까. 피러에 의해 옥죄이고 짓눌리던 중에 오른쪽 눈가에서 뜨거운 물방울 하나가 흘렀다.

그 순간, 시간은 멈추었다.

*

납작하게 몸을 짓누르고 다리와 어깨를 옥조이던 피러가 사라졌다. 그리고 시간이 멈추었다. 모든 것이 고요했고 조용했고 평화로웠다. 아무런 일도 일어나지 않았고 아무것도 움직이지 않았다. 나도 움직이지 않았고 아무런 생각도 하지 않았으며 평온했다.
더 이상 버겁지 않았고, 괴롭지 않았다.
그토록 바라던, 시간이 멈췄다.

세 번의 죽음

병점중학교
김희원

식물에게는 세 번의 삶이 주어진다. 나도 세 번의 삶을 받은 한 식물로서 여러 경험을 해 봤다. 로즈메리도 되어 봤고 숲속의 작은 민들레, 죽음을 애도하는 국화꽃도 되어 보았다. 그로 인해 많은 것을 겪었다. 자기 자신의 죽음부터 소중한 존재의 죽음, 한 번도 본 적 없는 사람들의 죽음까지. 나는 지금 그런 죽음들을 경험하며 느꼈던 느낌들을 하나하나 설명해 보려고 한다.

로즈메리

처음 내가 눈을 뜬 곳은 어느 한 병원의 병실 창문에 놓인 화분 속이었다. 아직 나는 흙 속에 묻혀 있었기에 병실을 직접 보지는 못했지만 조금씩 들리는 의료 기기 소리와 우렁찬 아기 울음소리, 세상을 다 가진 듯한 두 남녀의 웃음소리로 여기가 새로운 생명이 태어난 병실이라는 것을 알 수 있었다. 물론 이 사실을 알게 된 것은 불과 몇 년 전이다. 그 당시에는 아무것도 몰랐기에 그저 시끄럽다고 느낀 게 다였다.

며칠 뒤, 나는 흙 속에서 나오게 되었다. 성장했다는 뿌듯함과 동시에 흙 속과는 다른 풍경과 조금 더 또렷해진 주변 소리에 새로운 세상에 온 듯한 설렘까지 밀려왔다. 풍경을 둘러보던 나는 내 앞에서 조잘조잘 이야기하고 있는 두 남녀를 발견했다. 남자는 나를 보며 이렇게 말했다.

"이 로즈메리가 앞으로 우리 민하를 지켜 줄 거야." 조그마한 아이를 안고 있는 여자가 말했다.

"로즈메리야, 앞으로 우리 민하 잘 부탁해."

그러고서는 안고 있던 아기를 내 쪽으로 기울였다. 이게 나와 민하의 첫 만남이었다.

민하가 어릴 때는 민하 엄마가 나를 돌봤지만 민하가 유치원에 들어가고 나서부터는 민하가 직접 나를 돌봐 주었다. 매일 물을 주고 햇볕을 쐬어 주며 나에게 말을 걸어 주었다.

"로즈메리라는 이름은 너무 긴 것 같아. 좀 더 짧고 귀여운 이름 없을까."

나는 대답을 들을 수 없음에도 늘 나에게 말을 걸어 주는 민하에게 고마웠다. 민하가 좋았다. 하지만 그런 민하의 말에 대답할 수 없는 나는 너무 싫었다. "메리는 어때? 귀엽지?"

나는 긍정의 표시로 온 힘을 다해 잎을 흔들어 댔다. "헉!"

민하는 내 뜻을 알아챘는지 바로 엄마에게 달려갔다.

"엄마! 메리가 내 얘기에 대답해 줬어!"

"메리가 누군데?"

"아이참! 로즈메리 말이야! 내가 메리라고 이름 지어 줬어!"

"민하가 지어 준 이름이 너무 좋아서 메리가 대답해 줬나 보네."

"아빠한테도 자랑해야지!"

이렇게 민하는 내 몸짓 하나하나에 기뻐해 줬다. 그렇기에 나는 일부러 몸을 격하게 흔들거나 춤추듯 잎을 살랑거렸다.

그럴 때마다 민하는 웃어 주었고 민하의 얼굴에서 피어나는 웃음을 보며 나도 기뻐했다. 그렇게 행복한 나날을 보내며 나와 민하는 함께 자라났다.

그렇게 몇 년 뒤, 민하는 중학교에 입학하게 되었다. 입학식에 가지 못해 아쉬운 나를 위해 민하는 집에 와서 계속 내 옆에 앉아 조잘조잘 있었던 일을 이야기했다. 나는 그런 민하를 축하해 주기 위해 몸을 열심히 흔들었다. 민하도 알았다는 듯이 생긋 웃어 주었다. 정말 따뜻한 미소였다.

몇 주 뒤, 민하는 숨을 헐떡이며 나에게 달려왔다. "메리야, 내일 내 친구가 놀러 올 거야!" 처음에는 놀랐지만 점점 서운한 마음이 들었다. "미예라는 애인데 걔가 로즈메리 잘 키우는 방법을 알려 달래!" 나는 기분이 조금 좋아졌다. 마치 내 덕분에 민하가 친구와 더 친해진 것 같았다.

며칠 뒤, 미예라는 아이가 놀러왔다.

"얘가 그 메리라는 식물이야?"

"응."

"진짜 잘 키웠다. 어떻게 하면 이렇게 잘 자라?"

미예가 물었다.

"그게……."

민하의 설명은 정말 전문가 같았다. 하루에 물을 몇 밀리리터 정도 주는 게 좋고 흙은 어떤 종류가 좋은지, 로즈메리 종류에 따라 특징은 뭔지…… 미예는 그것들을 하나하나 듣고 적느라 아주

바빴다.

계속 이야기를 하던 민하가 말했다.

"식물을 키우는 건 정말 좋은 것 같아. 언제나 내 곁에 있어 주고 다른 사람에게는 절대 말할 수 없는 것도 말할 수 있잖아."

나는 조금 뿌듯해졌다. 민하가 그렇게 느꼈다는 게 기쁘기도 했다.

"민하는 식물을 엄청 좋아하는구나."

"좋아하는 정도가 아니라 사랑하지. 그래서 나는 나중에 식물학자가 되고 싶어."

처음 들었다. 민하는 그동안 한 번도 그런 얘기를 한 적도 없었고 그렇기에 나는 아직 민하는 선택을 못 한 것이리라 생각했었다. 그런데 없는 줄 알았던 꿈이 있었던 것도 모자라 그 꿈이 나와 관련된 것이라니…… 감격 받았다.

내가 민하에게 영향을 줄 정도의 존재라는 게 자랑스럽기도 했다.

"의외다, 너한테는 식물학자보다 플로리스트나 조향사 같은 게 더 어울릴 거라 생각했는데."

"그쪽도 생각은 해 봤는데 내가 손재주가 없어서……."

"손재주도 중요하긴 하지."

미예는 동의한다는 듯 고개를 끄덕였다.

이날을 시작점으로 둘은 거의 집에서 놀았다. 미예는 일주일에 네 번 이상 놀러 왔고, 민하도 미예네 자주 놀러 갔다. 나와의 시간이 줄긴 했지만 난 민하가 좋다면 상관없었고 민하도 시간이 날 때는 꾸준히 나에게 이야기를 해 주었다. 그렇게 민하는 중학교를 졸업하고 벌써 수능을 준비하고 있었다.

민하는 자신의 목표를 위해 밤낮으로 공부했다. 그런 민하를 위해 공부에 좋다는 향을 열심히 풍겼다. 드디어 시험 날이 왔고 민하는 수능을 치러 갔다. 나는 민하 방 창문에서 조마조마해하며 민하를 기다렸다. 민하가 잘될 수 있게 기도도 하고 닿을 리 없겠지만 조금이라도 닿도록 향도 풍겼다. 이렇게 열심히 응원을 하다 보니 미래의 민하 모습은 어떨지 상상하게 되었다. 식물학자가 된 민하는 즐겨 입는 하늘색 셔츠와 검은색 면바지를 입고, 그 위에 흰 가운을 입고 있을 것이다. 긴 머리는 걸리적거리지 않도록 묶었을지도 모르고, 만약 안경을 쓴다면 뿔테 안경이 어울릴 것 같았다. 상상을 마치고 나니 조금 쓸쓸해졌다.

수능을 끝내고 온 민하는 정말 행복해 보이는 미소를 지으며 내게 이야기했다.

"선생님들께서 찍어 주신 문제가 엄청 많이 나왔어!" 나는 오랜만에 민하의 손을 쓰다듬으며 말했다.

'잘했어.'

그러자 민하는 나를 뚫어져라 보더니 말했다.

"참 이상해. 가끔 들릴 리 없는 네 목소리가 들리는 것 같아."

나는 적잖이 당황했다. 가끔이라면 이번이 한 번이 아니란 건가? 그렇다면 내가 민하에게 했던 말이 모두 전해졌다는 게 아닌가. 정말 부끄러웠다. 하지만 또 한편으로는 응원이 전해져 다행이라는 생각도 들었다.

"그게 네 목소리든 아니든 그건 상관없어. 그냥 앞으로도 우리 같이 오래오래 행복하게 살자."

민하는 나를 보며 성숙한 웃음을 지었다. 언제 이렇게 컸을까. 조금 더 민하의 곁에 남아 있고 싶었다. 하지만 그것은 이루어질 수 없는 바람이었다.

　며칠 뒤, 민하와 나의 생일이 되었다. 누가 식물의 생일을 챙기나 싶겠지만 민하는 매년 내 생일을 챙겨 주었다. 미예는 선물로 목도리를, 그것도 나와 민하의 커플 목도리를 주었다. 민하는 감탄하며 나에게 작은 목도리를 둘러 주었다. 민하는 잘 어울린다며 활짝 웃었고 미예는 옆에서 자신이 손수 뜨개질을 했다는 둥 자기 자랑을 늘어놓았다. 평소라면 조금 얄미웠겠지만 때가 얼마 남지 않아서인지 고맙다는 생각이 들었다. 그 뒤로도 여러 선물을 받았다. 케이크 위에도 민하와 내 이름이 적혀 있었다. 생일을 맞이할 때면 세상에서 제일 행복한 식물이 된 것 같았다. 그렇게 즐거운 생일 파티가 끝나고 나와 민하는 방에서 밤하늘을 구경했다. 우리는 한동안 말이 없었다. 계속 흐르던 정적을 깬 건 민하였다.

　“아직 내 선물은 못 봤지?”

　민하는 책상 밑에서 종이 가방을 하나 꺼냈다.

　“요즘 네가 자꾸 휘어지니까.”

　민하는 종이 가방에서 막대기 하나와 내 꽃과 같은 색인 연보랏빛 리본을 꺼냈다. 막대기를 흙에 고정하고 리본으로 나와 막대기를 묶었다.

　“짠~.”

　완벽히 고정된 나와 막대기를 보며 민하는 뿌듯한 표정을 지었다.

　“이제 괜찮을 거야.”

　정말로 고정하니 한결 눈높이가 높아진 것 같았다.

　“메리야, 나는 네가 오래오래 내 곁에 있었으면 좋겠어.”

　나는 민하의 눈을 바라보았다. 민하의 눈앞에는 죽어 가고 있는 보라색 로즈메리가 비쳐 있었다.

'아…… 죽음의 무서움은 마지막이기 때문이 아니라 나의 소중한 사람을 두고 떠나야 한다는 비통함에서 비롯된 무서움이구나…….'

나는 민하에게 마지막 선물로 온 힘을 다해 향을 풍겼다. 이제 곧이라 힘이 부족했는지 나조차도 내 향기를 맡기 어려웠다. 하지만 민하의 눈 밑은 붉어질 대로 붉어졌다. 사실은 민하도 알고 있었는지 모른다. 하지만 나의 죽음은 민하 때문이 아니었다. 오히려 몇 년 전에 죽었어야 할 나를 이때까지 살 수 있게 만들어 준 게 민하였다. 민하는 우는 모습을 보이기 싫었는지 울음을 참으며 말했다.

"안녕……."

나는 이 말을 들으며 첫 번째 죽음을 맞았다.

민들레

눈을 떴을 때는 당황했다. 로즈메리일 때는 밖에 나가 본 적이 한 번밖에 없었고 그마저도 종이 가방에 있었기에 자신 말고 다른 식물은 민하가 공부하던 책에서나 보아 왔다. 그런데 눈을 뜨자마자 수많은 식물들이 보이니 당황하는 건 당연했다. 게다가 소리는 또 얼마나 시끄러웠는지 모른다. 안녕, 어디서 왔어, 너는 몇 번째 야 등, 처음 듣는 식물 간의 대화에 잠시 얼이 빠져 있었다. 그때, 다른 민들레 씨가 말을 걸어왔다.

"안녕?"

"어……?"

당황한 나는 어버버 대며 말을 잇지 못했다.

"재밌는 애구나."

마치 날 깔보는 듯한 태토에 욱해서 조금 까칠하게 대답했다.

"어쩌라고."

그 애는 조금 당황한 듯싶다가 다시 제 할 말을 했다. "나는 이번이 마지막이야. 그래서 이번 삶은 조금 의미 있게 살고 싶어."

'마지막.' 아직 나에게는 먼 듯하지만 그렇게 먼 것 같지도 않은 듯한 단어였다. 나는 그 단어를 곱씹으며 생각에 잠겼다. 완전한 마지막이란 뭘까. 홀가분할 수도, 두려울 수도 있다. 나는 어떨까. 이렇게 생각에 잠겨 있는데 갑자기 바람이 불었다. 바람은 내가 대처할 시간도 주지 않고 나를 날려 보냈다. 옆에는 아까 말을 걸었던 민들레 씨도 같이 있었다. 워낙 강풍이었는지 우리는 하늘 높은 곳까지 떠올랐다. 높은 하늘에서 바라보는 풍경…… 그것은 정말 황홀했다. 언제나 창문 너머로만 보았던 풍경들, 내게는 바깥세상이 마치 티브이 속 아마존이나 시베리아 같은 곳이었다. 볼 수는 있지만 닿기는 어려운, 그런 곳이었다. 하지만 난 날고 있었다. 창문 너머로만 봤던 그 미지의 세계를.

잠시 뒤, 우리는 어느 들판에 내려앉았다. 정말이지 동화에나 나올 법한 곳이었다. 나와 그 애는 조금 떨어져 있었다. 하지만 대화에는 아무 문제도 없었다. 그 애는 다시 말을 걸어왔다.

"우리 서로 이름 지어 줄래?"

"갑자기?"

"우리 둘 다 민들레니까 서로를 부를 만한 이름이 있어야지."

나는 이때 민하가 지어 준 메리라는 이름이 생각났다. 기억밖에 남지 않은 추억, 이름이라도 남기고 싶었다.

"나는 메리라고 불러."

"메리?"

""내가 받았던 이름이야."

"그렇구나…… 부럽네……."

나는 그 말을 듣자 나도 모르게 그 애를 약올려 버렸다.

"너는 이름도 없었나 보지?"

"응, 그러니까 네가 지어 줘."

"뭐?"

예상치 못한 반응에 당황했다.

"네가 지어 줘."

그 애는 계속해서 이름을 졸랐다.

"어…… 들레?"

"성의 없어."

"그럼……."

그때 갑자기 민하가 읽던 사전의 문구가 생각났다.

"시아는 어때?"

"시아?"

"민들레의 꽃말 중에 감사가 있는데 감사가 스페인어로 그라시아스거든."

"마음에 드는데?""

다행이었다. 그렇게 나와 시아는 서로의 이야기를 했다. 시아는 첫 번째 생에서는 산속에 핀 개나리였다고 했다. 옆에는 등산로가 있었고, 사람들은 지나갈 때마다 시아를 보며 탄성을 내질렀다고 했다. 하지만 곧 시아는 너무 자라서 등산로를 침범하는 바람에 사람들이 시아를 베어 버렸다고 했다. 두 번째 생은 세잎 클로

버렸는데, 정말 최악이었다고 했다. 아이들은 오로지 네잎 클로버만을 찾았고, 자신을 네잎 클로버로 착각했다가 세잎 클로버임을 알았을 때 아이들의 실망하는 목소리는 고스란히 시아의 마음속에 박혀 들어갔다. 그렇게 계속될 줄 알았던 절망적인 나날은 어느 날 한 아이가 시아를 밟으면서 서서히 끝나 갔다. 그렇게 마지막인 인생에서는 민들레가 된 시아. 나는 시아가 안타까웠다. 자신을 사랑해 줄 주인도 만나 보지 못하고 죽게 될 운명이라니. 나는 세상이 너무 불공평하다며 시아 대신 화를 냈지만 시아는 그래도 마지막에 너 같은 친구를 만나서 다행이라며 웃음 지었다. 몇 개월 뒤, 우리는 꽃으로 변해 있었다. 나는 새로운 친구가 너무 좋았다. 민하 때와는 다른, 서로 말을 주고받고 언제나 서로에게 서로가 전부인, 그런 친구였다. 그렇다고 민하와의 기억이 소중하지 않다는 건 아니다. 하지만 지금이 첫 번째 생보다 덜 행복하다고 한다면 그건 거짓말이 될 것이다. 대화라는 행복을 알려 준 시아가 너무 고마웠고, 민하 다음으로 함께하고 싶다는 생각이 들었다. 민하 때와는 다르게 둘 다 식물인 데다 같은 날 개화했으니 이번에는 평생을 함께하는 것도 가능했다. 하지만 그건 이루어지지 못한 바람이었다.

어느 날부터 사람들이 주변에 나타나더니 며칠 뒤에는 건물이 하나 지어져 있었다. 나무 오두막에는 빨간 페인트가 칠해져 있었고, 그 주변에는 하얀 울타리가 둘러져 있었다. 문제는 그다음이었다. 어느 날 하얀 울타리 안에 움직이는 하얀 솜뭉치들이 나타났다. 사람들은 그것들을 양이라고 부르는 듯했다. 양들은 가끔씩 울타리를 나와서 들판의 풀을 뜯어 먹었는데, 그때마다 나는 밟히고, 뜯기고, 찢겼다. 거리가 조금 있는 나도 이 모양 이 꼴인데 울타리 바로 옆에 있는 시아는 어떨지. 나는 양들이 울타리로 들어간 한밤중에 조심스럽게 말을 걸었다.

"괜찮아⋯⋯?"

물어보고 나서 시아를 보자 나는 더는 아무 말도 할 수가 없었다. '의미 있는 삶.'

시아는 이 문구를 계속해서 읊조리고 있었다. 소름과 동시에 안타까움이 새어 나왔고, 나는 그저 지켜봐 주는 것밖에 할 수 없었다. 다음 날 또다시 양들은 울타리 밖으로 나왔다. 양들이 내 몸을 밟았지만 그런 건 중요하지 않았다. 나는 시선을 시아에게 고정하고 제발 시아가 다치지 않기를 기도했다. 당연히도 그것은 터무니없는 기도였다. 울타리 입구 바로 옆에 있던 시아는 양들이 울타리 안에 있어도 뜯을 수 있는 위치에 있었고, 낮에는 언제나 양들에게 시달렸다. 어느 날은 정말 힘들었는지 차라리 죽고 싶다고 말했다. 그때마다 나는 절대 그런 생각 하지 말라고 말했지만 그것도 한계가 있었다. 점점 시아는 쇠약해졌고 가끔은 마치 어디론가 사라져 버릴 듯이 허공을 응시하며 알아듣지 못할 말을 중얼거렸다. 그렇게 사건이 터져 버렸다. 아침에 눈을 뜨니 시아가 오랜만에 아침 인사를 건넸다.

"잘 잤어?"

나는 몹시 놀랐다. 어제만 해도 아침 인사는커녕 나와 대화도 안 하던 시아였기에 불안함도 있었지만 오랜만에 보는 시아의 활기찬 모습에 괜찮을 거라고 생각하며 넘어갔다. 그렇게 오랜만에 시아와 긴 대화를 나눴다. 즐거웠다. 하지만 대화를 나눌수록 점점 불안감이 늘어났다. 마치 곧 떠날 것 같은 시아의 말투 때문이었다. 곧 울타리 문이 열렸고, 양들이 뛰어나왔다. 나는 밟히지 않으려고 몸을 움츠렸다. 하지만 시아는 오히려 몸을 부풀렸다. 나는 그때 깨달았다. 불안함이 어디서 나왔는지를. 시아는 양에게 먹히기로 한 것 같았다. 저렇게까지 몸집을 키운다는 건 그것밖에 없었다. 당황한 나는 그만하라며 소리쳤지만 시아는 아랑곳하지 않고 몸을 키웠다. 그때 양 한 마리가 다가왔고, 나는 무서워졌다. 소중한 친구를 잃는다는 공포감에 몸을 떨었다. 양은 더 가까이 시아에게 다가왔고, 나는 영원히 잊지 못할 최악의 순간을 맞이했다. 양이 시아를 먹기 시작했다. 야금야금 노란색 잎을 뜯어먹기 시작한 것이다. 시아는 고통스러운지 계속해서 비명을 질렀다. 나는 눈을 깜빡이는 것도 잊고 소중한 친구의 끝을 보고 있었다. 조금씩 먹어 치우는 양 때문에 고통스러워하는 시아를 보며 차라리 한 번에 먹어 달라고 빌고 싶었다. 그렇게 몇 초의 시간이 흐르고 시아가 있던 자리에는 남겨진 뿌리와 흙만이 남아 있었다. 소중한 존재의 죽음은 실로 절망적이었다. 이제 다시는 볼 수 없는 시아를 목 놓아 부르며 울었다. 아직도 귓가에는 의미 있는 삶을 살고 싶다고 말하던 시아의 당찬 목소리가 들려왔다. 한참을 울다 보니 이제 굳이 여기 있고 싶지가 않았다. 누가 소중한 존재가 죽은 곳에서 평생을 보내고 싶어 하겠는가. 나는 다음 날 시아를 따라 양에게 잡아먹혀 죽었다. 허무하고 절망적이었던 두 번째 생이었다.

국화꽃

마지막 생이 되었다. 하지만 나는 아무것도 하고 싶지 않았다. 그저 눈을 감고 몇십 일을 지냈다. 아무것도 보지 않았지만 아무것도 듣지 않는 것은 무리였다. 어쩔 수 없이 밀려 들어오는 주변 정보에 나는 한 번도 본 적 없지만 내가 하얀색 국화꽃이란 걸 알게 되었다. 하루하루 시들 날을 기다리고 있는데 갑자기 아는 목소리가 들렸다.

"안녕하세요."

민하였다. 어른이 되어 멋진 식물학자가 된 내 소중한 친구. 나는 눈을 떴다. 갑자기 눈을 떠서인지 눈이 부셨다. 빛에 적응하기 위해 눈을 몇 번 깜빡이니 앞이 보이기 시작했다. 그곳에는 내가 전에 상상했던 모습으로 서 있는 민하가 있었다.

"꽃을 좀 사고 싶어서요."

"무슨 꽃으로 드릴까요?"

"하얀 국화 한 송이만 주세요."

"네."

하얀 국화가 고인을 추모할 때 사용하는 꽃이라는 건 누구라도 알 만한 사실이다.

'주변 사람이 돌아가신 건가?'

하고 중얼거렸는데 갑자기 민하가 나를 쳐다보았다.

"……."

나를 쳐다보던 민하가 말했다.

"이 꽃으로 주실 수 있나요?"

"저걸요?"

"네."

사장은 혀를 차며 말했다.

"옆에 팔팔한 녀석들이 많은데 굳이 이 시들시들한 것을 고르시는 게 참……."

"저는 저 꽃을 사고 싶어요."

"알겠습니다……."

민하가 나를 알아봤다. 분명하다. 굳이 나를 고른 것도 이유가 있지만 내가 말한 것을 들은 눈치였다.

"안녕히 가세요."

민하와 함께 꽃집을 나왔다.

'민하야, 나 메리야!'

민하에게 닿도록 크게 불렀지만 알아듣지 못한 것 같았다.

'나 메리라니까!'

역시나 대답은 돌아오지 않았다.

'아까는 잘만 들었으면서…….'

그러자 갑자기 민하가 말했다.

"메리야."

역시 알아봤구나. 기쁜 마음으로 민하를 쳐다봤다.

"반갑지만 곧 헤어져야겠지……."

순간 멈칫했다.

'다시 헤어진다고?'

너무 당황스러웠다.

'그게 무슨 말이야……?'

민하는 어렵게 입을 떼었다.

"부모님이 돌아가셨어……."

난 충격에 빠졌다. 둘 다 백 세까지 살 것처럼 건강했으니까.

'죽었다고?'

"교통사고로 돌아가셨어……."

'아…….'

납득이 갔다.

"아까 꽃집에서 널 봤을 때 과연 너를 우리 부모님과 함께 보내는 게 맞을까 고민했지만 그래도 너라면 이해해 줄 거라 생각했어. 하지만 네가 정 싫다면 나와 같이 가자."

나는 고민에 빠졌다. 솔직히 민하와 함께하고 싶었지만 나와 민하를 만나게 해 준 것도 그의 부모님이니…… 결정했다.

'나는 너희 부모님께 갈게.'

장례식장으로 들어서니 생각보다 사람이 많았다. 알고 보니 기차가 탈선하는 바람에 많은 사람들이 죽게 되었는데 그중에는 민하네 부모님도 있었던 거였다. 많은 사람들이 그들의 죽음에 슬퍼했고, 애도했다. 민하는 나를 부모님 사진 앞에 내려놓았다. 장례식장의 풍경이 보였다. 암울했다.

다음 날, 민하는 부모님을 화장했다. 먼저 부모님을 화장시키고 유골함에 넣었다. 그러고는 손에 쥐고 있던 나에게 말했다.

"고마워."

그러고는 나를 불길 속에 던졌다. 내가 선택한 길이었다. 나는 가루가 되어 민하 부모님과 함께 유골함에 들어갔다. 그렇게 내 삶은 조용히 막을 내렸다.

처음에는 마지막이 무서웠다. 어떨 때는 탈출구처럼 느껴지기도 했다. 하지만 마지막은 탈출구라고 하기에는 너무나도 극단적이었고, 나는 생각을 고쳤다. 하지만 정작 마지막에는 아무 생각도 들지 않았다. 아무 감정도, 생각도 들지 않고 그저 이제 죽는구나 하고 말았다. 무덤덤한 마지막이었다. 다른 이는 마지막이 행복할 수도 있고, 또 다른 이는 마지막이 너무 아쉽고 슬플지도 모른다. 하지만 그렇다고 그것들은 틀린 것이 아닌, 각자가 마지막을 느끼는 방법일 것이다. 당신의 마지막은 어떨지 모르겠지만 나

는 당신이 홀가분하고 아쉬운 마음을 갖고 마지막을 느꼈으면 좋
겠다.

제32회 대산청소년문학상 수상 작품집

용 고기는 안 먹어요

1판 1쇄 찍음 2024년 12월 6일

1판 1쇄 펴냄 2024년 12월 13일

지은이 신로아, 황지우 외

발행인 박근섭, 박상준

펴낸곳 **(주)민음사**

출판등록 1966. 5. 19. 제16-490호

주소   서울시 강남구 도산대로 1길 62(신사동)

             강남출판문화센터 5층 (우편번호 06027)

대표전화 02-515-2000 | 팩시밀리 02-515-2007

www.minumsa.com

www.daesan.or.kr

© 재단법인 대산문화재단, 2024. Printed in Seoul, Korea

ISBN 978-89-374-2827-2 (03810)